www.bbulmedia.com

www.bbulmedia.com

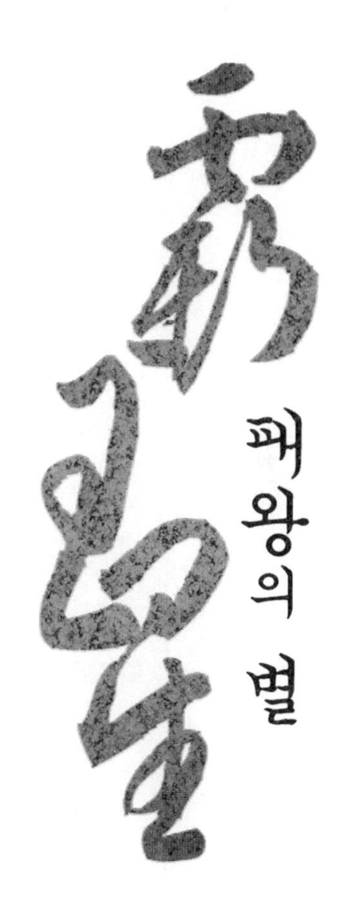
패왕의 별

패왕의 별

1판 1쇄 찍음 2016년 3월 4일
1판 1쇄 펴냄 2016년 3월 10일

지은이 | 강호풍
펴낸이 | 정 필
펴낸곳 | 도서출판 **뿔미디어**

편집장 | 이재권
기획 · 편집 | 문정흠

출판등록 | 2002년 9월 11일 (제1081-1-132호)
주소 | 경기도 부천시 원미구 소향로 17번길(두성프라자) 303호 (우) 14544
전화 | 032)651-6513 / 팩스 032)651-6094
E-mail | bbulmedia@hanmail.net
홈페이지 | http://bbulmedia.com

값 8,000원

ISBN 979-11-315-7037-1 04810
ISBN 979-11-315-2568-5 04810 (세트)

※파본은 구입하신 서점에서 교환하여 드립니다.

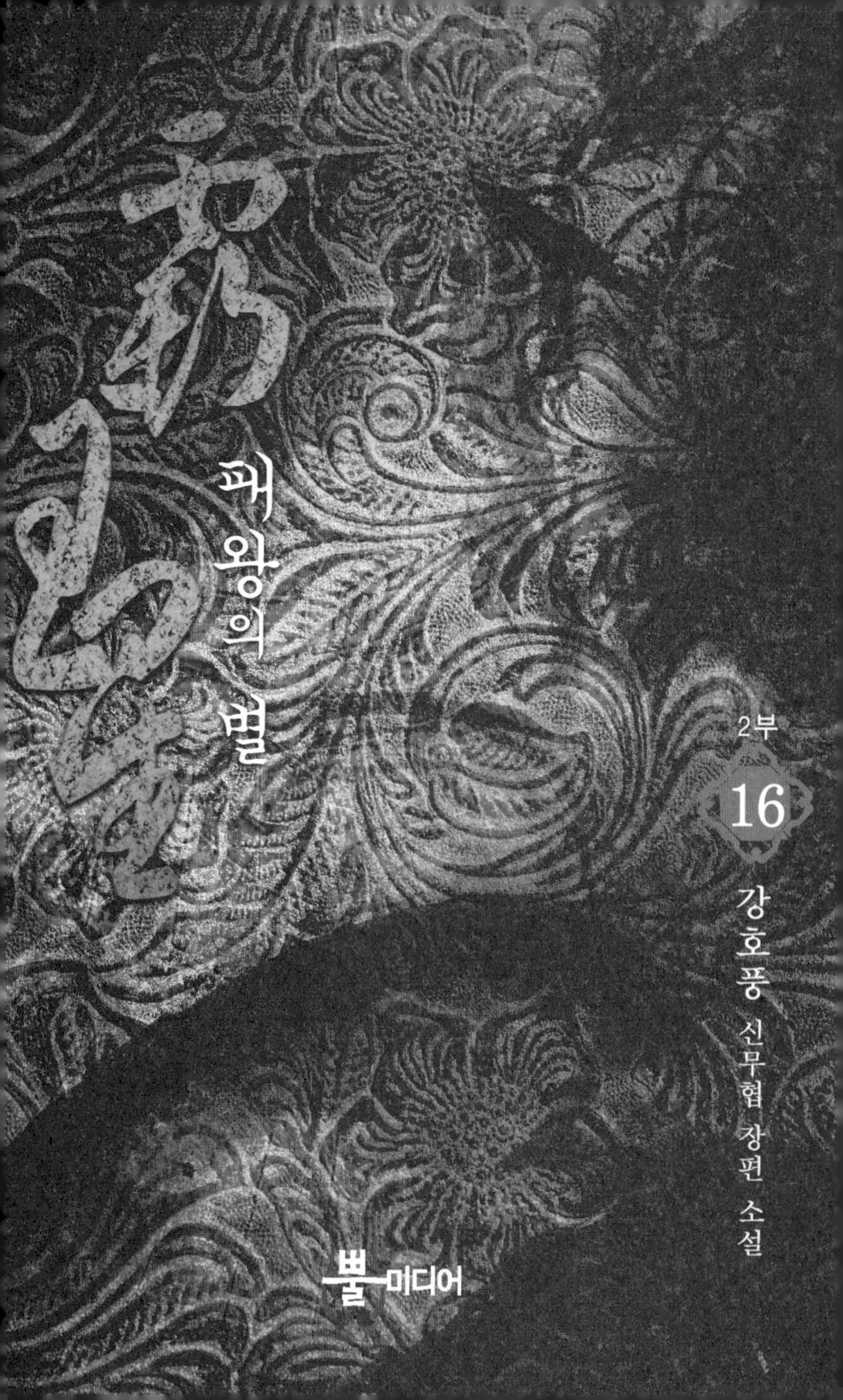
패왕의 별
2부
16
강호풍 신무협 장편 소설
뿔미디어

목차

제38장
됐다, 안 가지련다

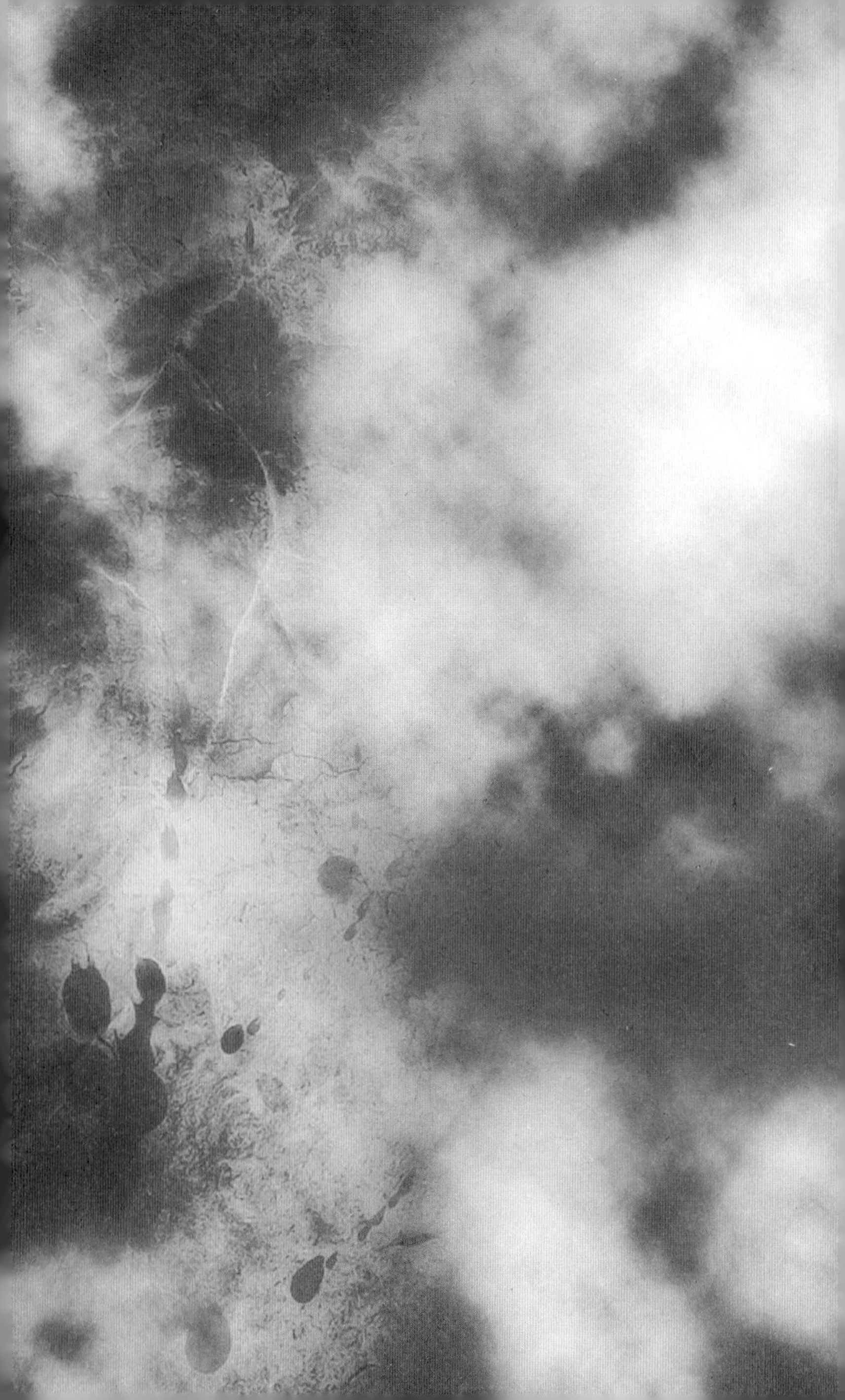

1

소교주가 머무는 군영에서 이십 리 떨어진 곳에 위치한 야산.

침엽수가 울창한 이곳에는 폭혈도와 합류해 아슈힐 산을 가로질러 온 이들이 숨어 있었다.

비가 내려서 가뜩이나 추운 날씨가 더 쌀쌀해졌다. 그러나 어느 누구도 고생이라고 생각하는 사람은 없었다.

오늘 밤.

자신들은 오천의 대부대를 박살내는 전설을 쓰게 될 테니까.

사람들은 굳이 말은 안 했지만 종종 피식거리며 웃고는 했다. 불과 이틀 전까지만 해도 온 세상이 절망이었는데 지금은 이렇게 희망으로 들떠 있다는 것이 믿기지 않았다.

흑랑대주 초지명도 예외는 아니었다. 언제부터인지 그의 입가에는 잔잔한 미소가 떠나지를 않았다.

옆에 앉아서 그런 초지명을 보던 설상아가 입을 열었다.

"제 말이 맞았죠?"

갑작스러운 물음에 초지명이 의아한 표정을 짓다가 이내 고개를 끄덕였다.

"그렇군요. 버티니까…… 좋은 날도 오는군요."

그는 약간 떨어져 있는 몽추와 파륵을 보며 쓴웃음을 깨물었다. 티격태격하는 모습이 예전의 그들로 돌아온 듯했다.

물론 지난 일 년간 가슴에 묻은 동료와 수하들의 죽음이 쉽게 잊힐 리 없겠지만, 이제 그 복수를 할 수 있다는 것만으로도 행복한 표정이었다. 두 조장뿐만 아니라 흑랑대원들도 마찬가지 낯빛이었다.

초지명은 자신과 수하들이 다시 꿈을 꿀 수 있다는 것이 기꺼웠다.

설상아는 초지명의 시선을 따라가며 말했다.

"그리고 당신 말도 옳았어요."

"내 말이라면?"

"흑랑대주님께서 천마검에 대해 말씀하셨잖아요."

초지명이 고개를 갸웃거리다가 물었다.

"음…… 내가 뭐라고 했었소?"

설상아가 어이없다는 표정을 지었다가 피식 웃고는 답했다.

"천마검은 어떤 불가능도 가능하게 만들어줄 것 같은 사람, 그와 함께 있는 것만으로도 세상 모든 것을 다 가진 기분이 들게 하는 사람이라고 했잖아요."

초지명이 빙그레 웃고는 고개를 끄덕였다.

"아! 기억나오. 그런 말을 했었지. 음…… 내 평생 그렇게 강렬한 인상을 준 사람은 딱 두 명뿐이오."

맞은편에서 대화를 듣고 있던 설강이 눈을 동그랗게 뜨며 끼어들었다.

"호오, 두 명이라고? 한 명은 천마검일 테고…… 다른 한 명은 난가?"

"……."

잠시 정적이 흘렀고, 설상아가 대신 사과했다.

"죄송해요."

설강이 낮게 웃고는 입을 열었다.

"거참, 농담 한 번 했는데 받아주면 어디 덧나나?"

초지명도 어깨를 으쓱하며 미소를 머금었다.

"농담 같지가 않아서 말입니다."

"하하하! 농담일세, 농담이야. 자네는 너무 재미가 없어서 문제라니까. 천하의 천마검도 종종 농담을 하거늘. 그나저나 다른 한 명은 누군가?"

초지명은 잠시 침묵했다. 괜한 말을 뱉었다는 생각이

든 것이다.

왜 하필 그 청년이 지금 떠올랐을까?

일 년 전에 그에게 받은 인상이 강렬하긴 했지만, 쫓기는 동안 잊고 살았다. 하루하루 버티는 것만으로도 벅찼으니까.

그런데 다시 희망과 미래를 꿈꾸게 되자 그 청년이 떠올랐다. 언젠가 그와 다시 싸우게 될지도 모른다는 생각이 든 것이다.

"본 교 사람이 아니라 정파인입니다. 뭐랄까, 그 사람이 만약 우리 쪽 사람이라면…… 천마검만큼이나 든든할 겁니다. 전장에서 적으로 마주친다면 가장 골치 아픈 상대고 말입니다. 가능하다면 피하고 싶을 만큼."

그의 말에 설강과 설상아를 비롯한, 주변에 있는 이들이 관심을 드러내며 귀를 쫑긋 세웠다.

전장의 창인 초지명이 전장에서 피하고 싶은 상대가 있다니!

설상아가 눈을 빛내며 물었다.

"그 사람이 누구죠?"

"무림서생 천류영."

또다시 정적이 똬리를 틀었다. 근처의 흑랑대는 고개를 끄덕이며 동의하는 표정이었고, 북해빙궁의 전사들은 황당하다는 반응이었다.

설강이 눈살을 찌푸리며 물었다.

"거참, 대단한 고수를 기대했는데……. 흠흠, 뭐, 나도 무림서생에 대한 소문은 들었네. 통찰력이 대단하다지? 하지만 무공은 젬병이라던데."

설상아가 말을 받았다.

"작년 사천에서 당신들이 그 사람에게 물먹었다는 얘기는 저도 알고 있어요. 하지만 무림서생에게 운이 따른 것 아닌가요? 무림은 결국 힘이 모든 걸 말해주는 곳인데……."

초지명이 그녀의 말을 끊었다.

"소궁주, 당신에게 운이 따른다고 천마검을 비롯해 천랑대와 흑랑대, 그 당시 본 교와 흑천련의 최정예로 꾸려진 선발대를 농락할 수 있겠소?"

"……."

"그는 단순한 책사가 아닙니다. 군신(軍神)의 자질을…… 아니, 준비된 군신이었소. 그가 전장에서 패하는 모습은 상상이 안 될 정도요."

초지명의 극찬에 설강이 어색한 미소로 고개를 갸웃거렸다.

"아무리 그래도 무림에서 책사란 존재는 한계가 있는 법이네."

"우리가 생각하고 있는 책사로서의 일반적 잣대를 그에게 들이대면 나중에 그와 마주칠 경우 아주 큰 코 다치게 될 겁니다."

설강이나 설상아는 동의하고 싶은 생각이 들지 않았다.

강호무림의 긴 역사 속에서 뛰어났다고 알려진 책사들은 무수히 많았다.

하지만 당시 천하제일인이나 십대고수 같은 무인과 견줄 수 있는 책사는 없었다. 대대로 유명한 책사를 내놓은 제갈세가의 명성이 단 한 번도 소림이나 화산, 무당 혹은 남궁세가를 넘어선 적이 없다는 것만 봐도 그랬다.

무림에서 책사는 어디까지나 무인에게 도움을 주는 보조적 존재에 불과했기 때문이다.

설강은 주먹으로 입을 가리고 헛기침을 했다. 괜한 논쟁을 벌일 필요는 없었다.

"흠흠, 뭐, 괜찮은 무사는 돈만 있으면 구할 수 있으나 괜찮은 책사는 하늘이 내린다는 말도 있으니까. 자네 말도 일리가 있네."

설상아가 부친의 말을 받았다.

"그렇죠. 사실 그제 천마검이 나타나지 않았다면 우리는 천산수사의 흉계 때문에 아주 곤욕을 치렀을 테니까요."

초지명은 이 부녀(父女)가 언젠가 전장에서 만날 수도 있는 천류영을 너무 과소평가한다는 느낌을 받았지만, 굳이 딴죽을 걸지는 않았다. 초지명 스스로 생각해도 지금 상황에서 이런 대화는 무익하니까.

설상아는 어색해진 분위기를 전환하기 위해 곧바로 화제를 돌렸다.

"그나저나 천랑대 분위기가 영 좋지 않네요."

그녀의 말에 사람들의 시선이 오른쪽에 떨어져 있는 천랑대를 보았다.

귀혼창과 천랑대원들이 폭혈도를 만났을 때, 뛸 듯이 감격하던 모습이 아직까지 기억에 선했다. 그러나 조금 전, 초지명으로부터 섬마검 관태랑이 다리를 잃었다는 얘기를 전해 듣자 급우울해진 것이다.

초지명은 그동안 언급하지 않다가 괜한 얘기를 했다는 생각으로 천랑대를 보다가 담담하게 말했다.

"곧 털고 일어날 겁니다."

"그렇겠죠?"

"모두가 역경을 헤치고 살아왔으니까 분명 그럴 겁니다. 오히려 오늘 밤 지금의 침울함을 분노로 승화시켜 가장 많은 활약을 할 거라고 봅니다."

설강이 고개를 끄덕이다가 물었다.

"그런데 천마검에겐 언제 그 얘기를 해줬나? 천마검, 그 친구가 원래 감정을 잘 드러내는 편이 아니지만, 우리와 헤어질 때까지 전혀 감정의 동요가 없어서 놀랄 정도였네. 섬마검과는 상당히 가까운 사이라고 알고 있었는데……."

초지명이 입맛을 다시다가 설강의 말꼬리를 삼켰다.

"섬마검을 곁에서 지켜봤던 혈왕문주가 얘기했을 텐데 저까지 말할 필요는 없지요."

설강의 눈이 커졌다.

"응? 혈왕문주는 같은 마교도인 자네가 얘기할 테니 굳이 자신이 말할 필요가 있겠냐고 하던데?"

순간, 초지명의 얼굴에 당혹스러움이 번져 갔다.

*　　　*　　　*

백운희는 입술이 떨려서 이로 꽉 깨물어야 했다. 잇새로 새어 나가려는 신음을 힘겹게 참았다.

관태랑이 자신에게 한 말 한마디.

"고생하셨습니다."

그 말이 머릿속에서 빙글빙글 맴돌았다.

참았지만 결국 눈에 습막이 차올랐고, 한 방울 눈물이 뺨을 타고 흘렀다.

하늘이 울고 있어서 다행이었다. 하늘에서 내리는 비가 자신의 눈물을 숨겨주어서 다행이었다.

뭔가 대꾸를 하고 싶은데, 전음으로라도 말을 건네고 싶은데 아무것도 할 수가 없었다.

전신이, 그리고 마음이 아팠다.

지금 눈앞에 있는 관태랑의 모습이 비수처럼 눈을 찌르

고 가슴을 후벼 팠다.

머리카락이 뽑혀 흉하게 피딱지가 내려앉은 머리.

이마에 인두로 지져진 낙인.

찢어지고 허름한 옷 밖으로 드러난 그의 피부는 동상을 입은 것인지, 고문에 의한 것인지 검붉었다.

"하아아……."

결국 백운회의 입술이 열리며 억장이 무너지는 듯한 한숨이 낮게 흘러나왔다.

모든 것이 사라져 갔다.

주변을 오가는 사람들이 하나둘씩 없어졌고, 끝없이 서 있는 막사들도 사라졌다.

곁에 있는 왕오를 비롯한 혈왕문도들도 연기처럼 자취를 감췄다. 하늘에서 쏟아지는 빗줄기조차.

그 텅 빈 공간에서 백운회와 관태랑이 마주 보았다.

백운회는 오열을 참았고, 관태랑은 하얗게 웃었다.

그렇게 말도 전음도 없이 눈으로 대화가 오갔다.

이렇게…… 버티고 있었구나.

대주님보다 훨씬 편하게 지냈습니다.

미안하다. 내 탓이다.

건강해 보여서 다행입니다.

백운회의 가슴속에 휘몰아치는 격동을 간파한 관태랑이 마침내 입을 열었다.

"왕오 장로님, 지금 제 꼴이 조금 추레해서 놀라셨나 보군요."

왕오는 여전히 관태랑이 천마검에게 말을 건네고 있다는 것을 알면서도 고개를 끄덕였다.

관태랑이 말을 이었다.

"걱정해 주셔서 감사합니다. 하지만 저는 괜찮습니다."

"……."

왕오는 천마검뿐만 아니라 주변의 시선까지 의식하느라 숨이 막힐 지경이었다. 어려운 상황에 빠진 그를 관태랑이 구해주었다.

"피곤하실 텐데 그럼 쉬십시오. 저는 할 일이 많아서."

관태랑의 말에 그의 뒤편 막사에 있던 장한이 낄낄거리며 대거리했다.

"바쁠 테지. 말똥을 치웠으니 이젠 사람 똥을 치워야 할 테니까."

그의 말에 막사 안에 있던 동료들이 폭소했다. 동료 한 명이 말을 받았다.

"오늘 안에 다 못하면 소교주께서 똥통에 처박는다고 하지 않았나?"

"크흐흐흐, 천마신교 흑룡가의 적자였던 섬마검이 똥통

에 처박힌다니! 생각만 해도 우습군."

주변 막사들까지 조소에 동참했다.

원래 사람들은 높은 곳에 있다가 추락한 자를 더 잔인하게 짓밟는 경향이 있다.

관태랑은 머쓱한 표정을 짓고는 잠시 멈췄던 걸음을 다시 앞으로 내디뎠다.

그의 발과 의족이 진창이 된 대지를 밟았다.

철퍽, 턱, 철퍽, 턱, 철퍽, 턱.

조금 전처럼 비틀거리는 모습이 아니다. 그는 등허리를 꼿꼿하게 펴고 당당하게 걸었다.

관태랑이 그렇게 왕오 일행 옆을 스칠 때, 백운회가 갑자기 입을 열었다.

"섬마검님."

그의 갑작스러운 부름에 관태랑의 눈가가 흠칫 떨렸다. 왕오를 비롯한 혈왕문 일행은 숨조차 쉬지 못했다. 뭔가 말을 건네고 싶으면 전음을 해도 될 터인데!

주변에서 바라보는 눈이 인피면구를 쓴 백운회에게 쏠렸다. 그들의 표정은 일그러져 있었다.

누군가가 심드렁한 어조로 중얼거렸다.

"쳇, 아직도 흑룡가에 잘 보이고 싶어 하는 자가 있군. 이번 일로 흑룡가에서도 섬마검을 완전히 내칠 것이 분명한데 말이지."

그의 말마따나 극소수지만 관태랑에게 우호적인 사람들이 있었다. 만에 하나 관태랑이 소교주에게 진심으로 충성을 받치게 될 경우를 대비해서. 그렇다면 배경이 훌륭한 그는 다시 출세가도를 달릴 테니까.

관태랑은 몸에 전율이 관통하는 느낌을 받았다. 억지로 참고 있던 눈물이 왈칵 쏟아지려는 것을 막기 위해 이를 악물어야 했다.

얼마나 듣고 싶었던 목소리인가, 얼마나 그리워한 음성인가.

인피면구로 인해 그의 얼굴을 볼 수는 없었다. 그러나 전음이 아닌 그의 육성(肉聲)은 참기 어려운 희열과 감동을 주었다.

관태랑이 고개를 돌려 백운회를 직시했다. 그러고는 담담하게 대꾸했다.

"예. 하고 싶은 말씀이라도?"

백운회는 보았다. 미소로 말하는 관태랑의 눈이 벌겋게 충혈되어 가는 것을. 자신의 눈도 그럴 것이다.

다행이다, 비가 내려서.

"오늘 밤은…… 축제가 열릴 겁니다."

관태랑이 고개를 끄덕였다. 이렇게 그와 대화를 나누는 이 순간이 마치 꿈결 같았다. 귀에 박히는 그의 육성이 이것이 꿈이 아니라 현실이라는 것을 말해주었다.

"승리를 축하하기 위해서겠지요?"

"그렇기도 하지만, 또 다른 의미도 있습니다."

관태랑이 빙그레 미소 짓고 물었다.

"무슨 의미입니까?"

"새로운 시작을 알리는 축제가 될 겁니다."

둘의 대화를 듣고 있는 사람들은 무심코 고개를 주억거렸다. 중원 침공을 시작한다는 의미로 받아들인 것이다.

관태랑의 미소가 짙어졌다.

"새로운 시작…… 그렇군요."

"예, 그러니까…… 섬마검께서도 이 축제를 함께 즐기셨으면 좋겠습니다."

관태랑은 주변을 가볍게 훑다가 숨을 들이켰다. 저쪽에서 순찰조가 오고 있었다. 그리고 그 순찰조 선두에는 뇌악천의 최측근인 호위장, 월마룡이 있었다.

예전, 천마검의 말을 무시하고 소교주의 명을 따랐다가 천마검에게 다리가 부러진 적이 있는 절정고수다. 그렇기에 월마룡은 천마검이라면 치를 떨었다.

천마검의 일거수일투족을 감시하던 인간.

혹시라도 그가 천마검을 알아볼까 걱정이 된 관태랑은 급히 고개를 숙여 목례했다.

"신경 써주셔서 감사합니다. 그럼 저는 바빠서 이만."

그는 왕오 장로에게 전음을 보냈다. 월마룡이 천마검을 알아볼 수도 있으니 어서 자리를 피하라고. 그리고 관태랑 자신도 부리나케 앞으로 움직였다. 월마룡이 다가오는 관태랑을 보고는 히죽거렸다.

"어이, 이게 누구신가? 똥치기 섬마검!"

그의 조롱에 순찰조원들과 주변 사람들이 웃음을 터트렸다.

월마룡은 한심하다는 표정으로 관태랑을 보다가 이내 시선을 그의 뒤로 던졌다.

"왕오 장로님, 왜 이곳에 계십니까? 우리 소교주님께서 고생한 혈왕문도들 모두에게 일일이 술을 따라 주고 계십니다. 그런 자리에 장로님께서 빠지시면 안 되지요."

앞으로 발을 내딛던 왕오가 고개만 돌려 웃었다.

"허허허, 나이가 들어서 그런가? 피곤해서 말일세."

월마룡이 눈살을 찌푸렸다.

"아무리 그래도 본 교의 소교주님이 마련한 자리입니다. 예외가 있어서야 되겠습니까? 제가 모실 테니 잠깐만 참석하셔서 자리를 빛내주십시오. 해단식만 끝내고 쉬시면 되잖습니까? 하하하."

그가 웃으며 성큼성큼 다가오는 것을 보며 왕오의 얼굴이 굳었다. 일행들이 자연스럽게 몸을 움직여 월마룡의 시선으로부터 천마검을 보호했다.

그때였다, 관태랑이 빗길에 미끄러지듯이 갑자기 중심을 잃고 쓰러진 것은.

그 자리에 월마룡이 있다가 화들짝 놀라며 몸을 틀어

피했다.

문제는 관태랑이 들고 있던 통이 허공을 날면서 말똥이 사방으로 뿌려졌다는 것이다.

모두가 입을 쩍 벌렸다.

빗물로 인해 흐물거리는 말똥의 잔해 일부가 월마룡의 옷에 튀어버렸다.

쏴아아아.

찰나, 비 내리는 소리만 들렸다.

월마룡의 얼굴이 시뻘게지며 부들부들 떨렸다.

섬마검은 곤혹스러운 표정으로 고개를 숙였다.

"워, 월마룡, 미안하네. 자네도 알겠지만, 어제 소교주께서……. 그래서 내가 지금……."

"크아아아, 이 새끼가 지금 돌았나?"

그가 엎어져 있는 관태랑을 발로 짓밟았다.

퍽퍽퍽퍽퍽!

그걸 보고 주먹을 움켜쥐는 백운회에게 관태랑의 전음이 파고들었다.

[어서 가십시오.]

"……."

[오늘 밤, 축제를 준비해야 하지 않습니까?]

관태랑은 천마검이 군영 전체를 살펴보고 천랑대원들이 있는 곳과 상황을 파악하려는 의도를 간파하고 있었다.

왕오도 관태랑이 일부러 넘어진 것을 눈치채고는 천마검의 팔을 잡고 속삭였다.

"가세."

왕오는 이어서 월마룡에게 큰 소리로 외치듯 말했다.

"옷만 갈아입고 가겠네!"

월마룡은 관태랑을 발로 연신 차대다가 왕오를 보았다.

"예, 어서 오십시오."

"자네도 옷을 갈아입어야 할 것 같군."

"예……."

그는 자신의 옷을 내려다보고는 다시 욕설을 뱉으며 관태랑을 밟았다.

"천한 똥치기가 감히…… 어쭈! 웃어? 지금 웃고 있어?"

왕오는 사람들의 시선이 모두 월마룡과 관태랑에게 집중된 것에 안도의 한숨을 뱉었다.

그는 잡고 있는 천마검의 팔을 다시 당겼다.

"가세, 제발."

백운회는 입술을 꽉 깨물었다가 열었다.

"나는……."

왕오는 무슨 말이 나올지 알기에 급히 말을 끊었다.

"괜찮네. 섬마검에게 저런 건 늘상……."

왕오는 속으로 탄식하며 자신의 입을 저주했다.

노염의 불을 끄기보다 더 지핀 셈이 아닌가.

그런데 천만다행으로 천마검이 몸을 돌리고 앞으로 걸었다. 그의 눈치만 살피던 왕오와 그 일행이 급히 천마검과 발을 맞췄다.

가장 후위에서 따르던 혈왕문도는 천마검이 흥분하지 않고 차분한 모습을 보이자 안도의 한숨을 조용히 흘렸다.

절정 이상의 고수가 감정 조절에 실패할 경우, 살기나 무지막지한 기운이 자신도 모르게 뿜어져 나오기 때문에 조마조마했던 것이다.

역시 수장은 뭐가 달라도 다르다고 생각하며 미소 짓다가 눈을 부릅뜨고 숨을 들이켰다.

꽉 쥐고 있는 천마검의 주먹.

그 주먹을 타고 땅으로 흘러내리는 빗방울이 붉었다.

2

무수히 늘어서 있는 보통 막사들보다 두 배는 커다란 막사. 간부가 기거하는 곳이다.

한 사내가 안으로 들어와 살짝 몸을 흔들어 비를 털어냈다. 그는 한쪽 구석에 있는 침상을 지그시 보다가 미소를 머금고는 다가갔다.

근처에 있는 의자에 앉은 그는 이불을 뒤집어쓰고 누워있는 여인을 보며 입을 열었다.

"아미."

벽을 향해 모로 누워 있는 여인은 미동조차 하지 않았다.

철가면을 쓴 사내, 마령검은 다시 말했다.

"안 자고 있는 거 알아."

여인은 여전히 움직이지 않았다. 그러자 마령검이 쓴웃음을 깨물고는 품속에서 뭔가를 꺼냈다. 그러고는 그녀의 베개 옆에 떨어트렸다.

쩔그렁.

쇠끼리 부딪치는 소리가 들렸다.

그러자 여인이 몸을 돌려 떨어진 것을 확인했다.

거칠게 흔들리는 눈동자.

마령검이 여인을 보며 말했다.

"우리 천랑대원들과 마창 송화운, 그리고 그의 수하들의 발목에 채워져 있는 족쇄 열쇠야."

"……."

"열쇠 머리에 있는 숫자를 잘 봐. 갑(甲) 일(一)이라 쓰여 있는 열쇠는 족쇄 바깥쪽에도 그렇게 음각되어 있어. 간단하지? 맞춰서 열면 돼. 오랜 시간, 하나두 개씩 어렵게 복사한 거니까 잘 쓰라고."

아미라 불린 중년 여인. 즉, 수라마녀는 눈앞에 있는, 백 개가 훌쩍 넘는 열쇠 꾸러미를 보다가 상체를 일으켰다. 그러고는 싸늘한 목소리로 물었다.

"이게 뭐죠?"

마령검은 입술을 꾹 깨물고 자신을 바라보는 그녀를 지그시 보았다.

그 눈길은 평소처럼 따뜻하면서도 슬펐다.

마령검이 계속 침묵하자 수라마녀가 다시 물었다.

"이 열쇠를 왜 저에게 주냐고 물었어요."

마령검은 깊게 한숨을 내쉬고는 말했다.

"이제 저에게 존대하지 않으셔도 됩니다."

"……!"

"수라마녀 삼조장님, 아니면 예전처럼 수라마녀 누님이라고 부를까요?"

수라마녀의 눈가가 경련을 일으켰다. 그녀는 표독스러운 시선으로 마령검을 쏘아보다가 말했다.

"내가 기억 찾은 걸 언제부터 안 거지?"

"넉 달 전."

"……."

"예, 저는 처음부터 알았어요."

"……."

"어떻게 모르겠어요. 십오 년을 짝사랑한 분인데."

수라마녀의 눈에 살기가 일기 시작했다. 그러자 마령검이 가볍게 손사래를 치면서 웃었다.

"그러지 마세요. 저는 누님 털끝 하나도 건드리지 않았잖아요.”

“…….”

“제가 안으려 하면 가슴속에 숨겨둔 단검으로 절 찌를 텐데, 어찌 안겠어요? 후후후.”

수라마녀는 미심쩍어 하며 열쇠 꾸러미를 흘낏 보고는 다시 마령검을 직시했다.

“왜 열쇠를 나에게 주는 거지?”

“지금 군영은 축제 준비로 난리법석이에요. 뭐, 누워만 계셔서 모르려나? 어쨌든 외부 상황이 그러니 누님이 막사 밖으로 나간다고 해도 신경 쓸 사람이 거의 없을 겁니다. 물론 조심은 해야겠지만……. 날이 저물면 섬마검 부관에게 전해 주세요. 그분께서 알아서 할 겁니다.”

“마령검, 지금 나와 뭐하자는 거야? 대체 무슨 꿍꿍이냐고?”

마령검은 얼굴을 가리고 있는 철가면을 천천히 벗었다. 그러고는 맨얼굴로 수라마녀를 보며 빙그레 웃었다.

“조금 전에 그분을 봤어요.”

“그분?”

“혈왕문도들 틈에 섞여 잠입하셨더라고요. 섬마검 부관과 만나는 장면을 숨어서 봤어요.”

수라마녀의 어깨가 떨리기 시작했다.

“설마…….”

마령검이 환하게 웃었다.

"예. 섬마검 부관님이나 누님이 옳았어요. 그분은 살아 계셨어요. 살아서 돌아오셨어요."

"오! 신이시여!"

수라마녀는 앉은 자세로 두 손을 깍지 끼고는 부르르 떨었다. 마령검은 그녀가 감격하는 모습을 보며 행복한 표정을 지었다.

"드디어 보네요."

"……?"

"예전 누님의 밝고 환한 모습을. 마지막에 그런 누님의 얼굴을 보게 돼서 저는 만족해요."

수라마녀의 눈매가 가늘어졌다.

"마지막? 무슨 뜻이지?"

"모두가 끝까지 갈 수는 없죠. 저처럼 중간에 낙오하는 사람도 있는 게 인생이잖아요. 제 믿음이 부족했던 것이니 누굴 탓할 수도 없고. 후후후."

마령검은 의자에서 엉덩이를 떼고는 일어났다. 그리고 밖으로 나가려는 것을 수라마녀가 침상에서 급히 내려와 불렀다.

"마령검, 잠깐만. 너 설마 소교주에게 알리려는 건 아니겠지?"

마령검이 고개를 돌려 어이없다는 기색으로 소리 없이

웃고 말했다.

"그렇다면 제가 그 열쇠를 누님에게 드렸겠어요?"

"아! 그, 그렇군."

"모두가 축제를 즐기며 만취했을 때, 분명 야습이 있을 거예요. 그리고 우리가 알고 있는 그분이라면 당연히 승리할 테고요."

마령검은 가볍게 한숨을 쉬고는 다시 앞을 보며 말을 이었다.

"제 꿈까지 누님이 함께 짊어지고 가주세요. 우리가 꿈꿨던 세상을 누님은 그분과 끝까지 함께 가서 눈으로 보세요. 꼭."

그 말을 끝으로 마령검이 철가면을 쓰고는 발을 내디뎠다. 수라마녀는 그가 막사 밖으로 나가기 직전에 팔을 잡아챘다.

"잠깐만! 너 지금 뭐하려는 건데?"

질문을 던지던 수라마녀는 자신이 잡은 마령검의 팔에서 느껴지는 진동에 흠칫 놀랐다. 그가 떨고 있었다.

"멋있게 가게 해주세요."

"말해! 뭐하려는 거야? 어디로 가려는 거야?"

"누님, 난 배신자예요."

수라마녀의 아미가 일그러졌다. 그녀는 입술을 꾹 깨물었다가 말했다.

"배신자 아닌 건 내가 잘 알아."

"아니, 저는……."

수라마녀가 마령검의 말을 끊었다.

"밤마다 괴로워하며 잠꼬대하는 걸 숱하게 들었어. 마창 송화운의 수하들? 네가 나서서 마창을 생포했기에 대부분이 산 거잖아. 네가 나서지 않았다면 다 죽었을 거야."

"……."

"네가 나를 지켜준 거잖아. 네가 섬마검 부관님도 지켜준 거잖아. 거짓 악역을 자처한 네가 없었으면……."

마령검의 어깨가 들썩였다. 그가 웃으며 말하는데 울음이 묻어났다.

"그런데 왜 저를 그렇게 미워하셨어요?"

수라마녀가 흠칫하며 입술을 꾹 깨물었다가 고개를 숙였다.

정말로 미워한 게 아니었다. 그냥 꽉 막힌 절망의 세상에서 화풀이할 곳이 필요했는지도. 아니, 어쩌면 마령검을 의심한 것인지도. 잠꼬대하는 연기로 속이려는 거라고.

아니, 그것도 아니다. 과거를 기억해 내니 자신도 모르는 사이에 마령검의 아내가 되어버린 현실이 어처구니가 없어서 화를 낸 것일 수도 있다.

모르겠다. 그냥 세상의 모든 것이 싫고 두려웠다.

수라마녀는 기어 들어가는 목소리로 말했다.

"미안……해."

그녀는 한 손에 들고 있는 열쇠 꾸러미를 보았다. 열쇠를 하나둘씩 복사했다고?

한 번이라도 들켰다면 죽었을 것이다. 그 위험한 일을 아무도 모르게 오랜 시간 그는 해오고 있었다.

천마검이 죽었다고 하면서도 그 누구보다 그분이 돌아오길 기다린 것이다.

섬마검 관태랑과는 다른 방법으로.

똑같은 방법을 취한다면 둘 다 위험해지니까.

그런데 마령검이 택한 방법은 최악이었다.

천마검이 돌아오지 않으면 자신이 만든 지옥 속에서 평생 살게 될 것이고, 그분이 돌아오면 설 곳이 없어지게 되는 선택.

수라마녀는 고개를 들어 마령검의 뒤통수를 보았다.

"너, 설마 자살하려는 거야?"

"누님만 날 괜찮은 놈으로 기억해 주면 돼요."

"마령검!"

"어쩔 수 없이 이런저런 나쁜 일도 했어요. 그분께서 공들였던 흑천련의 우호 방파들도 이간질시켰고, 무수히 많은 군소 방파들에게 압력도 넣었어요. 본보기로 죽인 이들도 있어요. 그래서 제가 있으면…… 안 돼요. 그분께 걸림돌이 돼요."

수라마녀의 머리가 핑핑 회전했다. 마령검은 정말로 자

살하려는 것이다.

“너 혹시 소교주를 암살하려고…….”

마령검이 피식 웃고 고개를 저었다.

“그런 바보짓은 안 해요.”

“…….”

“성공하든 실패하든 이곳의 모두가 경각심을 갖게 되죠. 그럼 그분의 야습에 지장을 주게 돼요.”

“…….”

수라마녀는 입술을 깨물면서 다시 한 번 깨달았다.

마령검.

이 녀석은 역시 천마검 대주님 입장에서 모든 것을 생각하고 있다는 것을.

천마검이나 섬마검이 늘 말한 것이 사실이었다. 천랑대 조장 중 가장 생각이 깊은 인물이 마령검이란 얘기.

수라마녀는 부끄러워 죽을 것만 같았다.

천랑오마라고 불리는 섬마검과 네 명의 조장.

그들 중 자신만 아무것도 한 것이 없다는 것을 깨달은 것이다. 다들 어떻게든 세상과 싸우고 있었는데, 자신은 소교주의 흉흉한 시선이 두려워 움츠리고 있었다. 반년 넘게 기억을 잃었다지만, 자신이 한심스러워졌다.

마령검이 뒤돌아 수라마녀를 직시하고는 바짝 다가와 말했다.

"한 번만 안아주면 안 돼요?"

갑작스러운 말에 수라마녀가 당황하는데, 그 순간 마령검의 손날이 수라마녀의 뒷목을 쳤다.

퍽!

수라마녀의 눈이 커지면서 입이 열렸다. 그 순간, 마령검의 손가락이 수혈을 짚었다.

"왜?"

낮게 말하며 허물어지는 수라마녀를 보며 마령검이 웃었다.

"한두 시진 후엔 일어나실 수 있을 거예요. 그때, 섬마검 부관님께 가세요."

수라마녀는 감기는 눈을 뜨려고 입술을 깨물었다. 손을 움직여 해혈하려고 했다. 아니, 그러려는데 마령검이 아혈과 마혈까지 순식간에 점해 버렸다.

마령검은 몸을 움직일 수 없게 된 그녀를 안아 들고 침상에 눕혔다. 그러고는 그녀의 귓가에 속삭였다.

"사랑해요, 누님. 날 위해 울지 말아요. 저는 정말 멋진, 그리고 후회 없는 죽음을 맞이할 거니까요."

*　　　*　　　*

백운회는 군영을 나섰다.

인근 산에 잠시 다녀오겠다는 그의 말을 들은 경계 무

사들은 별 의심도 없이 보내주었다.

공을 세우고 돌아온 혈왕문의 무사인 점도 있지만, 경계의 빗장이 풀어진 상태였기 때문이다. 또한 수련을 위해 산에 오르는 이들도 종종 있었다.

담담하던 백운회의 안색은 걸음이 늘어날수록 어두워졌다. 섬마검과 천랑대원들의 상태가 너무 참담해서였다.

수라마녀와 마령검을 보지 못한 아쉬움도 있었다.

왕오 장로가 마령검은 배신자라며 격렬하게 반대하면서 거처를 알려주지 않은 것이다.

이각 전, 비가 멈춘 하늘은 시퍼런 하늘을 오랜만에 보여주고 있었다. 서녘 하늘이 붉게 물들고 땅거미가 조금씩 지고 있었다.

백운회는 무거운 표정으로 구릉 하나를 넘고, 잠시 황야를 걷다가 또 하나의 구릉을 넘었다.

그렇게 두 번째 구릉을 넘은 백운회의 눈에 이채가 스쳤다.

구릉 아래 한 사내가 서 있었다.

철가면으로 얼굴을 가린 사내.

굳어 있던 백운회의 입가가 풀리면서 엷은 미소가 피어올랐다.

백운회는 언덕을 내려가 입을 열었다.

"마령검."

철가면을 쓴 마령검은 계속 심호흡을 하고 있었다. 그

의 목젖이 심하게 요동쳤다.

"이제야 오셨군요. 오지 않길 바랐는데, 차라리 죽어버렸으면 했는데."

그는 허리의 칼을 꺼내 들었다.

스르르릉.

마령검은 검첨으로 천마검의 얼굴을 겨누고 말했다.

"들어서 아시겠지만, 제가 어쩔 수 없이 살기 위해서, 그리고 사랑하는 여인을 차지하기 위해서 대주님을 배신했습니다."

백운회는 미소를 잃지 않고 마령검의 눈을 직시했다.

마령검은 그 시선을 똑바로 마주하며 차갑게 말을 이었다.

"아니, 제 말을 수정하죠. 배신은 대주님이 먼저 하신 거니까요. 우리는 대주님만 믿었습니다."

"……."

"어쩔 수 없지 않았냐고 변명하지 마십시오. 함께 사천성 용락산에 있었으니 잘 알 것 아니냐고 핑계 대지 마세요. 내가 아는 건 이것뿐입니다. 대주님은 없어졌고, 그런 세상에서 살 수 있는 방법은 강한 자에 빌붙는 것뿐이었습니다."

백운회는 여전히 미소로 고개를 끄덕였다. 그 모습에 마령검의 철가면 속 얼굴이 일그러졌다.

마령검이 전신의 내공을 끌어 올리며 한 발씩 앞으로 움직였다. 심후한 공력이 주입되는 그의 칼이 미세한 경련을 일으키며 울기 시작했다.

우우우우우웅.

마령검이 말했다.

"어쨌든 옛정이 있으니 치사하게 밀고하지는 않았습니다. 제가 대주님의 수급을 직접 가져가는 공적을 세우고 싶은 이유도 있었고요."

"……."

"칼을 뽑으세요. 예전의 제가 아닙니다. 만만하게 보다가는 한순간에 죽게 될 겁니다."

둘 사이가 오 장의 거리까지 좁혀졌다.

두 고수에게 그 정도의 거리는 지척과 마찬가지였다.

"대주님, 칼을 빼란 말입니다!"

백운회는 칼을 뺄 생각이 없다는 표정으로 고개를 저으며 발을 앞으로 내디뎠다.

마령검은 입술을 질끈 깨물었다.

"저는 대주님을 배신했다니까요! 제 얘기 못 들은 겁니까?"

둘 사이가 삼 장으로 줄어들었다.

마령검이 쥐고 있는 검이 터져 나갈 듯이 울어 댔다.

"대주님! 변명을 하든지 칼을 뽑든지 하라고요!"

"……."

"그럼 죽든지!"

마령검이 땅을 박차고 천마검을 향해 몸을 날렸다. 검

을 앞세워 달려드는 마령검을 보며 백운회가 활짝 팔을 벌리고 마침내 입을 열었다.

"보고 싶었다."

"……!"

파앗!

마령검의 칼이 백운회의 목 옆을 스치며 지나갔다. 붉은 혈선이 생겼고, 핏방울이 또르륵 흘렀다.

백운회가 바로 앞의 마령검을 보며 미소로 말했다.

"보고 싶었다, 마령검."

철가면 뒤에 숨겨진 마령검의 얼굴이 파르르 떨렸다.

"저는…… 배신자라고요."

그의 떨리는 목소리에 통곡이 담겼다. 그의 무릎이 꺾이고 땅에 닿았다. 그러자 백운회도 그 앞에 마주 부복하고는 말했다.

"우리 사조장, 내가 널 모를까?"

"……."

"나 때문에 가면을 썼구나."

"대주님…… 저는…… 배신자라니까요. 저는……."

"네 말대로 내 탓이다. 내가 다 안고 가마. 너로 인해 내가 수만의 적이 생긴다 한들, 내가 널 어찌 버리겠나?"

마령검은 고개를 저었다. 많은 적이 생기는 문제가 아니다. 천마검이 꿈꾸는 패왕의 별이 되기 어려워진다.

"대주님…… 대주님의 명분이……."
"무림서생 천류영이라고 기억하지?"
"예……."
"그 친구가 말하더군. 사람이 가장 귀하다고."
"……."
"내 사람을 버리고 얻는 패왕의 별이라면…… 됐다. 안 가지련다."
"……!"
마령검의 온몸이 격동으로 덜덜 떨렸다.
천마검에게 패왕의 별이 어떤 의미인지 누구보다 잘 알기에.
"대주님……."
백운회가 그의 등을 보듬어 안았다.
"보고 싶었다."
안기는 마령검의 눈에 천마검의 목에서 흐르는 피가 아프게 박혔다.
"피하셨어야지요. 어떻게 조금도 피하지 않으셨습니까?"
천마검 같은 고수에겐 피하지 않는 것이 더 어려운 법이다. 그걸 아는 마령검이기에 가슴이 더 미어졌다.
백운회가 얼굴을 뒤로 빼 포옹을 풀고 마령검을 직시하며 하얗게 웃었다.
"또 말해주지. 내가 내 사람도 모를까."

"……."

"세상의 평판이 무어 두려울까? 내가 정말로 두려운 건 너다. 섬마검이 두렵고, 폭혈도가 두렵다. 귀혼창이 무섭고, 수라마녀가 겁난다. 날 주시하는 천랑대원들이 무섭다. 그러니 날 겁주지 마라. 방금 네 칼, 정말 무섭고, 아프고, 슬펐다. 그 칼끝이 원하는 게 내 목이 아니라 네 목인 걸 아는데……."

고개 숙이는 마령검의 눈에서 결국 이슬방울이 뚝하니 떨어졌다.

백운회는 그런 마령검의 어깨를 가볍게 토닥였다.

"진짜 싸움이 우리 코앞에 놓여 있다. 네가 천랑대에 들어올 때 한 말 기억하나?"

마령검이 고개를 들었다.

"그 말을…… 아직 기억하십니까?"

"하하하, 어찌 잊을까? 무림맹 총타에 대천마신교의 깃발을 꽂고 싶다고 했잖나."

"……."

"내가 그 말을 반드시 들어주겠다고 했었다."

"예, 그러셨습니다."

백운회가 일어나 손을 내밀며 말했다.

"다시 시작하자. 함께 가자. 그 약속, 지켜주마."

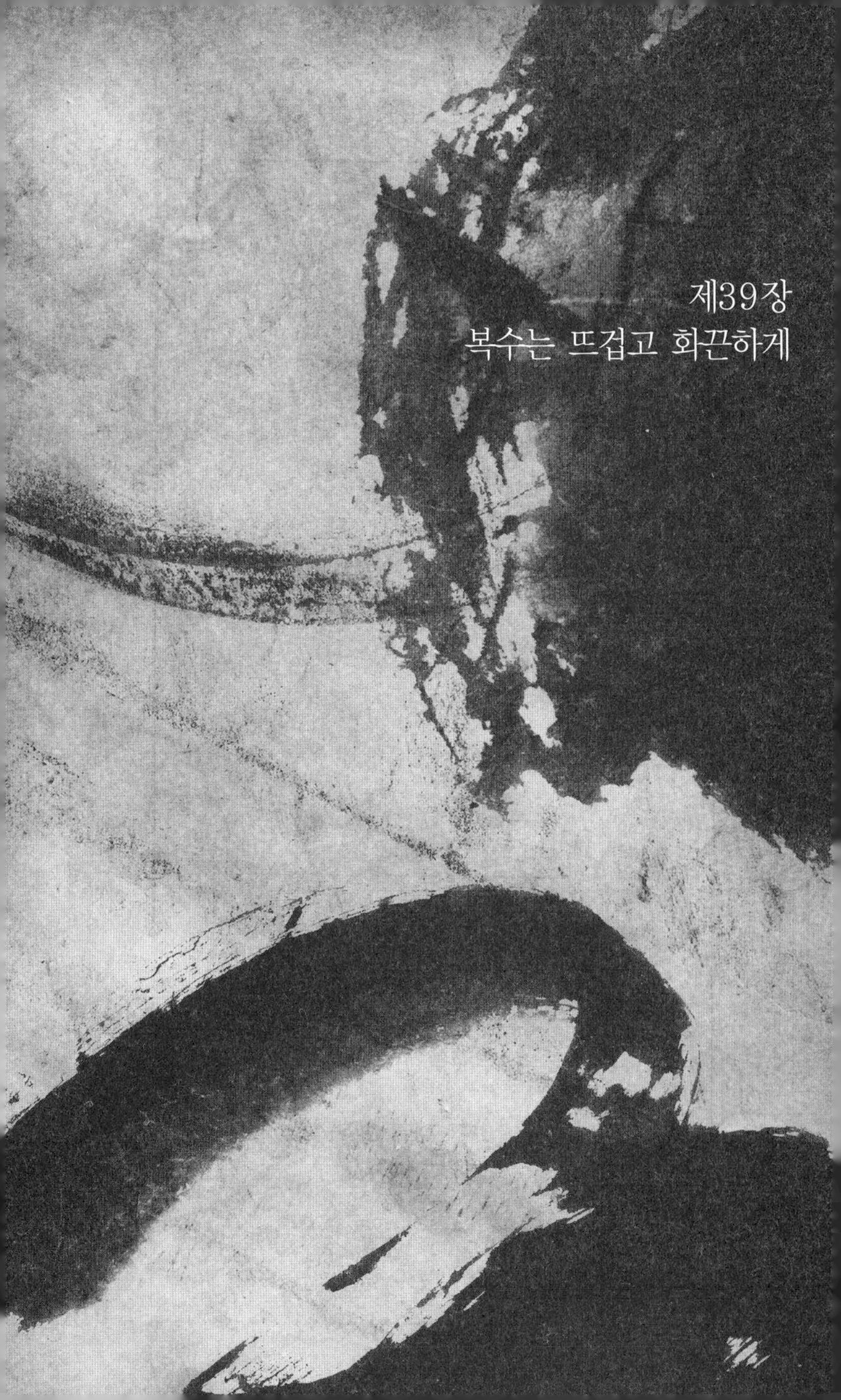

제39장
복수는 뜨겁고 화끈하게

1

백운회 주변으로 사람들이 모여들었다.

많은 이들은 관태랑의 안부와 수라마녀, 마령검, 그리고 인질들에 대한 질문을 던지고 싶었다.

그러나 머릿속에 떠오르는 많은 질문들을 목구멍 안으로 삼킨 채 백운회를 주시했다.

너도나도 질문을 던져 대기 시작하면 끝도 없을 테니까.

백운회는 주변을 가볍게 훑고는 입을 열었다.

"공격 시간은 삼경. 내가 먼저 군영 안으로 들어갑니다. 그리고 적당한 때 허공 높이 불길을 쏘아 올릴 테니,

그때 함성을 지르며 돌격하면 됩니다. 그리고……."

하지만 결국 궁금증을 참지 못한 사람이 나왔다. 설강 빙궁주가 한 손을 들며 백운회의 말허리를 끊었다.

"천마검, 잠깐만. 자네 혼자 군영에 들어가겠다는 건가?"

백운회는 설강을 바라보며 고개를 끄덕였다.

"문제 있습니까?"

설강은 황당해서 물었는데 백운회가 그렇게 반문하니 머쓱해졌다. 설상아가 한숨을 조용히 흘리고는 속삭이듯 말했다.

"아버지, 천마검은 마신지경이에요."

"흠흠, 그건 알지만 오천의 대군인데……."

"다들 만취해 있을 시간이에요. 그리고 우리가 들어가기 전에 그가 죽는다는 건 왠지 상상이 안 되네요."

설강은 입맛을 다시며 주변을 훑었다.

폭혈도와 귀혼창, 그리고 초지명이 눈살을 찌푸리며 왜 천마검의 말을 방해하느냐는 시선을 노골적으로 보내왔다. 하오문도인 추혼밀과 화선부의 하유도 살짝 고개를 좌우로 흔들었다.

하지만 설강은 다시 입을 열었다.

"자네의 능력을 폄하하는 건 아니네. 하지만 혼자는 좀 위험하지 않겠나?"

백운회는 눈을 가늘게 떴다.
"하고 싶은 말이 뭡니까?"
"흠흠, 나도 자네와 함께 움직이고 싶은데."
백운회가 잠시 침묵했다. 그러자 설강이 주먹을 불끈 쥐며 말했다.
"부탁하네."
백운회가 묘한 한숨을 쉬고는 대꾸했다.
"물론 빙궁주께서는 절정고수이니 강하시고 전장에서의 판단력도 훌륭하십니다."
"하하하! 이거, 많은 사람들이 보는 앞에서 자네가 내 얼굴에 금칠을 하니 조금 남세스럽군."
말은 그렇게 했지만 기분이 무척 좋다는 표정이었다.
백운회가 피식 웃고는 입을 열었다.
"뒤를 보십시오."
"응?"
설강이 의아한 얼굴로 고개를 돌렸다. 그러자 북해빙궁의 사람들이 일제히 도리질 쳤다. 설상아가 말했다.
"위험해요."
북해빙궁의 사람들이 잇따라 말했다.
"위험합니다."
"우리를 이끌어주셔야지요."
"궁주님이 사지에 들어가시면 저희들은 불안해서 어쩝

니까?"

설강이 당황하며 검지로 백운회를 가리켰다.

"얘가 있잖아. 어련히 알아서 지켜줄까?"

백운회가 기다렸다는 듯이 답했다.

"그래서 안 됩니다. 나는 무척 바쁠 거라 빙궁주를 신경 쓰지 못합니다."

"치사하게. 내가 혹이 될 것 같으니 싫다, 이거군. 감히 북해빙궁의 궁주에게 그런 말을 할 수 있는 사람은 자네밖에 없을 걸세."

설강이 구시렁거렸지만 백운회는 단호했다.

"그래도 안 되는 건 안 되는 겁니다."

"나도 한 번 전설에 남을 전투에서 빛나보면 안 되겠나? 나중에 손주에게 자랑 좀 할 수 있게 말일세."

설상아가 한숨을 쉬고 백운회에게 말했다.

"죄송해요."

"괜찮소. 모르던 성격도 아니니까."

그렇게 사방에서 비난의 눈초리를 받았음에도 설강은 자신의 주장을 무르지 않았다.

"자네가 날 신경 쓰지 않아도 상관없네. 나도 함께 들어갈 거야."

설상아가 아미를 찌푸리며 낮게 윽박질렀다.

"아버지, 그만하세요. 지금 장난하는 것도 아니고."

"장난이 아니니까 그런 거다. 상당수가 만취해 있을 거야."

"절정의 고수들은 주독(酒毒)을 단숨에 뽑아낼 수 있어요."

"절정의 고수가 강아지 이름도 아니고, 얼마나 되겠냐? 나도 어느 정도는 버틸 수 있어. 그리고 그런 놈들하고 붙어보고 싶단 말이야."

"정말 왜 그러세요?"

설상아의 언성이 높아지자 설강이 입술을 꾹 깨물었다가 한숨을 쉬고 말했다.

"꼭 보고 싶어서 그런다."

"예?"

"천마검이 싸우는 모습을 꼭 보고 싶다고. 나도 센 놈들하고 붙어서 이것저것 해보고 싶은 것도 있고."

"아니, 하필 왜 이리 중요한 싸움에……."

"사실은…… 머리가 근질거려서 그래."

설상아는 고개를 절레절레 저었다. 아무리 아버지라도 대꾸하기조차 싫었다.

그런데 몇몇의 눈빛은 달라졌다.

폭혈도가 묘한 미소로 물었다.

"정말이시오?"

초지명도 입을 열었다.

"그냥 해보는 소리 아닙니까?"

귀혼창까지 가세했다.

"죽을 수도 있다는 건 아시죠?"

세 명의 물음에 설상아와 북해빙궁의 사람들은 눈을 동그랗게 떴다.

지금 일이 어떻게 돌아가고 있는 거지?

설상아가 당황하며 물었다.

"무슨 말씀을 하시는 거예요?"

초지명이 미소를 머금고 답했다.

"어떤 깨달음이 올 듯 말 듯한 거요."

"……!"

"만약 성공하면 초절정으로 들어설 수도 있소. 북해빙궁에도 드디어 초절정고수가 탄생하는 거요. 물론 실패할 확률이 더 높긴 하지만……."

설상아는 숨을 들이켜고는 휘둥그레진 눈으로 설강을 보았다. 그러고는 굳은 얼굴로 천천히 고개를 주억거렸다.

"해보세요."

북해빙궁의 전사들도 잇따라 말했다.

"도전하십시오."

"궁주님을 기억하겠습니다."

"천랑대주님, 저희 궁주님의 부탁을 외면하지 말아주십시오."

"북해의 전사들은 죽음을 두려워하지 않습니다."

모두가 이젠 백운회의 결정을 기다렸다. 그는 설강을 가만히 보다가 피식 웃었다.

"함께 들어갈 뿐, 돕진 않을 겁니다."

설강이 대소했다.

"하하하! 좋아, 알겠네."

그런 설강을 설상아가 불안한 표정으로 보다가 백운회에게 말했다.

"그래도 본 궁에서 저희 궁주님을 지킬 몇 명의 호위를 대동하는 건……."

설강이 손을 들어 딸의 말을 끊었다.

"됐다. 나 혼자 갈 거야."

"아버지, 저는 아버지가 걱정돼서 그래요. 혹시라도……."

"나중에 자랑을 제대로 하려면 혼자 가야 돼."

"정말 끝까지 이러실 거예요?"

백운회가 설상아를 정면으로 보고 말했다.

"호위는 허락하지 않겠소."

설상아는 다른 사람도 아닌 백운회가 나서자 곤혹스러운 표정을 지었다. 왠지 모르게 백운회는 조심스러운 탓이었다.

"저…… 제 아버지께서는 본 궁의……."

백운회가 그녀의 말을 바로 끊었다.

“절정까지는 수련과 실전, 그리고 무리(武理)의 깨달음만으로도 오를 수 있소. 그러나 절정에서 초절정으로 넘어가는 경우는 목숨을 걸어야 하오. 초인의 경지니까.”

“…….”

“그 세계로 가기 위해서는 여러 가지가 필요한데, 그중 두 가지가 반드시 필요하오. 자기 자신, 그리고 죽음. 그 두 가지를 동시에 넘어서야 하는 거요.”

초지명, 폭혈도, 귀혼창이 초절정에 올랐던 순간을 상기하고는 고개를 끄덕였다.

백운회의 말이 이어졌다.

“호위를 데려갈 거면 빙궁주가 굳이 갈 필요가 없소. 오히려 깨달음에 방해만 될 테니까.”

설상아는 어깨를 축 늘어뜨리고 답했다.

“알겠어요.”

하지만 그녀의 눈빛은 오히려 빛나고 있었다.

초절정이라는 경지가 새삼 엄청나다는 것을 실감한 것이다. 자기 자신과 죽음을 동시에 넘어선다는 것이 막연하면서도 얼마나 어려울지 상상조차 되지 않았다.

백운회는 손뼉으로 주변을 환기시킨 후, 지시를 내렸다.

“폭혈도.”

"옛, 대주님!"

"너는 하오문과 화선부를 이끌고 군영의 남쪽으로 진입한다. 그쪽에 인질이 있다. 혈왕문의 칠 할과 섬마검, 수라마녀, 마령검과 합류해 우리 새끼들을 안전한 곳까지 빼내도록."

폭혈도가 함박웃음을 지으며 절도 있게 목을 숙이며 외쳤다.

"충(忠)! 수행하겠습니다."

"가장 중요한 일이다. 싸움이 시작되면 그들은 인질부터 확보하려고 할 거야. 제일 격렬한 전투가 될 거다."

추혼밀과 하유의 얼굴에 긴장감이 흘렀다. 그러나 폭혈도는 씩 웃으며 주먹으로 제 가슴을 쳤다.

"염려 마십시오."

백운회가 고개를 돌리며 불렀다.

"귀혼창!"

귀혼창이 입을 열었다.

"하명하십시오."

"동쪽을 맡아라."

"충!"

"그쪽은 소교주가 북방 지역을 관통해 오면서 억지로 차출해 온 군소 방파의 무사들이 몰려 있는 곳이다. 신중해라. 무작정 싸우기보다 회유에 공을 들여라. 나를 팔아

라. 아직 어느 정도는 먹힐 테니."

귀혼창이 빙그레 웃었다.

"어느 정도가 아니라 꽤 먹힐 겁니다."

백운회는 초지명을 보았다.

"흑랑대주는 서쪽을 맡아주시오. 혈왕문의 남은 삼 할이 그대를 도울 것이오."

초지명이 빙그레 웃었다.

"최선을 다하겠습니다."

"당신답게, 흑랑대답게 싸워주시오."

"돌파하고 짓밟겠습니다."

백운회는 설강에게 고개를 돌렸다가 설상아에게 시선을 이동시켰다. 빙궁주는 자신과 함께 움직일 테니 이제 북해빙궁의 지휘관은 설상아 소궁주였다.

"소궁주."

그녀는 긴장한 기색이 역력한 얼굴로 등허리를 꼿꼿이 폈다.

"북쪽이오."

"본 궁의 명예를 걸고 최선을 다할게요."

백운회는 잠시 말없이 그녀를 직시했다. 아무래도 나이가 어린데다가 경험이 일천해 걱정이 되었다.

그러나 백운회는 그녀 뒤에 있는 북해빙궁의 장로와 간부들을 보며 고개를 주억거렸다.

"여러분께서 소궁주를 잘 보필해 주시오."

넉넉한 인상의 한 장로가 수염을 쓰다듬으며 말을 받았다.

"걱정 마시오, 천마검. 우리 북해의 전사들은 강합니다."

각자의 역할을 알려준 백운회는 모두를 훑으며 무겁게 말했다.

"이번 전투에서 최우선 순위는 폭혈도가 맡은 남쪽입니다. 인질을 구하는 것이오. 만약 남쪽에서 지원 요청이 온다면 지체 말고 그리 이동하십시오."

모두가 고개를 끄덕이는 가운데 백운회의 말이 이어졌다.

"차 순위는 여러분의 안전입니다. 혹여 힘에 부치는 상황이 발생하면 뒤로 빠지시오. 그리고 다시 상황을 살피고 전진하거나 다른 쪽 아군과 합류합니다. 그건 각 부대의 지휘관이 판단하되, 결코 공을 세우려고 무모해져서는 안 됩니다."

설강이 웃으며 말했다.

"크하하하! 다들 만취해 있을 텐데, 그렇게 어려운 일은 없지 않겠나? 너무 걱정하지 말고……."

그의 웃음소리가 잦아들었다. 자신을 차갑게 바라보는 천마검의 눈빛 때문이었다.

설강은 주먹으로 입을 가리고 헛기침을 해 댔다.

"흠흠, 그러니까 나는 너무 긴장하면 몸이 굳으니까 여유를 좀 가지라고."

"빙궁주."

"하하하! 참나, 사람 무섭게 왜 그렇게 목소리를 까나?"

"당신 수하들이 인질로 잡혀 있어도 그렇게 장난으로 말을 할 겁니까?"

백운회의 눈빛이 차갑게 가라앉았다. 그 눈을 마주하던 설강의 고개가 점차 수그러들면서 시선을 회피했다.

"흠흠, 미안하네. 자중하겠네. 내 성격이 원래 그렇다는 걸 자네도……. 흠흠, 알겠네. 입 다물지."

백운회는 주변을 천천히 훑고는 낮게, 그러나 내공을 실어 모두의 옆에서 말하는 것처럼 얘기했다.

"우리에게 저지른 짓을 저승에서도 후회하도록 철저하게 박살 낸다."

군웅의 눈에 기광이 스쳤고, 입가에 진득한 미소가 피어났다.

*　　　*　　　*

오천의 대군이 머무는 군영.

하루 종일 비가 내리다 갠 터라 공기가 더욱 서늘하고 깨끗했다.

군영 여기저기에서 노래와 악기 소리가 울렸다. 이따금씩 고함 소리도 새어 나왔고, 웃음과 왁자지껄한 소음이 멈추지 않았다.

흔히들 말한다.

전투에 패한 지휘관은 용서해도 경계에 실패한 지휘관은 용서할 수 없다고.

그만큼 경계란 가장 기본인 동시에 실패할 경우 어마어마한 피해를 볼 수 있는 중요한 것이다.

그런데 지금 이곳.

번을 서는 이들조차 화톳불 앞에서 술을 끼고 있었다.

어떤 의미에서는 주변에 적이 없으니 경계의 의미가 없기도 했다.

하지만 기본이 왜 기본인가.

그것은 어떤 순간에도 지켜져야 하기 때문이다.

인피면구를 쓴 백운회 옆에서 걷고 있던 설강이 입을 열었다.

"개판이군."

그 두 사람이 다가오는 걸 본 초병 중 한 명이 손을 들며 외쳤다.

"이 밤중에 누구야?"

그는 상대가 북해빙궁을 점령한 천산수사의 전령이거나 잠시 밖에 나갔다가 돌아오는 아군이라 생각했다.

주변의 작은 마을에 사는 여자를 겁간하려고 종종 저녁에 나갔다가 새벽에 들어오는 이들이 있었다.

"누구냐니까? 소속을 밝히라고."

재차 묻자 그제야 백운회가 입을 열었다.

"부군사께서 보낸 전령이오."

지금 백운회와 설강은 북해빙궁 앞에서 죽은 전령의 복장을 하고 있었다.

초병들은 고개를 끄덕이며 손짓으로 안으로 들어가라고 했다.

그렇게 둘은 손쉽게 군영 안으로 들어섰다.

설강이 허탈한 표정으로 주변을 훑었다. 비틀거리는 사람들이 사방에 보였다.

"이건 좀 심하군."

백운회가 피식 웃고 침묵했다. 설강이 계속 말했다.

"거참, 승리도 했겠다, 주변 수백 리 내로 문파는커녕 마적 하나 없으니……. 뭐, 있다고 해도 감히 쳐들어오지는 못하겠지만…… 그래도……."

설강은 긴장을 풀고 말을 이었다.

"슬슬 시작해야지 않나?"

백운회는 대꾸 없이 계속 걸었다. 안쪽으로 들어가면서

취한 자들이 눈에 띄게 줄어들었다. 설강은 느슨해졌던 긴장을 다시 조이며 말했다.

"안으로 들어갈수록 상황이 좀 다르군."

백운회가 답했다.

"군영의 가장 밖에 있는 자들은 하급 무사들입니다. 설사 적이 쳐들어와서 죽는다 해도 상관없다는 거죠."

설강의 얼굴이 굳었다.

"칼 받이라는 건가?"

"축제를 열 때 소교주의 방식이라더군요."

"고약하군."

"가장 외부의 천여 명과 가장 안쪽의 고수들만 술을 진탕 마시게 합니다. 중간은 약간 즐기는 정도."

"외부는 칼 받이고, 내부의 핵심 고수들은 언제라도 주독을 몸 밖으로 뽑아낼 수 있다는 거로군."

설강은 입맛을 다셨다.

대다수가 만취했을 거라 기대했는데, 아쉬웠다.

그렇게 대화를 나누는 중에도 백운회는 중앙대로를 거침없이 걸었다.

"이, 이보게, 어디까지 가려는 건가? 슬슬 이쯤에서 시작하는 게 낫지 않겠나?"

군영의 정중앙은 일종의 광장이었다.

그곳에서 수뇌부와 핵심 간부들이 모여서 연회를 즐

긴다.

천마검을 따라 걷는 설강의 얼굴이 조금씩 하얗게 질려 갔다.

"자네, 설마……."

"……."

"정중앙에서 시작하려는 건…… 에이, 그건 아니지? 그러면 안 되는 거 알지?"

백운회가 고개를 흘낏 돌려 물었다.

"문제 있습니까?"

설강은 자신도 모르게 욕설을 뱉었다.

"미친!"

백운회가 빙그레 웃었다.

"지금 돌아가도 좋습니다."

"하하하, 에이, 농담하지 말라고. 내가 나이가 있어서 심장이 별로야."

"수뇌부가 모인 자리에서 충격을 줘야 합니다. 그래야 아군이 함성을 지르며 쳐들어올 때 혼란을 극대화시킬 수 있습니다. 또한 그래야 저들의 대처도 늦어지겠죠."

"아무리 그래도 이건 자살행위네."

"내가 많은 고수들을 끌어안고 있을수록 전황은 빠르게 우리 쪽으로 기울게 될 겁니다. 인질의 탈출도 더 안전하고 말이죠. 그렇게 이각만 버티면 나도 숨통이 트일 테고."

설강은 이제 울상이 되었다.

"이각? 수뇌부와 고수 수백이 모인 속에서? 아무리 그래도 그렇지, 이건 아니라고!"

백운회는 계속 앞으로 나아갔다.

그렇게 직진하는 둘을 의아하게 보는 시선들이 빠르게 늘어났다.

그리고 마침내 중앙 광장의 초입까지 다다랐다.

설강은 신음을 삼키며 구시렁거렸다.

"자네, 미친 거야. 그렇지? 아니면 지금 나와 담력 시합이라도 하자는 건가?"

"……."

"제발 멈춰, 멈추라고!"

중앙 광장은 수백의 사람들이 몇 줄로 원을 그리며 앉아 있었다. 백운회는 그 사람들을 젖히고 안으로 들어섰다. 거칠게 그가 들어서자 몇몇 사람들이 인상을 구겼다.

설강은 차마 그 안으로 들어서지 못하고 그의 등을 보며 뇌까렸다.

"미친 새끼!"

중앙 광장의 가운데는 추운 날씨에도 불구하고 반라의 여인들이 음률에 맞춰 춤을 추고 있었다.

그곳으로 백운회가 들어서자 자연스럽게 모든 이들의

시선이 집중됐다.

뇌악천은 대흑수 장로가 곁에서 따라 주는 술을 받다가 백운회를 보며 중얼거렸다.

"저 녀석은 뭡니까?"

대흑수 장로가 심드렁하게 말했다.

"복장을 보아하니 전령인데……. 흐음."

대흑수의 미간이 좁아졌다. 아니, 그뿐만 아니라 수많은 이들의 눈매가 날카로워졌다. 낯선 전령인데 그의 신형에서 흘러나오는 기운이 예사롭지 않았다.

백운회는 곳곳에 있는 화톳불 중 하나에 불쑥 손을 집어넣더니, 활활 타고 있는 장작을 꺼냈다. 그에 사람들이 눈을 휘둥그레 떴다.

악공들의 연주와 무희들의 춤이 멈췄다.

백운회는 그들을 가볍게 훑으며 말했다.

"휘말려 죽기 싫으면 빠지도록."

그들은 소교주의 눈치를 살피며 어쩔 줄 몰라 했다.

소교주 근처에 앉아 있던 월마룡이 일어났다.

"네놈은 누구냐?"

백운회가 싱긋 웃었다.

뇌악천이 짜증을 내며 외쳤다.

"누구냐고 물었다!"

백운회는 어깨를 으쓱하고 고개를 돌렸다. 그러고는 거

리를 두고 어정쩡하게 서 있는 설강을 보며 말했다.

"빙궁주, 내가 누구냐고 묻는군요."

놀라는 동시에 의아하고, 또한 살벌한 시선이 일제히 설강에게 쏟아졌다. 북해빙궁의 주인이 왜 이 자리에 나타난단 말인가.

설강은 이를 바드득, 갈며 백운회를 향해 윽박질렀다.

"미친 새끼! 죽으려면 혼자 죽지!"

백운회가 빙그레 웃고는 뇌악천을 보았다. 그런 후, 장작을 잡지 않은 손으로 얼굴을 잡아 뜯었다.

인피면구가 벗겨지고 얼굴이 드러났다.

순간, 소교주와 몇몇 사람들의 눈이 찢어질 듯 커졌다. 그들의 신형이 부르르 떨리더니, 이내 얼음이 되었다. 그리고 점점 더 많은 사람들이 숨을 들이켜며 그를 보았다.

아연해지는 사람들.

백운회가 뇌악천을 보며 싸늘하게 미소 지었다.

"오랜만이군."

"……!"

"나, 천마검 백운회야."

그가 불타는 장작을 허공으로 높이 던졌다.

2

백운회가 군영에 들어서기 이각 전(前), 군영의 남쪽을 지키고 있는 무사들도 흥청망청 술과 고기를 즐기고 있었다.

하지만 예외가 있었다.

지독한 악취로 인해 사람들이 돼지우리라고 부르는, 황토빛 거대 막사를 지키는 초병들에겐 술이 금지되었다.

천마검을 따르는 천랑대원들이 있는 곳이다. 마창 송화운과 그의 수하들 역시 이곳에 있었다.

족쇄가 연결되어 거동이 어려운 그들은 대소변도 막사 안에서 해결해야 했다. 그러니 악취가 진동할 수밖에.

돼지우리의 입구에 앉아 있던 소살비(笑殺肥) 비표는 육포를 질겅질겅 씹으며 제 처지를 한탄했다. 하필 오늘 밤처럼 축제가 벌어지는 날에 이곳을 지키는 당직이라니!

지지리도 운이 없었다.

그나마 다행이라면 소교주가 사흘간 축제를 연다고 했다. 오늘만 참으면 내일과 모레는 진탕 마실 수 있을 것이다.

비표는 두툼한 뱃살을 쓰다듬으며 하품을 하다가 다가오는 사내를 보고 씩 웃었다.

섬마검 관태랑.

그가 빗자루와 통을 들고 왔다.

"이제 오나? 오늘은 안 오는 줄 알았는데."

비표는 다시 하품을 하고는 말을 이었다.

"어서 들어가서 치우라고. 냄새 때문에 미칠 것 같으니까."

관태랑은 지금까지 이곳을 하루에 한 번씩 청소했다. 지독한 고문을 받았을 때에도 거른 적이 없었다.

비표는 막사 안으로 들어가려는 관태랑을 보며 히죽거렸다.

"크흐흐흐, 그러고 보면 네 팔자는 똥치기가 맞아. 안 그런가?"

그의 물음에 관태랑이 멈춰 서서는 담담한 표정으로 마주 보았다. 비표는 그의 이마에 새겨진 낙인을 보고는 계속 말했다.

"계속 돼지우리를 치워왔잖아."

"……."

"사람 팔자는 모르는 거라더니, 대(大)흑룡가의 적자가 이런 신세로 전락할 줄 누가 알았겠어? 나는 그래도 네가 마음을 고쳐먹고 소교주께 충성을 바칠 거라 생각했는데……. 하나만 묻자. 천마검은 죽었잖아. 그런데 왜 죽은 놈을 위해 이런 수모를 참고 있는 거지? 설마 천마검이 살아 있다고 믿는 거냐?"

"……."

"예전엔 네가 눈부셨던 때가 있었는데…… 지금은 하급

간부인 나한테도 이리 무시당하잖아. 이렇게 말이지."
비표는 말을 마치면서 의자에서 일어나 관태랑의 뒤통수를 갈겼다.
퍼억!
관태랑이 휘청거리는 모습을 보며 비표가 웃음을 터트렸다.
"크하하하! 새옹지마(塞翁之馬)라는 말이 맞아. 내가 섬마검 관태랑의 뒤통수를 때리는 날이 오다니."
비표는 오늘 같은 날 당직에 걸린 분풀이를 관태랑에게 해 댔다. 사실 고위직들이 섬마검을 괴롭힐 때 지켜보며 조롱하기는 했지만, 직접 때린 것은 이번이 처음이었다.
혹시나 섬마검이 소교주에게 충성을 맹세할 수도 있다는 생각에 직접적인 가해는 피해왔던 것이다.
가슴이 두근거리면서 짜릿한 느낌이 들었다.
관태랑은 뒤통수를 긁적거리며 엷은 미소를 짓고 입을 열었다.
"내가 몸이 좀 아파서 빨리 청소를 끝내고 싶은데."
비표의 입가에 미소가 깃들었다. 가슴에 이는 짜릿함이 더욱 커졌다. 천하의 섬마검이 자신의 눈치를 보고 있다는 사실이 통쾌하기 그지없었다.
그는 다시 관태랑의 피딱지 내려앉은 머리를 한 대 후려갈기고는 말했다.

“서둘러.”

관태랑은 고개를 끄덕이며 막사 안으로 들어갔다.

황톳빛 막사는 컸지만 일백서른여덟 명을 수용하기엔 턱없이 좁았다. 넝마처럼 해진 옷을 입고 있는 그들 중 깨어 있는 자들은 퀭한 눈으로 관태랑을 보았다. 일부는 깨어났다가 다시 몸을 웅크린 채 잠을 청했다.

하루에 죽 한 끼로 연명해 온 그들은 갈비뼈가 선명하게 드러날 정도로 몸집이 앙상했다.

관태랑은 화톳불이 있는 막사 가운데로 걸어갔다. 그리고 들고 있던 통을 내려놓고는 뚜껑을 열었다.

근처에 있던 이들의 눈이 쏠렸다.

작은 주먹밥이 그 안에 있었다.

야윈 손들이 다가와 주먹밥을 꺼내 주변으로 돌렸다.

졸던 이들이 깨어나 침을 꼴깍 삼켰다.

몇 번 씹으면 없어질 작은 주먹밥을 사람들은 입안에 넣고 혀로 굴렸다. 밥알 하나하나의 움직임을 느끼며 좀처럼 삼키지 못했다.

그것을 지켜보던 관태랑은 품속에서 염낭을 꺼내 풀었다.

떨어지는 열쇠 꾸러미.

쩔그렁.

사람들은 속으로 설마하면서도 눈을 치켜떴다. 때문에

계속 입안에서 맴돌던 밥알들이 목구멍 뒤로 사라졌다.

모두가 관태랑을 주시했다.

관태랑의 근처에 있던 이들도 주먹밥을 받을 때와는 달리 감히 손을 내밀지 못했다.

밖에서 들려오는 왁자지껄한 소음은 여전했다. 아니, 더욱 커졌다. 혈왕문주가 몇몇 수하들과 함께 다가와 초병들에게 고생한다고 술과 고기를 건네고 있는 것이다.

비표가 형식적으로 거절하는 실랑이가 벌어졌다.

하지만 막사 내부는 지독한 정적이 흘렀다.

관태랑은 오른쪽으로 일 장여 떨어져 있는 마창 송화운을 보며 말했다.

"열쇠다. 마령검이 구했다."

송화운의 눈가가 미세한 경련을 일으켰다. 그는 나직한 한숨을 쉬고 대꾸했다.

"탈출입니까?"

꿈에도 그리던 말이다.

탈출.

그러나 송화운을 비롯한 많은 이들은 현실을 잘 알고 있었다. 체력이 바닥인 자신들이 어디까지 도망칠 수 있을까.

일각, 아니, 반 각도 되기 전에 모조리 잡힐 것이다.

그렇기에 족쇄를 풀어줄 열쇠를 보면서도 기쁨보다 한숨이 먼저 새어 나왔다 관태랑이 송화운을 보며 말했다.
"지금껏 미안해서 말하지 못했는데, 이젠 해야 될 때라서 말이지. 자네가 마령검을 이해해 줬으면 좋겠군."
송화운이 쓴웃음을 머금었다. 그러고는 막사 입구를 경계하며 작게 대꾸했다.
"그런 걱정은 안 하셔도 됩니다."
"그런가?"
송화운이 고개를 끄덕이며 답했다.
"저를 잡았을 때, 그의 눈을 보았으니까요."
"……."
"눈물은 없었지만, 그건 분명 울고 있는 눈이었습니다."
관태랑은 빙그레 웃고 주변에 있는 이들에게 말했다.
"열쇠를 돌리도록. 족쇄에 새겨진 것과 일치하는 열쇠를 찾으면 된다."
열쇠가 돌기 시작했다. 송화운은 그것을 물끄러미 보며 다시 물었다.
"탈출입니까?"
그는 질문을 마치자마자 말을 이었다.
"하긴 죽더라도 그게 낫겠군요. 어차피 지금처럼 사는 건……."
그의 말허리를 관태랑이 끊었다.
"혈왕문이 도울 것이다."

일백서른여덟 명의 눈동자가 빛났다. 송화운이 신음을 삼키고 입을 열었다.

"혈왕문이 왜?"

모두가 하고 싶은 질문이었다.

이 군영에 있는 혈왕문의 숫자는 사백여 명이다. 북해빙궁으로 출정 갔다가 돌아온 병력과 이곳에 남아 있던 인원을 합쳐서.

적은 병력이라고 할 수는 없지만, 소교주 세력과 부딪치기엔 한참 역부족이다.

승산이 없는 싸움.

관태랑은 마령검에게 들은 것을 계속 말했다.

"그리고 북해빙궁의 전사들 사백이십 명이 대기 중이다."

모두의 눈이 화등잔만 해졌다.

그들도 밖의 소식은 듣고 있었다. 특히나 북해빙궁을 접수했다는 얘기와 초지명과 귀혼창이 죽었다는 것도 알고 있었다.

하루에 한 끼 식사인 죽을 주는 사람에게 들었고, 막사 밖에 있는 비표에게도 들었다. 그래서 지금 축제가 벌어지고 있는 것이 아닌가.

송화운의 눈가가 파르르 떨렸다.

"북해빙궁은…… 패한 것이 아니었습니까?"

"곧 초지명과 귀혼창, 그리고 우리의 동료들도 보게 될 거야.”

“……!”

그때, 막사 밖에서 비명 소리가 들렸다.

“으아아악!”

“뭐, 뭐야?”

혈왕문주 왕수검의 고함이 터졌다.

“막사 주변을 철통같이 보호하라!”

주변에 대기하고 있던 혈왕문도들이 쏟아져 나오며 함성을 질러 댔다.

그때, 막사 입구가 젖혀지며 두 인영이 안으로 들어섰다.

안에 있던 이들은 흠칫 놀라 그 둘을 주시했다.

마령검과 수라마녀.

마령검은 철가면을 벗어 던지고 관태랑에게 말했다.

“불길이 올랐습니다.”

막사 주변의 고함과 비명 외에도 멀리에서 아스라이 들려오는 함성이 있었다.

천랑대원 중 한 명이 몸을 부르르 떨다가 관태랑에게 물었다.

“혹시…… 그분께서…… 돌아오신 겁니까?”

간절한 시선이 관태랑에게 모였다.

제발 그렇다고 말해주기를 기원하면서.

관태랑이 하얗게 웃으며 고개를 끄덕였다.

모두의 신형이 격동으로 덜덜 떨렸다. 그 와중에도 열쇠를 찾아 돌리는 손은 더욱 바빠졌다. 동시에 목소리들도 커졌다.

"을(乙) 칠(七)번!"

"여기!"

"갑(甲) 사(四)번 열쇠 누가 가지고 있나?"

그 속에서 한 천랑대원이 눈물을 흘리며 수라마녀에게 재차 물었다.

"조장님, 기억은? 아니, 그보다 정말 그분께서 살아 계신 겁니까? 그분께서 오신 겁니까? 천마검께서…… 우리 대주님께서……."

죽었던 심장이 거칠게 박동 치기 시작한 그는 차마 말을 끝맺지 못했다.

수라마녀에게서 눈물이 쏟아졌다. 질문한 사내는 천랑대 삼조원이었다. 자신이 이끄는 조의 수하였다.

몰랐다.

이렇게까지 지독한 환경에서 버티고 있었는지.

어찌나 앙상하게 말랐는지 자신이 알고 있던 녀석이 맞는지 의심이 들 지경이었다. 미안하고 부끄러워 쥐구멍에 숨고 싶었다.

"그래…… 지금 이곳에 계시다."

거의 모든 사람에게서 탄성인지 탄식인지 모를 신음이 흘러나왔다.

"아아……."

마령검이 수라마녀의 말을 받았다.

"지금 군영의 중앙에서 불길을 올리셨다."

모두가 흥분해 주먹을 불끈 쥐는데 관태랑만이 고개를 절레절레 저으며 말했다.

"중앙이라고?"

마령검이 쓴웃음을 깨물었다.

"그분답지요. 우리의 숨통을 트여주려고……."

관태랑이 발을 뗐다. 그는 급하게 움직이며 말했다.

"수라마녀, 마령검, 혈왕문과 합세해 지원군이 올 때까지 버티도록."

마령검이 자신의 옆을 지나치는 관태랑의 팔을 잡고 말했다.

"저도 가고 싶습니다. 아니, 제가 가야 합니다. 부관님께서는 지금 몸 상태가……."

수라마녀도 끼어들었다.

"저와 마령검이 가겠어요."

관태랑이 그 둘을 번갈아 보며 싱긋 웃었다.

예전 기억이 떠올라서다.

천랑대가 몇 개 조로 나뉘어 작전 나갈 때 가끔 이런 일이 있었다.

천마검은 늘 가장 어려운 곳에서 싸웠다. 자연스럽게 그의 전투 시간이 가장 길었다. 그때마다 조장들이 관태랑에게 앞다퉈 요청했다.

자신을 대주님께 보내 달라고.

그리고 관태랑은 대꾸했었다, 지금처럼.

"아니, 내가 간다."

역시나 예전 그때처럼 수라마녀와 마령검의 얼굴이 구겨졌다. 다음에 이어질 관태랑의 말을 떠올린 것이다.

관태랑이 말했다.

"억울하면 너희가 부관하든가?"

지켜보는 천랑대원들의 얼굴에 미소가 피어났다.

다시 예전으로 돌아간 느낌에.

이게 만약 꿈이라면 결코 깨고 싶지 않았다.

* * *

뇌악천은 자신의 붉은 머리카락이 쭈뼛 서는 느낌에 몸을 떨었다.

맑게 갠 밤하늘.

달은 보름달이라 휘영청 밝았고, 사방에 있는 화톳불은 옅은 어둠을 몰아내려고 씨름 중이었다.

천마검 백운회라고?

그는 죽었다.

그런데 지금 눈앞에 서 있는 이자는 누구인가?

악공과 무희들이 뒷걸음질 치는 와중에 적지 않은 사람들이 픽픽, 실소를 터트렸다.

점차 무료해지는 연회 분위기를 띄우기 위해 누군가가 장난을 친다고 생각한 것이다.

하지만 뇌악천을 포함한 수뇌부들은 달랐다.

천마검이다. 그의 목소리다.

뇌악천이 하얗게 질린 얼굴로 입을 열었다.

"네, 네가 어떻게……?"

머릿속이 곤죽으로 변했다. 그래서 천마검이 어깨 뒤로 손을 넘겨 검을 빼내는 모습을 멍하니 지켜보기만 했다.

어디 그뿐이겠는가.

모든 이들이 좀처럼 정신을 차리지 못했다.

그만큼 천마검의 등장은 충격적이었다.

순간, 남쪽에서 유독 큰 고함과 함성이 들렸다. 때문에 동쪽, 서쪽, 그리고 북쪽에서 일던 웃음소리가 멎었다. 그 자리를 차지한 것은 아스라이 들려오는, 점점 다가오는 거대한 함성.

대흑수 장로가 자리를 박차고 일어나 일갈했다.

"야습이다! 다들……."

가장 빠르게 정신을 차린 그는 말을 잇지 못했다.

천마검이 곁에 있던 화로를 걷어찬 것이다.

슈슈슈슈슈!

화로가 빙글빙글 돌며 뇌악천과 대흑수 사이로 짓쳐 들었다. 화로에서 튕겨져 나오는 장작과 불똥이 사방으로 흩어졌다.

대흑수 장로가 앞으로 나서며 권장을 휘둘렀다.

쩌어어엉!

화로가 쪼개지며 굉음을 울렸다. 순간, 천마검이 진각을 밟았다.

콰콰콰콰콰아아앙!

젖은 땅거죽이 뒤틀리고 비산하며 앞쪽을 덮쳤다. 그러자 대흑수 장로도 진각을 밟았다.

콰콰콰콰아아, 퍼어엉!

서로의 진각이 충돌하며 움푹 구덩이를 만들었다. 앉아 있던 고수들이 공력을 일으켜 주독을 몰아내는 동시에 각자의 병장기를 빼 들었다.

차아아아아앙!

벌써 몇 명은 땅을 박차고 천마검을 향해 쇄도했다. 그리고 백운회도 앞으로 달렸다.

뇌악천은 자신을 향해 달려오는 천마검을 보고는 경기를 일으키며 외쳤다.

“막아라, 막아! 천마검을 죽여라!”

그의 고함이 채 끝나기도 전에 천마검은 지척까지 다가와 있었다.

슈가가가각.

달빛을 품은 검영이 허공을 갈랐다. 그 섬전 같은 칼을 대흑수 장로가 막아섰다.

쩡!

대흑수 장로의 이맛살이 구겨졌다.

어마어마한 힘에 자신의 칼이 밀렸다. 뿐만 아니라 자신의 몸까지.

그의 신형이 주르륵 밀려나는데 월마룡 호위장과 염라쌍견(閻羅雙犬)이라 불리는 두 장로가 천마검 앞으로 달려들었다.

천마검의 좌우와 뒤에서도 고수들이 덮쳐 왔다.

무수한 검영이 허공을 수놓았다. 시퍼런 검기들이 천마검을 노렸다.

뇌악천이 뒤로 물러나며 윽박질렀다.

"죽여라!"

뇌악천은 당최 천마검이 어떻게 살아서 이곳에 있는 것인지 이해가 되지 않았다. 하지만 이번에야말로 놈은 죽은 목숨이라는 것을 확신했다.

틈을 찾기 어려울 정도의 유성우가 천마검을 강타했다. 아니, 그러기 직전에 천마검의 칼이 허공을 찢었다.

한 번의 검짓.

그 칼날 주변에 어린 기운이 수많은 유성우를 때리고 분쇄했다.

퍼퍼퍼퍼퍼어어엉!

폭음, 폭음, 폭음.

대기가 흔들렸다. 공기가 제멋대로 춤추며 돌개바람을 사방에 만들어냈다.

어디에선가 비상을 알리는 타종 소리가 격렬하게 허공을 울렸다.

쇄애애액, 쇄액!

염라쌍견의 검과 도가 천마검의 복부를 향해 쏘아졌다.

빠르다. 또한 심후한 내공이 그 검과 도에 담겨 있었다.

천마검의 칼이 그것들을 마중 나갔다. 그 칼은 염라쌍견 중 염라일견의 검첨을 살짝 튕겨내며 밑으로 떨어졌다.

천마검은 그렇게 칼끝을 땅에 박고 몸을 돌렸다.

휘리리릭.

칼을 이용한 공중제비 돌기.

그 틈에 염라이견의 도가 허공만 갈랐다. 동시에 천마검의 땅에 박힌 검이 튕기듯 뽑혀져 나오며 주변의 흙을 뒤로 뿌렸다.

"헉!"

천마검의 뒤에서 창을 쑤셔 박으려던 초로인은 눈으로

파고드는 흙을 피하며 어쩔 수 없이 공격을 회수했다.
이건 단순한 흙이 아니라 암기에 가까웠다.
퍼억!
"끄어억!"
염라일견이 비명을 질렀다. 공중제비를 돌면서 낙하하던 천마검이 허공에서 몸을 뒤틀어 날린 발에 가슴을 얻어맞은 것이다.
땅에 착지한 천마검을 월마룡의 칼이 기다렸다. 그러자 천마검이 그 칼을 후려쳤다.
쩌어어엉!
월마룡은 단 일 합에 자신의 손아귀가 찢어졌음을 느꼈다. 그 역시 대흑수 장로처럼 밀려나는데, 거대한 풍압이 얼굴을 덮쳤다.
천마검이 벼락처럼 다가와 자신의 왼팔을 움켜잡은 것이다. 월마룡은 혼이 나갈 듯 놀란 상황에서도 팔을 빼내기 위해 힘껏 휘둘렀다.
그러자 그 힘을 타고 천마검의 신형이 허공으로 붕 떠올랐다. 그는 땅에 떨어지는 순간, 발로 땅을 쳐서 앞에서 달려드는 다섯 사내의 머리 위를 가볍게 넘어버렸다.
차악.
육 장의 거리를 단숨에 건너뛴 천마검이 앞을 보며 서늘하게 웃었다.

"기다렸나?"

뇌악천은 코앞의 천마검을 보며 입을 벌렸다.

"이런 제길!"

3

뇌악천은 설마 자신까지 칼을 쓰게 될 줄은 몰랐다가 뒤늦게 발검했다.

차앙!

은빛 검이 천마검의 허리를 쓸었다. 그러나 천마검은 그 칼을 가볍게 튕겨내면서 상체를 비틀었다. 그리고 그의 왼 주먹이 허공을 날아 뇌악천의 안면을 강타했다.

콰직!

뇌악천은 뒤로 나동그라지면서도 비명조차 지르지 못했다.

머릿속이 하얗게 비어지는 듯한 고통.

천마검의 주먹은 마치 쇠망치와 같았다.

코뼈가 부러져 함몰된 그의 얼굴은 순식간에 피로 뒤덮였다.

대흑수 장로, 염라쌍견 장로들을 비롯해 많은 고수들이 천마검에게 쇄도했다.

파파파팟!

땅을 박찬 그들은 자리에서 사라지는 듯하더니, 천마검

의 지척에서 모습을 드러내 칼을 휘둘렀다.

극성의 이형환위(移形換位).

절정 이상의 고수들만이 펼칠 수 있는, 순간 이동과도 같은 경신술.

사실 이형환위는 고수들이 밀집한 곳에서 사용하면 아주 위험해질 수 있다.

상당한 내공을 순간적으로 폭발시키는 방법인데, 자칫 충돌이 일어나면 심각한 부상을 입기 때문이다.

또한 어떤 의미로든 많은 내공을 찰나에 폭발시키는 것은 순리(順理)가 아니라 역리(逆理)였다. 진기가 들끓을 가능성뿐만 아니라 비정상적인 속도에 놀란 육체에 일시적으로 마비가 올 수 있었다.

그럼에도 불구하고 사령관인 소교주의 목숨을 구해야한다는 상황의 긴박함이 그런 우려를 잊게 만들었다.

월마룡 역시 이형환위를 이용해 뇌악천에게 향했다. 그는 아직 정신을 차리지 못하는 뇌악천을 부축해 일으키면서 천마검을 쏘아보았다.

"천마검, 이놈! 내 네 놈의 심장과 생간을 씹어 먹고 말리라!"

월마룡은 이를 바드득, 갈았다. 자신이 팔을 뿌리친 것이 원인이 되어 소교주의 얼굴이 엉망이 됐다.

기가 막혔다.

절정고수인 자신의 움직임을 계산하고 미끼로 삼은 천마검이 두려우면서도 한심한 제 모습이 치욕스러웠다. 뿌리치는 것이 아니라 맞서 공격해야 했거늘.

그러나 천마검을 향한 뿌리 깊은 공포가 본능적으로 그리하게 만들었다. 천마검은 자신이 그를 얼마나 두려워하는지 잘 알고 있었던 것이다.

분노가 활화산처럼 타올랐다.

뇌악천이 격한 호흡을 터트리다가 말했다.

“처, 천마검은?”

“곧 죽게 될 겁니다.”

뇌악천은 흐릿했던 눈의 초점을 천마검에게 맞추며 어금니를 깨물었다. 천마검은 중앙 광장을 종횡무진 누비고 있었다. 그에 따라 수백의 고수들이 이리 몰렸다 저리 몰렸다 하는 우스꽝스러운 장면이 펼쳐지고 있었다.

아무리 고수가 많아도 천마검을 공격할 수 있는 사람은 서넛에 불과했다. 그리고 그 서넛 중 천마검에게 결정적인 위해를 가한 자는 아직 보이지 않았다.

“죽여야 한다. 오늘 죽이지 못하면…….”

뇌악천은 말을 잇지 못했다.

천마검이 자신에게 짓쳐 드는 도검들을 쳐내다가 이쪽을 본 것이다.

“또 가지.”

분명 담담하게 말했는데 그의 말이 천둥처럼 들렸다.

뇌악천이 공포에 사로잡혀 사시나무처럼 떨었다. 그가 월마룡에게 말했다.

"이, 일단 우리는 이곳을 빠져나가야……."

월마룡은 뇌악천의 말 잘 듣는 심복이다. 그러나 이번만큼은 소교주의 말을 따를 수 없었다.

"안 됩니다. 모두가 지켜보고 있습니다."

수백의 고수들이 천마검을 죽이기 위해 달려들고 있었다.

제아무리 천마검이라도 결국 죽게 될 것이다. 그런데 사령관인 소교주가 겁을 집어먹고 이 자리에서 내뺀다고?

있을 수 없는 일이다.

천마검이 죽는 순간, 소교주는 반드시 이 자리에 있어야 한다.

그렇지 않으면 소교주는 섬마검과 마찬가지로 나락에 떨어진다. 섬마검에게 겁쟁이라고 낙인까지 찍은 소교주가 도망간다는 건 결코 있을 수…….

월마룡은 생각을 멈추고 자신도 모르게 '아!' 하는 탄식을 흘렸다. 동시에 소름이 돋았다.

천마검, 저놈은 소교주를 일부러 죽이지 않은 것이다.

현 상황을 냉정하게 인식하고 최적의 판단을 내려야 할 사령관인 소교주를 공황 상태로 만들어 버린 것이다. 차라리 소교주가 죽었다면 장로들 중 누군가가 나서서 상황

수습을 위해 이런저런 명을 하달했을 테니까.

그리해야 할 장로들이 천마검 하나에 매달려 전체를 보지 못하고 있었다.

지금 천마검만 있는 게 아니다.

아까 남쪽에서 함성이 일었다. 그건 분명 인질들에게 무슨 일이 생겼다는 뜻이다.

또한 이곳에서 이는 쇳소리와 고함으로 인해 묻히고 있지만, 분명 사방에서 들려오는 함성이 가까워지고 있었다.

월마룡은 몸을 부르르 떨었다. 그의 눈이 천마검을 넘어 저편 구석에서 싸우고 있는 빙궁주에게 닿았다.

천마검에 휘둘려 정신없던 머리가 점차 냉정을 찾았다. 빙궁주가 이곳에 천마검과 나타났다는 것이 의미하는 건 뭔가.

천산수사는 북해빙궁을 접수하는 데 실패한 것이다. 초지명의 흑랑대와 귀혼창의 천랑대도 아직 건재할 수도 있다.

"……!"

월마룡의 눈동자가 흔들렸다.

그렇다면 혈왕문주가 거짓말을 한 것이다.

"안팎으로……."

충격에 빠진 그는 말을 잇지 못했다. 숨이 턱턱 막혔다. 뇌악천이 그런 월마룡을 보며 미간을 좁혔다.

"무, 무슨 일이냐?"

그의 음성은 초조했다.

무수한 고수들이 천마검에게 연신 달려들고 있음에도 아직 놈은 건재했다.

그때, 갑자기 천마검 주변으로 피 보라가 일었다.

"으아아아악!"

"아아아악!"

공수를 번갈아 가하던 천마검이 갑자기 적극적으로 공세를 취했다. 동시에 그의 칼에서 뿜어져 나온 강대한 강기가 몇몇 고수들을 집어삼킨 것이다.

그로 인해 천마검 주변이 일시에 비워졌다.

천마검은 어깨를 으쓱하며 주변을 훑고 말했다.

"이제 눈치 챈 사람들이 몇몇 있는 것 같군."

월마룡을 포함한 대흑수 장로와 몇몇 장수들이 입술을 깨물었다.

잠깐의 소강상태가 사방에서 울리는 함성과 비명 소리를 똑똑히 들리게 했다.

대흑수 장로가 일갈했다.

"네놈은…… 지금껏 우리를 상대로 장난을 쳤던 게냐? 잡힐 듯 말 듯, 우리 모두를 네놈에게 묶어두기 위해서?"

월마룡이 급히 대흑수 장로에게 외쳤다.

"장로님, 지금 그게 문제가 아닙니다! 혈왕문이 배신한 것이 분명합니다! 인질들을 확보했을 가능성이……."

많은 이들이 월마룡의 말에 놀라는데, 허공을 쩌렁쩌렁

울리는 목소리가 중앙 광장의 오른쪽 후위에 있던 막사 옆에서 흘러나왔다.

"상관없다."

많은 이들이 그를 향해 목례를 취했다.

이곳에서 배분이 가장 높은 인물.

혈검제 태상 장로.

친(親) 교주파.

작년 사천성에서 풍운에게 죽은 혈사제 태상 장로의 사형이다. 좀처럼 대내외 행사에 참석하지 않던 그가 언제부터인지 이곳에 와 있었던 것이다. 워낙 조용한 성격이라 사람들은 그가 있는지조차 깜빡할 때가 많았다.

그가 앞으로 나서는 것을 보며 월마룡이 말했다.

"태상 장로님, 그, 그게 무슨 말씀이십니까? 저들이 인질들을 빼돌리고 혈왕문과 북해빙궁은 우리를……."

긴박한 상황이건만 혈검제는 피식 웃었다.

"상관없다고 말하지 않았느냐."

뇌악천이 뭉개진 코를 잡으며 말했다.

"그게 무슨 뜻입니까?"

"다 죽어가는 인질들이야 언제라도 잡을 수 있다. 북해빙궁? 혈왕문? 그놈들도 마찬가지야."

그 말을 들은 설강 빙궁주가 빽! 소리를 질렀다.

"감히 북해빙궁을 무시하다니!"

그는 주변에서 치열하게 싸웠지만, 천마검에 가려 눈에 띄지도 않았다. 그리고 이번에도 무시당했다

혈검제는 설강의 말을 귓등으로 넘기고 검지로 천마검을 가리켰다.

"저놈만 잡으면 되는 거다."

뇌악천이 고개를 끄덕여 찬동했다.

"그렇습니다. 천마검만은 반드시 죽여야 합니다."

혈검제 태상 장로는 한심하다는 눈빛으로 뇌악천을 흘낏 보고는 천마검에게 시선을 던졌다.

사방에서 고함과 비명이 들리는데 혈검제의 표정은 추호의 흔들림도 없었다. 걸음을 멈춘 그는 여유로운 낯빛으로 말했다.

"오랜만이구나."

천마검은 빙그레 웃고 대꾸했다.

"고맙습니다. 저에게만 집중해 주신다니, 원하는 바입니다. 저도 몸은 풀었고, 이제 슬슬 시작하려던 참인데."

"가증스러운 놈. 사천에서 패한 것도 모자라 감히 배신까지 한 놈이……."

순간, 천마검의 얼굴이 차가워졌다.

"진실도 모르면서 함부로 지껄이지 마시오."

혈검제의 눈가가 파르르 떨렸다.

"네놈이 감히! 네놈이 아무리 강하더라도 이곳에서 살

아 나갈 수는 없다."

천마검이 차갑게 웃었다.

"후후후, 자신 있다면 당신이 직접 오든지?"

그의 도발에 혈검제는 흉흉한 눈빛으로 다시 발을 뗐다. 그러면서 명을 내렸다.

"절정 이상만 남고, 나머지는 빠진다. 어중간한 놈들은 오히려 거치적거리기만 할 뿐."

초일류를 넘어선 특급 고수들이 입술을 깨물며 물러났다. 혈검제는 그들을 향해 계속 말했다.

"어쨌든 사방에 깔린 쥐새끼들이 시끄럽긴 하구나. 그러니 너희들은 기습해 들어온 쥐새끼들을 잡아라. 최대한 빨리!"

"존명!"

그들이 사방으로 흩어졌다. 그러자 북적거리던 중앙광장에는 삼십여 명만 남았다.

남아 있는 절정고수들이 미소를 머금었다.

혈검제 태상 장로의 지적은 적확했다. 기실 아군이 너무 많아 전력을 다하기 어려웠던 것이다. 절정고수의 심후한 내공은 주변을 초토화시킬 수 있으니까.

또한 천마검은 그걸 귀신처럼 이용했다.

그 잠깐의 틈바구니를 이용해 천마검 곁에 붙은 설강이 숨을 고르며 말을 건넸다.

"느낌이 안 좋아. 진짜 어려운 싸움이 될 듯하네."
"이번에 살아남으면 분명 초절정에 오를 겁니다."
"그렇겠지?"
"아니면 죽거나."
"……."
혈검제가 목과 어깨를 돌리며 가볍게 몸을 풀고는 천마검을 응시했다.
"내 언젠가 네놈과 실전을 꼭 한 번 해보고 싶었지. 죽은 줄 알고 아쉬웠었는데……."
그는 말을 잇지 못했다. 천마검이 이형환위의 수법으로 눈앞에 나타나 칼을 내리그은 것이다. 예상하지 못한 천마검의 기습에 모두가 눈을 부릅떴다.
쇄애액.
"헉!"
혈검제는 기겁하며 발검했다.
쩡!
시퍼런 불똥이 사방으로 튀었다. 백운회는 반탄력을 무시하고 칼을 밀어 넣었다.
엿가락처럼 늘어나는 검.
적살방주 적소군의 목숨을 앗아간 이기어검이다.
혈검제는 당황하면서도 급히 왼손을 움직여 배로 파고드는 검신의 옆 날을 후려쳤다.

챙!

가벼운 쇳소리.

찰나의 순간 황천길을 떠날 뻔했던 혈검제의 등으로 소름이 관통했다.

이기어검술이라니!

정말 시간을 끌기 위해 몸을 풀었던 거란 말인가.

더구나 천마검의 공격은 끝이 아니었다.

이기어검을 쓴 천마검은 지금 손이 자유로웠다. 그는 자신의 검날을 튕긴 혈검제의 왼쪽 손목을 오른손으로 잡아채고 빙글 돌렸다.

혈검제는 손목이 부러지는 것을 막기 위해 같은 방향으로 몸을 돌리며 튕겨 나갔던 검으로 천마검의 얼굴을 노렸다.

쇄애액.

섬뜩한 파공성이 이는 가운데 천마검이 빙그레 웃었다. 그는 미간으로 짓쳐 드는 검 끝을 태연히 바라보며 살짝 고개를 비틀었다.

파앗!

아슬아슬하게 혈검제의 칼이 천마검을 놓쳤다. 그리고 그 무모한 공격의 대가는 컸다.

천마검은 팔을 안쪽으로 쭉 당겼고, 검을 쑤셔 넣던 혈검제는 어쩔 수 없이 가까워졌다.

그 혈검제의 뺨에 천마검의 왼 주먹이 작렬했다.

콰직!

혈검제는 고개가 돌아가는 충격 속에서도 뻗었던 검을 안으로 회수했다. 그 칼이 지나가는 자리에 천마검의 뒷목이 있었다. 그러나 천마검의 상체가 앞으로 기울어지며 도망쳤다.

자연스럽게 그의 이마가 혈검제의 안면을 강타했다.

파직!

"컥!"

마침내 혈검제가 비명을 지르며 고개를 뒤로 젖혔다. 그도 뇌악천처럼 코가 뭉개지며 피가 흘렀다.

안타깝게도 혈검제는 뇌악천처럼 뒤로 나동그라지지도 못했다.

천마검의 오른손은 여전히 굳건하게 혈검제의 왼손을 잡고 있었다.

그는 몸을 빙글 돌리며 팔을 앞쪽으로 잡아당겼다. 그에 혈검제의 신형이 붕 떴다가 패대기쳐졌다.

콰아앙!

엎어진 그의 등 위로 천마검의 발이 내려앉았다.

콰지지직!

혈검제는 체면도 잊고 비명을 질렀다.

"으아아아아악!"

척추가 부러진 것이다.

이 모든 것이 순식간에 일어났다.

그런 천마검을 향해 사방에서 절정고수들이 짓쳐 들었다. 시퍼렇거나 검붉은 검기와 장력이 사위를 가득 채우며 쇄도했다.

천마검의 미간이 찌푸려졌다.

혈검제를 확실히 끝내려다 피하는 것이 늦었다. 염라쌍견은 아군이자 상관인 혈검제 태상 장로까지 위험할 수 있는데도 미리 장력을 날린 것이다.

별호에 괜히 개 견(犬) 자가 들어가는 것이 아니었다.

콰아아아앙!

천마검이 양팔을 교차하며 장력을 받았다.

문제는 그 장력을 맞았기 때문에 곧바로 짓쳐 드는 검풍과 검기를 피할 수 없었다는 점이다.

퍼퍼퍼퍼어어엉!

잇달아 그의 신형에서 폭음이 터졌다. 천마검의 몸뚱어리가 뒤로 잇따라 밀렸다.

뇌악천은 혈검제가 죽어가는 것도 잊고 쾌재를 불렀다.

"크하하하! 죽여라! 죽여 버려라!"

설강은 천마검이 혈검제를 처리하고 공격을 받는 모습에 숨을 들이켰다가 자신은 아무도 신경 쓰지 않는 것을 깨닫고는 버럭 역정을 냈다.

"이놈들아! 여기 빙궁주도 있단 말이다아아아!"

*　　　*　　　*

혈왕문도 일백이십 명.

그들은 서쪽 군영의 막사 사이에 숨어 대기 중이었다.

함성을 지르며 달려오는 초지명 흑랑대주와 흑랑대 육십여 명.

“여기 전장의 창, 초지명이 왔다!”

내공이 담긴 고함이 사위를 두드렸다.

술에 취한 이들은 우왕좌왕했다. 그러나 그들 중 누군가가 외치며 빠르게 신색을 회복했다.

“뭐야? 몇 명 안 되잖아?”

그렇다.

고작 육십여 명이다.

술은 때때로 용기를 주기도 한다. 물론 그것이 용기일지 만용일지는 나중에 깨닫겠지만.

소뇌음사의 무승 중 한 명이 살기가 번지르르한 눈으로 외쳤다.

“초지명의 목에 걸린 황금이 백 냥이다!”

술에 취해 시뻘겋게 변한 얼굴에 탐욕까지 더해졌다. 그들은 대체 왜 죽었다는 초지명이 멀쩡하게 달려오는지 생각하지 않았다. 자신들이 지금 마시던 술이 승전으로 인한 것임도 잊었다.

그저 흑랑대주를 잡으면 황금 백 냥이 떨어지고, 적이 고작 육십여 명이라는 것에만 생각이 미쳤다.

수백여 인원들이 병장기를 꼬나 쥐고 으르렁거렸다.

"흑랑대주는 내 거다!"

"아니, 내가 죽인다!"

그 뒤에서 지켜보던 혈왕문도는 뛰어나갈 준비를 마쳤다. 왕오 장로가 어둠 속에서 수하들에게 속삭였다.

"충돌 후, 교전이 시작되면 그 뒤를 친다."

혈왕문도들이 말없이 고개를 끄덕이며 호흡을 다스렸다.

그리고 마침내 선두의 초지명이 가까워졌다.

부우우웅!

그의 구 척 청룡극이 어두운 밤을 찢었다.

왕오를 비롯한 혈왕문도들의 눈이 찢어질 듯이 커졌다. 그들뿐만 아니라 초지명을 잡겠다고 호기롭게 나섰던 이들의 얼굴이 삽시간에 시퍼렇게 질렸다.

단 일 합에 다섯의 허리가 갈라졌다. 그들의 상체가 허공을 날았고, 하체가 땅으로 허물어졌다.

부우우웅, 붕붕!

청룡극이 움직일 때마다 서넛의 몸뚱어리가 토막 나며 피분수가 쏟아졌다.

콰콰콰콰콰콰아앙!

그의 오른쪽 선두에서 몽추가, 왼쪽의 앞에서 파륵이 적의 목숨을 빼앗고 거침없이 진격했다. 흑랑대원들 한 명, 한 명 역시 파죽지세로 안으로 파고들었다.

왕오는 자신들이 합류해야 한다는 것도 잊은 채 멍하니 있다가 어느새 지척까지 다가온 초지명을 보고 화들짝 놀랐다.

그가 청룡극을 들었기 때문이다.

"저, 접니다, 혈왕문!"

내려오려던 청룡극이 멈췄다.

초지명은 의아한 눈으로 물었다.

"왕오 장로시군요. 왜 어두운 곳에 계십니까?"

"……."

왕오는 차마 대꾸하지 못했다.

당신들의 무위에 넋이 나가서 합류해야 한다는 걸 깜빡 잊었다고 어찌 말하겠는가.

왕오는 침을 삼켰다.

아무리 술에 취해 있고 외곽이라 하수들이 몰려 있었다지만, 이리 순식간에 해치울 것이라고는 생각지도 못했기에.

왜 초지명과 흑랑대가 전장의 창이라 불리는지 실감했다.

"막 나오려던 참이었습니다."

"그렇군요. 천랑대주님은 어느 쪽에 계십니까?"

왕오는 계획을 전면 수정했다, 자신들이 선두에 서서 이들을 이끌려던 계획을. 그랬다가는 이들의 진격 속도만

늦추게 될 것이 자명했다.

왕오는 손으로 중앙으로 가는 길을 가리켰다. 그 길에서 무사들이 새까맣게 몰려오고 있었다.

"저곳으로 직진하면 됩니다. 그리고…… 이미 알고 계시겠지만, 안으로 들어갈수록 고수들이 등장할 겁니다."

초지명은 미소로 고개를 끄덕이고는 좌우의 수하들을 돌아보며 외쳤다.

"막아서는 건 모조리 짓밟는다!"

"존명!"

초지명이 달려오는 적들을 보며 발을 뗐다. 그리고 그가 달리기 시작했다.

"와아아아아!"

흑랑대도 뒤따라 뛰었다. 그리고 왕오는 자신의 판단이 정확했음을 깨달았다.

초지명의 앞을 막아서는 이들이 추풍낙엽처럼 떨어져 나갔다. 뒤따르며 그것을 본 혈왕문도들이 기세가 올라 덩달아 함성을 질러 댔다.

사실 고민이 전혀 없던 건 아니었다.

천마검이 대단하긴 하지만 과연 성공할 수 있을까라는 회의도 들었다.

그러나 그들은 지금 깨달았다.

천마검과 천랑대만 있는 게 아니란 것을.

흑랑대와 그들을 이끄는 초지명 역시 무지막지하게 강했다.

특히나 돌격과 돌파에 관해서는 그 어느 누구도, 그 어떤 무력 단체도 이들을 넘어서지 못하리라!

4

군영의 북쪽.

사방에서 병장기 부딪치는 소리가 요란했다.

화르르르.

사방에서 불붙은 막사들이 검은 연기를 피워 올리며 타올랐다.

설상아는 눈처럼 하얀 칼을 휘둘러 적을 베고는 초조하게 외쳤다.

"나아가야 합니다!"

사백이십 명의 북해빙궁도는 좀처럼 전진을 하지 못했다. 물론 처음부터 그런 것은 아니다.

초반엔 술에 찌든 적들이 많아서 내심 쾌재를 불렀다. 앞을 막아서는 적들을 베어 넘기고 군영 안으로 진입하기까지 걸린 시간은 겨우 일각.

너무 손쉬워 이대로 가면 얼마 안 가 중앙까지 진출할 수도 있겠다는 생각마저 들었다. 하지만 안쪽에서 예사롭지 않은 기운을 흘리는 고수들이 등장하기 시작하면서 일진일퇴를 거듭하고 있었다.

쇄애애액.

두 개의 창이 설상아를 노리고 득달같이 달려들었다.

방금까지 전진을 외치던 설상아도 입술을 깨물며 뒤로 훌쩍 몸을 날렸다.

막아내고 반격하기엔 상대의 공격이 날카로웠기 때문이다. 하나의 창은 막아내더라도 다른 창에 부상을 당할 공산이 컸기에 그녀는 이를 갈며 자신도 모르게 외쳤다.

"젠장!"

각주 한 명이 그녀 앞을 막아서며 잠시 숨 좀 돌리라 말하고는 도를 휘둘렀다.

그제야 설상아는 자신의 호흡이 매우 가빠진 것을 깨닫고는 심호흡을 했다. 하얀 입김이 허공을 타고 올랐다.

그녀의 곁으로 다가온 설숙 장로가 속삭이듯 말했다.

"소궁주, 초조해하지 마라. 수장이 여유를 잃으면 오판하기 쉽다."

"하지만……."

"천마검의 명을 벌써 잊었느냐? 적을 패배시키는 것보다 우리 안전이 더 우선이야. 우리는 북쪽의 적들을 붙잡아두는 것만으로도 큰 역할을 하고 있는 거야."

설상아는 입술을 깨물며 고개를 끄덕였다.

마음 같아서는 북해빙궁의 저력을 과시하고 싶었다. 하

지만 지금 그건 과욕이고 만용이었다. 무리해서 앞으로 나아간다면 그만큼 수하들의 피해가 커지게 될 터.

그녀는 약간 풀죽은 음성으로 대꾸했다.

"그래도 미안하잖아요. 장로님 말씀처럼 우리도 나름 최선을 다하고 있는 건 알아요. 하지만 우리가 나아가지 못하면 다른 쪽의 아군이 그만큼 힘들어지게 돼요."

설상아의 말에 설숙 장로가 미소를 머금었다.

"허허허, 우리 소궁주의 안목이 이 정도였나? 하지만 그보다 더 중요한 것이 있지. 과욕을 부리다가는 오히려 아군에게 도움이 아니라 폐가 될 수도 있어."

"……."

"소궁주가 내가 하는 말의 뜻을 알았으면 좋겠는데, 아직 무리인가?"

설상아는 짙은 한숨을 내뱉고 말했다.

"강해지란 말씀이시군요."

설숙의 눈에 웃음이 걸렸다.

"내가 그런 말을 했나?"

"힘이 없으면 도움도 줄 수 없다는 뜻이잖아요. 오늘의 경험을 잊지 말고 앞으로 제 자신과 본 궁의 전사들을 담금질해야 된다는 말씀이죠."

"허허허, 역시 우리 소궁주군. 그래, 그래서 궁주님께서 천마검과 함께 사지로 들어가신 게야. 그분께서는 직접 몸으로 보여주시려는 거지. 어른의 진짜 역할은 보여주는 거지, 가르치는 게 아니거든."

"아……."

"수하를 닦달할 필요는 없다. 소궁주인 네가 상황을 정확하게 판단하고 그에 맞는 행보를 보여주면 된다. 그럼 다 너를 믿고 따라오게 되어 있지."

설상아가 쓴웃음을 깨물었다.

계속 수하들에게 전진하라고 다그친 방금 전까지의 제 모습이 떠오른 것이다. 그런 주제에 자신은 위험하다 싶으니 뒤로 도망쳤다.

능력이 안 되는 수하들은 자신의 명을 지키기 위해 얼마나 무리하고 있었을까.

부끄러움에 얼굴이 붉게 달아올랐다.

그녀는 여유를 가지고 전장을 천천히 훑었다. 지금 자신이 해야 할 가장 중요한 일은 적 한 명을 더 베는 것이 아니다.

천마검이 한 말이 떠올랐다.

공을 세우려고 무모해지지 말라는!

그녀는 눈을 빛내며 내공을 실어 명을 내렸다.

"모두 이십 보 뒤로 후퇴합니다!"

갑작스러운 후퇴령에 아군과 적이 서로 당혹스러워했다. 그 와중에 설숙 장로가 미소를 머금었다.

설상아도 설숙 장로를 보며 미소 지었다.

지금 심리적으로 쫓기는 것은 자신들이 아니라 적이었다. 사방에 고함과 비명이 난무하니까.

대체 어떤 적이 얼마나 많이 쳐들어오는지조차 파악하지 못했을 테니까.

설상아는 적을 주시하며 외쳤다.

"천천히 하죠. 우리야 뭐…… 천마검께서 수뇌부를 모두 죽일 때까지 기다려도 상관없으니까. 그분이 이쪽으로 먼저 오신다고 했으니."

적 중에 몇몇이 놀라 외치듯 말했다.

"처, 천마검?"

"천마검이 공격한 거라고?"

"그는 죽었잖아?"

눈에 띄게 적들이 술렁거렸다. 반면, 북해빙궁 전사들의 눈빛은 강렬해졌다.

작전 회의 때 수뇌부들끼리 나눈 대화인가? 천마검이 이쪽으로 온다는!

설상아의 미소가 짙어졌다.

눈에 보였다.

적의 심리가 흔들리고 아군의 지쳐 가던 기색이 한순간 사라지는 것이. 그건 곧 사기와 직결된다.

북해빙궁의 소궁주 설상아.

그녀 속에 숨겨진 책사의 능력이 조금씩 빛을 발하기 시작했다.

*　　　　*　　　　*

군영의 동쪽.

군소 방파들이 몰려 있는 그곳으로 귀혼창이 천랑대 오십 명을 이끌고 다가들었다. 처음엔 함성을 질렀지만, 군영에 가까워지면서 차분한 모습을 보였다.

그들을 노려보는 수백의 인원들 중 기골이 장대한 거한이 도끼를 들고 외쳤다.

"네놈들은 누구냐?"

십여 장의 거리.

귀혼창이 수하들을 멈추게 하고 홀로 걸어 나왔다. 그러자 군소 방파의 무사들이 서로 얼굴을 마주 보며 의아한 표정을 지었다.

지금 사방에서 고함과 비명이 난무하고 있다.

보지 않아도 상황을 짐작하는 건 어렵지 않았다. 야습을 받았고, 치열한 전투가 벌어지고 있는 것이다.

그런데 지금 눈앞으로 다가오는 자들은 싸우려고 오는 건지 의심이 들 정도였다.

귀혼창은 거한을 보고 입을 열었다.

"천랑대 이조장 귀혼창이다."

그의 말에 사람들의 눈동자가 흔들렸다. 불과 오십 명이라고 경시했다. 그러나 상대가 천랑대라면 얘기가 달라진다.

새외 지역의 사람들에겐 경외의 대상인 천마검이 이끌던 최강의 부대.

또한 귀혼창은 초절정의 경지에 올랐다는 소문이 있었다.

잠시 느슨해졌던 경계심이 바짝 조여졌다.

거한이 말했다.

"너는 죽었다고 들었는데……. 우리가 승리했다고."

귀혼창이 어깨를 으쓱하며 묘한 미소를 머금었다.

"죽을 뻔했지."

"……."

"그런데 살아났어. 또한 이겼고."

"……."

"우리 대주님이신 천마검께서 돌아오셨거든."

"……!"

거의 모든 이들이 숨을 죽였다. 귀혼창의 한마디로 모든 것이 정리됐다.

죽은 줄 알았던 천마검이 살아 돌아와 전투를 승리로 이끌었다는 얘기다. 그리고 지금은 이곳까지 넘보고 있다는 뜻이고.

귀혼창이 물었다.

"당신이 지금 이곳의 대표인 것 같은데?"

거한이 고개를 끄덕였다.

"그렇소."

"내 정체는 밝혔고, 자네는?"

거한은 입술을 깨물며 망설이다가 답했다.

"풍사(風沙) 부족의 용사, 토야."

토야, 몽골 이름으로 빛이라는 뜻이다.

귀혼창이 빙그레 웃었다.

"좋은 이름이군."

토야는 귀혼창의 눈을 직시하며 물었다.

"싸우려고 온 거 아니오?"

"머르니 센니그 오난 베찌 미든, 후니 센니그 하니란 베찌 미든."

귀혼창의 입에서 흘러나온 몽골어에 토야와 일부 장정들의 눈동자가 흔들렸다.

몽골의 속담이다.

말은 타봐야 명마인지 알 수 있고, 사람은 사귀어봐야 좋은 사람인지 알 수 있다는 뜻이다.

귀혼창이 토야를 보며 물었다.

"뇌악천과 함께 지내봤으니 그가 어떤 인간인지 알겠군."

"……."

"싸울 건지 말 건지는 우리가 아니라 당신들이 판단하

면 돼. 천마검과 함께할 거면 길을 비켜주고, 앞으로도 계속 뇌악천의 개로 살 거라면 싸우는 거지."

사방이 시끄러운데 이곳에선 군소 방파의 수뇌부들끼리 쑥덕거리는 작은 소음만 흘러나왔다.

귀혼창이 그렇게 반 각을 기다리다가 말했다.

"더 이상 기다릴 시간이 없어."

토야가 뜻 모를 한숨을 천천히 뱉고는 물었다.

"세 가지만 물어도 되겠소?"

"빨리."

"천마검은…… 정말 살아 계시오?"

"생각해 봐."

"……."

"도망만 치던 우리가 왜 공격을 하겠어? 그분과 함께하니 겁날 게 없거든."

"그럼 두 번째, 천마검은 풍문처럼…… 정말로 그렇게 강하고, 마협이라고 불릴 만큼 좋은 분이시오?"

귀혼창은 혀를 찼다.

"이 질문도 허접하군. 그럼 내가 여기서 천마검은 약하고 뇌악천보다 나쁜 놈이라고 말할까?"

토야의 얼굴이 구겨졌다. 그는 입술을 질끈 깨물었다가 말했다.

"거짓말이라도 좋으니 당신 입으로 말해주시오."

귀혼창은 씩 웃고는 대꾸했다.

"풍문이 왜 풍문이겠어? 풍문과는 달라."

"……."

"풍문보다 더 강하시지. 그리고 풍문보다 백 배, 아니, 천 배는 더 좋으신 분이야."

그의 말에 귀를 쫑긋 세우고 있던 천랑대원들이 박장대소하며 손뼉까지 쳤다. 토야를 비롯한 사람들은 귀혼창보다 천랑대원들의 반응을 주시하며 고개를 주억거렸다.

토야가 마지막 질문을 했다.

"우리가 천마검과 함께한다는 뜻은…… 역시 지금처럼…… 그러니까……."

그가 말을 머뭇거리자 귀혼창이 대신 말했다.

"칼 받이로 쓸 거냐는 거지?"

토야가 고개를 끄덕였다.

"그렇소."

"아니, 자유야. 고향으로 갈 사람은 언제든 가. 안 붙잡아. 사람 많아봐야 식비만 더 들어."

"……."

"당장 지금도 그래. 너희들한테 우리와 함께 싸우자고 그러는 거 아냐. 그냥 비켜주면 돼. 만약 우리가 패하고 소교주가 승리한다면…… 뭐, 만취해서 자고 있었다고 핑계 대면 되잖아."

토야는 타 방파의 수뇌부들과 눈을 마주치고는 다시 귀혼창을 보았다.

"당신들이 이길 확률은?"

귀혼창의 눈에 이채가 스쳤다. 승산을 묻는다는 것은 이미 마음이 상당히 이쪽으로 기울었다는 것을 뜻했다.

아마도 폭혈도 조장이라면 '무조건!'이라고 답했을 것이다. 하지만 자신은 귀혼창이다.

"칠 할."

"……."

"천마검께서 함께하시고 혈왕문도 우리 편이니까. 하지만 적 인원이 우리보다 많아서 장담할 수는 없지."

토야는 딱딱한 미소를 입가에 걸치며 말했다.

"보통 십 할이라고 말할 텐데…… 당신은 거짓말을 하지 않는군."

그러면서 생각했다, 자신들에게 자유를 주겠다는 말이 사실일 수도 있겠다고.

귀혼창은 고개를 끄덕이며 대꾸했다.

"내가 제일 싫어하는 게 거짓말이거든."

"……."

"미안한데, 이제 결정을 해줬으면 좋겠군. 우리 동료들은 지금 피 터지게 싸우고 있다고. 내가 너무 늦게 합류하면 승산이 육 할로 내려가게 될지도 몰라."

토야는 타 방파의 수장들과 시선을 나누고는 고개를 끄덕였다. 그러고는 가운데 길을 열어주며 말했다.

"가시오. 우린 당신들과 싸우지 않겠소."

귀혼창은 고개를 끄덕이며 싱긋 웃었다.

"고맙군."

귀혼창은 천랑대원들을 불러 함께 가운데로 트인 길을 당당히 걸었다. 그가 토야를 지나치면서 속으로 외쳤다.

'토야, 제발 날 부르라고!'

그의 기원이 통했을까?

토야가 불쑥 입을 열었다.

"잠깐."

귀혼창은 입이 귀까지 찢어지려는 것을 간신히 참으며 담담한 표정으로 고개를 돌렸다.

"왜?"

토야가 물었다.

"우리 팔백 명이 당신들을 도와주면 승산은 십 할이 되는 거요?"

귀혼창은 속으로 쌍수를 들면서도 담담하게 대꾸했다.

"굳이 그럴 필요는 없는데……."

"돕겠소."

"음, 괜히 작전에 혼란만 오는 건 아닌지……."

"혈왕문을 제외한, 이곳에 있던 놈들을 공격하면 되는

거 아니오?"

"뭐, 그건 그렇지만……."

"하라는 대로 따르겠소!"

토야의 말에 타 방파의 수장들도 격렬하게 동의하고 나섰다.

그에 귀혼창은 어쩔 수 없다는 표정으로 어깨를 으쓱하고는 말했다.

"그렇다면 방해되지 않게 내 지시에 잘 따라주시오."

모두가 눈을 빛내며 고개를 끄덕였다. 귀혼창은 담담하면서 조금은 난감한 표정으로 고개를 앞으로 돌리고 말했다.

"기왕 이렇게 된 거, 잘 싸워봅시다."

모두가 이구동성으로 알겠다고 외쳤다.

선두에 서서 달리는 귀혼창의 입이 함지박이었다.

수하가 오십에서 팔백오십으로 늘었다.

*　　　*　　　*

콰아아아앙!

장력끼리 부딪치며 거대한 폭음이 터졌다. 그 사이로 튀어나오는 신음.

"크으윽……."

설강은 봉두난발이 된 채로 이를 악물었다.

자신은 절정고수다. 그러나 적 삼십여 명, 아니, 이제 천마검이 열 명을 해치워 스물로 줄어든 적도 모두가 최소 절정고수였다.

그러다 보니 세 명의 적이 번갈아 쉴 새 없이 합격하면 목숨이 간당간당했다.

바로 지금처럼!

쇄애애액!

허공을 찢는 파공성과 함께 용두대검이 짓쳐 들었다. 뿐만 아니라 하나의 창과 기형도도 덮쳤다.

"젠장!"

설강은 욕설을 뱉으며 칼을 휘둘렀다. 그의 칼에서 시린 기운이 뻗어 나왔다.

퍼퍼퍼펑!

기운과 기운이 충돌하며 터졌다. 그리고 그의 칼과 상대의 용두대검이 부딪쳤다. 그 즉시 철판교의 수법으로 허리를 젖힌 그는 기형도를 피했다.

하지만 하체를 노리는 창을 막을 방법이 없었다.

'죽는 건가?'

그 순간, 거대한 바람이 휘몰아쳤다. 천마검이 벼락처럼 달려와 창을 쳐냈다. 그리고는 다시 쇄도하는 용두대검을 튕겨 보냈다.

뒤이어 설강을 노리려던 이들이 천마검을 보고는 주춤했다.

그들의 눈에 원독이, 그리고 얼굴엔 질린 표정이 깃들었다.

어쨌든 설강에 비할 바는 아니지만, 천마검의 몰골도 그리 좋은 편은 아니었다. 혈검제 태상 장로를 제압한 직후에 맞은 많은 장력과 검기 탓도 있지만, 설강 궁주를 구하려다 또 여러 번 당한 것이다.

설강이 거친 숨을 토해내며 말했다.

"고맙네, 천마검."

백운회는 입가에 고인 핏물을 땅에 뱉고는 피식 웃었다.

"다음엔 신경 쓰지 않을 겁니다."

그 말이 설강에게 더 아프게 박혀들었다. 벌써 여섯 번째 똑같은 말을 하고 있어서.

설강은 머쓱한 표정으로 고개를 주억거리며 뇌악천을 쏘아보았다.

저놈 때문이다.

비록 자신이 천마검만 노리지 말고 자신도 봐달라고 외치긴 했지만, 서른 명 중 절반이나 뚝 떼어서 자신에게 보내다니!

설강은 한숨을 삼키며 호시탐탐 기회를 노리는 적들을 보며 천마검에게 말했다.

"정말 이 정도로 자네에게 민폐가 될 줄은 몰랐네."

백운회는 여전히 등허리를 꼿꼿이 펴고 여유로운 얼굴로 말했다.

"시간이 조금 더 걸릴 뿐이니, 상관하지 마십시오."

설강은 울컥했다. 하해와 같은 마음이 아닌가. 자신 때문에 벌써 몇 번이나 위험에 처했으면서.

백운회가 말을 이었다.

"그나저나 깨달음의 실마리는 건지셨습니까?"

"응?"

설강은 아차 싶었다. 머리가 근질거리던 의문들. 그것을 직접 확인하려고 왔다. 하지만 절정고수들의 합격에 시험해 볼 정신이 없었다.

손가락 까딱하는 실수로도 죽을 판인데 언제 그것을 시험해 본단 말인가.

백운회의 미간이 일그러졌다.

"자기 자신과 죽음을 넘어서야 합니다. 그러기 위해서는 위험을 잊어야 합니다."

"……."

"그냥 죽으십시오."

설강은 방금 자신이 했던 생각을 취소했다. 하해와 같은 마음 씀씀이라니!

"딸아이를 두고 어찌 죽겠나?"

백운회는 어이없다는 표정으로 설강을 흘낏 보고는 한숨을 뱉었다. 그러나 이내 피식 실소를 흘렸다.

"당신답군요."

"입이 열 개라도 할 말이 없네."

백운회는 입술을 잘근잘근 깨물었다. 빙궁주 때문에 뇌악천을 죽일 기회를 벌써 다섯 번이나 놓쳤다. 문제는 앞으로도 그럴 것이라는 점이었다.

하나 어쩌겠나.

그래도 귀혼창과 초지명을 받아준 사람이니.

지금처럼 하면서 적의 숫자를 계속 줄여 나갈 수밖에.

어쨌든 지금 수하와 동료들이 어떤 상황인지 모르기 때문에 가급적 이곳을 빨리 정리하고 그들을 도우러 가야 한다.

그는 주변을 훑고 오른쪽으로 발을 내디뎠다. 왼쪽에 있는 자들의 무공 특성이 그나마 설강 빙궁주가 상대하기 낫겠다는 판단이었다.

뇌악천이 외쳤다.

"빙궁주를 놓치지 마라!"

그가 굳이 외치지 않아도 모두가 알고 있었다.

빙궁주가 없었다면? 지금 서 있는 자들 중 절반이 더 쓰러졌을 것이다.

백운회는 설강을 흘낏 봤다가 입술을 깨물었다. 지금까지 그랬던 것처럼 움직여야 한다.

"이젠 신경 쓰지 않을 겁니다."

그 말과 함께 백운회가 오른쪽으로 폭사했다.

슈가가각!

그의 칼에서 초승달 같은 강기가 폭사됐다. 그러자 그

와 맞서던 절정고수들이 충돌하지 않고 급히 몸을 피했다.
천마검과 싸우는 방법이다.
그가 정면에서 노리는 자는 피하고, 주변 이들이 천마검의 등과 좌우를 노리는 것. 그렇게 빠르게 치고 빠지는 방법밖에는 없었다.
아니나 다를까.
설강한테서 앓는 소리가 또 터져 나왔다.
"으아아악! 이 미친놈들이 한꺼번에 다섯이나아아아아! 이건 아니지!"
어느새 설강은 구석으로 몰렸다. 이번엔 죽이려 하기보다 생포하려는 의도가 보였다.
백운회는 한숨을 삼키고 이형환위를 펼쳤다. 그가 그렇게 설강에게 다가들기 직전…….
쩡쩡쩡!
설강이 미처 대비하지 못한 칼들이 튕겨져 나갔다.
백운회가 눈을 부릅뜨며 멈췄다. 아니, 모두가 동작을 중지했다.
섬마검 관태랑.
그가 어느새 설강 옆에서 칼을 쳐내고 서 있었다.
관태랑이 빙그레 미소 지으며 설강에게 말했다.
"선수 교체입니다."

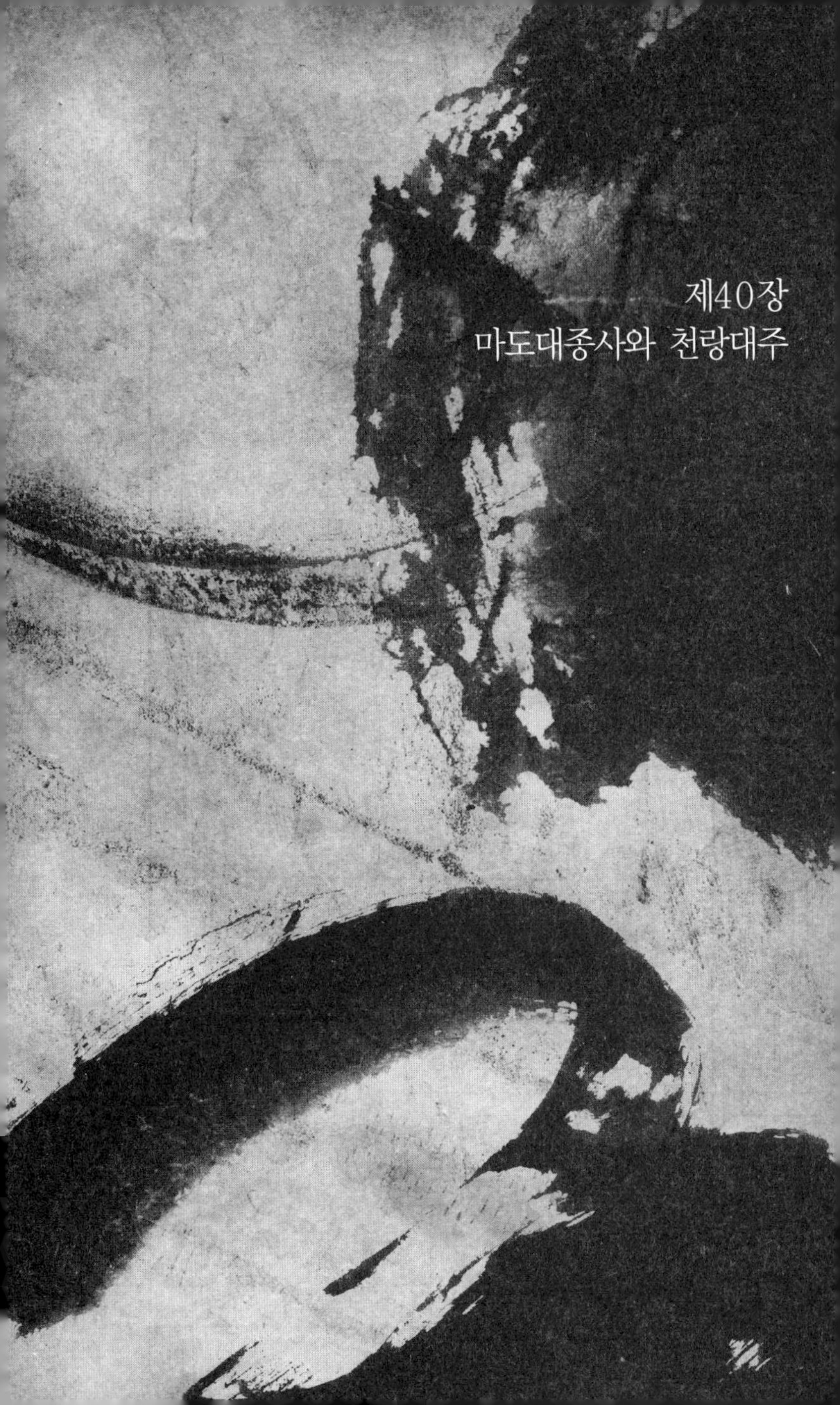

제40장
마도대종사와 천랑대주

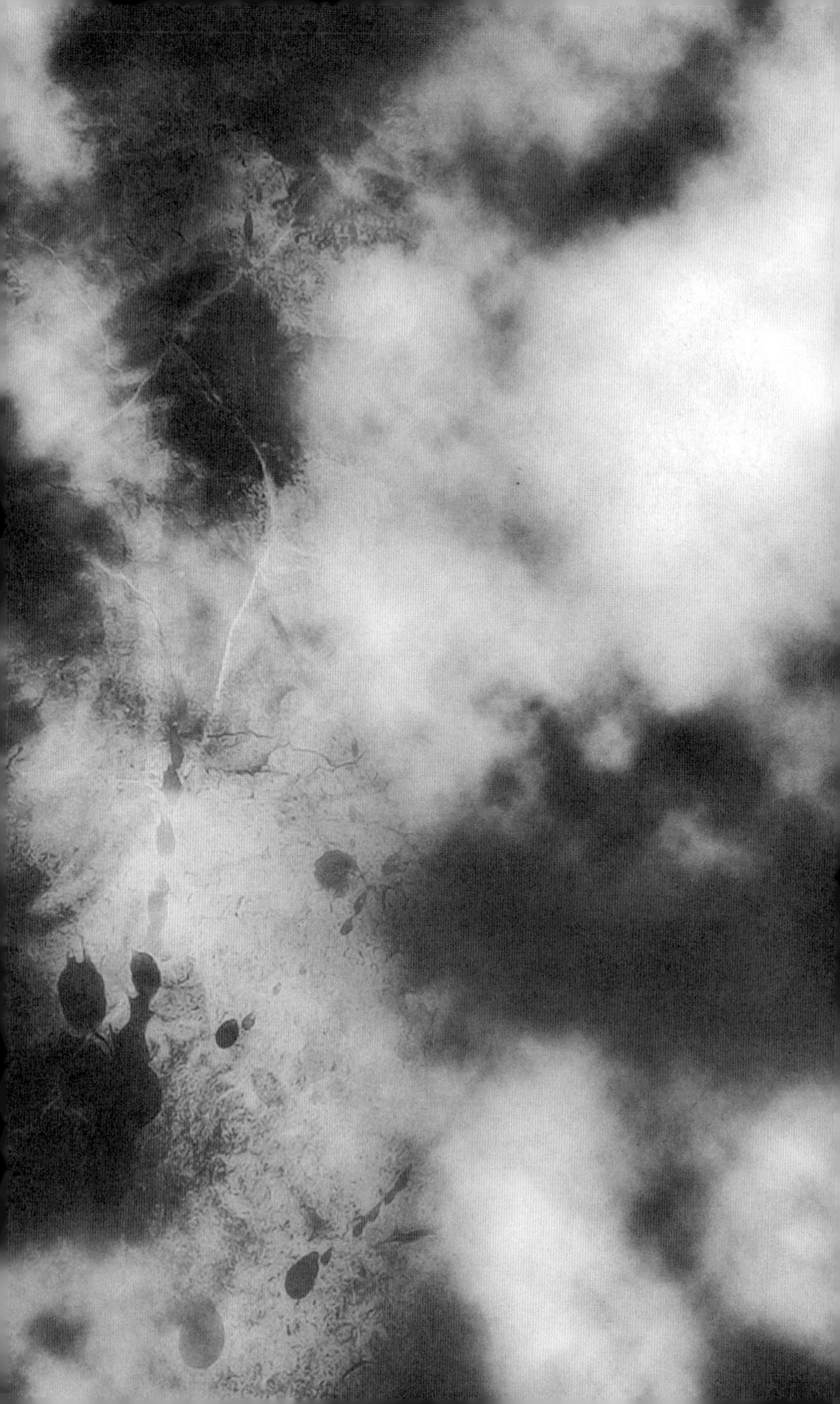

1

군영의 남쪽.

인질들이 잡혀 있는 거대한 황톳빛 막사 주변에서 치열한 혈전이 전개됐다.

혈왕문주 왕수검은 달려들던 적의 가슴에 칼을 쑤셔 박고는 막사 안쪽을 향해 고함쳤다.

"젠장! 마령검! 아직도 족쇄를 다 못 푼 건가?"

수라마녀가 막사에서 달려 나와 허리춤에 매여 있는 보랏빛 채찍을 꺼내 들었다.

"거의 다 됐어요."

"군영 안쪽에서 끝도 없이 몰려나오고 있소. 서둘러야

하오."

늘어나는 적의 숫자도 문제지만, 고수들이 속속 등장하고 있었다. 더 이상 지체했다가는 인질들을 안전하게 빼내는 것이 매우 어려워진다. 그들을 보호하면서 싸운다는 건 결코 쉬운 일이 아니니까.

차악, 슈라라라락.

수라마녀의 채찍이 땅을 한 번 치더니 허공을 갈랐다. 그 채찍은 마치 살아 있는 뱀처럼 움직이더니 혈왕문주를 노리던 세 장한 중 둘의 목을 한 번에 휘어 감았다.

"헉!"

"컥!"

창졸지간에 함께 목이 묶인 두 장한이 단말마를 터트리며 양손으로 채찍을 움켜쥐었다. 그에 맞춰 수라마녀가 채찍을 한 번 튕기자 출렁거리는 파도처럼 움직이더니, 두 사내를 허공으로 들어 올렸다가 머리부터 떨어트렸다.

콰지직!

채찍은 머리가 깨진 두 사내의 목에서 빠져나와 허공을 한 바퀴 선회하더니 다른 자의 허리를 감았다. 그가 놀라 허리에 힘을 주는 순간, 옥죄는 채찍을 통해 서늘한 기운이 파고들었다.

"크으으으……."

마치 벼락에 맞은 듯 그의 몸이 부르르 떨렸다.

허리 살이 찢어지고, 그 속으로 파고든 기운은 몸 내부를 헤집었다.

수라마녀가 채찍을 회수한 후에도 그의 신형은 차가운 대지에 누워 파르르 계속 떨어 댔다.

왕수검이 혀를 내두르며 감탄했다.

"과연 천랑오마 중 일인이구려."

그때, 유독 비명이 쉴 새 없이 터져 나오던 막사의 오른쪽에서 한 사내가 등장했다.

수라마녀가 격동의 표정으로 그를 반겼다.

"폭혈도 오라버니!"

폭혈도는 막아서던 세 명의 적을 사 척의 붉은 환도로 잇달아 베어버리고는 씩 웃었다.

"크허허허, 오랜만이구나. 고생했다."

수라마녀는 폭혈도의 고생했다는 말이 송곳처럼 가슴에 박혔다. 물론 마음고생이야 누구 못지않았지만, 다른 사람들에 비한다면 너무 부끄러웠기에.

그래서 급히 화제를 돌렸다.

"이 안에 대원들이 있어요!"

폭혈도가 작은 눈을 빛내며 대꾸했다.

"그래, 너와의 회포는 다음에 풀자."

그는 한시라도 빨리 수하들을 보고 싶은 마음에 막사 안으로 급히 들어갔다. 때문에 계속 뒤따라오던 하유와

추혼밀 일행이 난감한 표정을 지으며 외쳤다.

"폭혈도 조장! 우리는요?"

"지시를 내려줘야 할 것 아닙니까?"

그러나 굳이 지시를 내리지 않아도 상관없었다.

살기 위해서 자연스럽게 혈왕문도들과 어울려 정신없이 싸워야 했으니까.

막사 안으로 들어선 폭혈도는 수하들의 참담한 몰골을 보고 그 자리에서 얼어붙었다. 그를 알아본 대원들이 반가움에 소리를 질렀지만, 폭혈도는 귀에 이명이 생기며 멍해졌다.

마령검이 폭혈도에게 다가와 입을 열었다.

"일조장님."

"……."

"족쇄를 거의 풀었습니다. 이제 곧……."

폭혈도의 입에서 흘러나온 욕설이 마령검의 말꼬리를 삼켰다.

"시펄."

"……."

"소교주, 이 개새끼."

폭혈도는 소매로 눈가를 쓱, 훔치고는 주변을 두리번거리다가 말했다.

"부관님은?"

마령검이 한숨을 삼키고 답했다.

"대주님을 도우러 가셨습니다."

"그래?"

"예……."

"어디로?"

"군영 중앙에……."

폭혈도는 불길이 오른 위치를 보고 어림짐작했지만, 역시 그랬구나라는 생각으로 고개를 끄덕였다.

"대주님께서 센 놈들을 도맡고 계시다는 거지?"

마령검은 불길한 예감에 사로잡혔다.

아니나 다를까.

폭혈도가 마령검에게 말했다.

"혈왕문주, 수라마녀와 힘을 합쳐 빠져나가."

마령검이 이를 악물고 반박했다.

"부관님에 이어 일조장께서도 빠지면 어떻게 합니까? 가장 중요한 일은 이들을 보호하는 겁니다. 전투 와중에 한 명이라도 다치지 않게 어서 이곳에서 벗어나야……."

폭혈도가 마령검의 말허리를 끊었다.

"그런 일은 꼼꼼한 네가 잘하잖아!"

"……."

"소리 질러서 미안. 지금 내 심정이……."

마령검은 한숨을 삼키고 대꾸했다.

"이해합니다."

"부탁한다."

폭혈도의 절절한 말에 마령검이 쓴웃음을 깨물었다.

"알겠습니다. 대신……."

"대신?"

"대주님과 부관님. 꼭 모시고 오셔야 합니다."

기실 마령검의 속도 타들어 가고 있었다.

천마검의 실력을 누구보다 잘 알고 있지만, 진짜 고수들이 모두 몰려 있는 중앙 광장에서 일을 시작할 줄은 짐작도 못했다. 그래서 불안감이 머릿속에서 떠나지 않고 있었다.

그때, 비쩍 야윈 천랑대원 한 명이 말했다.

"칼을 주십시오."

"……?"

"저도 대주님께 가겠습니다."

폭혈도와 마령검이 어이없어 피식 웃었다. 서 있는 것도 신기한 판국에 전투라니.

폭혈도가 손사래를 치며 타일렀다.

"지금 말도 안 되는 거로 시간 낭비할 수……."

다른 천랑대원이 폭혈도의 말을 끊었다.

"대주님께 가겠습니다."

그 말이 역병처럼 번져 나갔다.

"싸우겠습니다."

"대주님께 가겠습니다."

"우리도 함께 싸우겠습니다."

모두가 일제히 말했다.

"칼을 주십시오."

지켜보던 마창 송화운도 굳은 표정으로 입을 열었다.

"나 역시 싸움을 거들고 싶습니다. 만약 천마검께서 패한다면 우리가 빠져나간들 무슨 소용이 있겠습니까. 그럴 바에야 작은 힘이라도 보태는 것이 옳다고 생각합니다."

마령검은 손으로 이마를 짚으며 머리를 절레절레 흔들었다. 이들의 마음을 왜 모르겠나.

얼마나 기다렸던 분인가, 얼마나 보고 싶었던 사람인가.

그러나 이건 무모한 짓이다.

마령검이 송화운에게 말했다.

"안 됩니다. 지금 이런 말도 안 되는 실랑이로 지체할 때가 아닌 걸 모르십니까? 모두 이곳에서 안전하게 빠져나가는 것이 대주님을 돕는……."

폭혈도가 손을 들어 마령검의 말을 제지시켰다. 그에 마령검이 눈을 치켜뜨며 불안한 목소리로 말했다.

"일조장님! 설마……."

"마창의 말이 일리가 있어."

폭혈도는 작은 눈으로 막사를 훑고는 말을 이었다.

"내가 선두에 서서 적을 벨 테니, 떨어지는 칼들 알아서 잘 챙겨."

마령검이 빽! 소리를 질렀다.

"안 됩니다! 인질들 대우가 어땠는지 모르시나 본데, 하루에 한 끼 죽으로 연명해……."

"됐어."

"이건 월권이고 항명입니다! 나중에 대주님의 진노를 어떻게 감당하시려고요?"

폭혈도가 싱긋 웃었다.

"나 원래 사고뭉치잖아."

"……."

"너와 수라마녀, 그리고 내가 선두에 서고, 좌우에서 혈왕문이 지켜주면 돼."

"일조장님……."

"솔직히 너도 가고 싶잖아. 안 그래?"

정곡을 찔린 마령검이 움찔했다가 이내 고개를 저었다.

"그래도 이건 아닙니다. 더 많은 고수들이 들이닥치기 전에 조금이라도 빨리 이곳을 벗어나는 것이 낫습니다. 대주님께서 가장 어려운 곳에서 싸움을 시작한 뜻을 우리가 어기면 어떻게 합니까?"

그때, 하유가 막사 안으로 들어와 혀를 찼다.

"대체 안 나오고 뭐하고 있나 했더니, 이런 작당모의를 하고 있던 건가요?"

그녀를 알지 못하는 사람들이 눈으로 폭혈도에게 누구냐고 물었다. 그러나 폭혈도는 어느새 하유를 보며 대꾸하고 있었다.

"대(大)천마신교의 저력이 어디 가겠소?"

하유는 고개를 절레절레 저었다. 지금 밖에서는 죽고 사는 혈투를 벌이고 있는데 저 태연하고 여유작작한 모습이라니.

"아무리 그래도 이건 천마검께서 용서할 리가 없어요."

"크흐흐흐, 당신이 나를 잘 몰라서 그러나 본데, 우리 천랑대에서 대주님께 수시로 깨졌던 사고뭉치가 바로 나요. 한 번 더 깨진다고 뭐 달라질 것도 없지."

"훗, 자랑이네요."

마령검이 끼어들었다.

"누구신지 모르겠지만, 지금 시간이 별로 없습니다. 어떤 선택을 하든 움직여야 합니다."

하유가 어깨를 으쓱하고 마령검의 말을 받았다.

"그러니까요."

그녀는 품속에서 작은 궤를 꺼내 폭혈도에게 던졌다. 폭혈도가 얼떨결에 궤를 받고는 물었다.

"이게 뭐지?"

"잠력단(潛力丹)이에요."

폭혈도가 궤의 뚜껑을 열어 보니 콩알만 한 환들이 가득 들어 있었다.

"잠력단?"

"몸속의 잠력을 끌어내 주는 약이에요. 복용하고 일각이 지나면 일 년간 누워만 있던 노인도 반 시진(한 시간) 정도는 펄펄 날아다닐 정도로 힘이 넘치게 만들어주죠."

"제길, 그런 게 있었으면 진즉 좀 주지!"

"대신 부작용으로 백 일간 내공을 쓰지 못해요. 체력 회복도 그만큼 더딜 테고요."

"……."

"고작 반 시진과 백 일을 바꾸는 거죠. 뭐, 선택은 알아서 하세요."

폭혈도는 자신을 보며 눈을 빛내는 사람들을 보고는 빙그레 웃었다. 모두 눈으로 잠력단을 달라 말하고 있었다.

폭혈도가 하유에게 말했다.

"당신도 우리 대주님께 혼날 텐데?"

"아까 당신이 우리 제자들 목숨을 구해줬으니까 그 정도는 뭐……."

"응? 아까 군영에 들어설 때? 그건 당연한 거잖소. 동료인데."

하유가 배시시 웃었다. 폭혈도가 진심으로 자신들을 동

료라 여기는 것이 기꺼웠다.

"그러니까요. 우린 동료니까."

*　　　*　　　*

관태랑의 갑작스러운 등장에 뇌악천은 치를 떨었다.

"섬마검! 네, 네놈이 감히!"

그러나 그의 곁에 있던 월마룡은 눈을 빛내며 속삭였다.

"소교주님, 이건 기회입니다."

"……?"

"섬마검은 지금 몸 상태가 최악입니다."

뇌악천의 눈에도 이채가 스쳤다.

계속 빙궁주를 잡으려 했지만 쉽지 않았다. 천마검이 도와준 탓도 있지만, 빙궁주의 실력도 여간내기가 아니었다.

빙궁주는 빽빽! 소리를 질러 대며 엄살을 부렸지만, 그러면서도 절정고수를 셋이나 처리했다.

뇌악천의 입가에 비릿한 미소가 피어올랐다.

월마룡의 말마따나 관태랑은 빙궁주보다 오히려 더 천마검의 발목을 잡게 되리라. 그는 손을 흔들어 관태랑이 천마검에게 가는 길을 열어주라고 지시했다.

그렇게 포위망이 재구축되는 동안 관태랑은 천마검을 향해 걸었다. 설강이 따라나서려는 걸 관태랑이 뒤돌아보며 말했다.

"빙궁주님, 그만하면 충분히 하셨습니다. 물러나 좀 쉬십시오."

설강은 입술을 깨물었다.

그가 섬마검을 제대로 본 건 사 년 전이다. 그것도 잠깐 딱 한 번.

사흘 전, 초지명이 섬마검과 대결을 펼치긴 했지만, 거리가 워낙 멀었다. 그래서 설강은 지금 자신을 구해준 사내가 섬마검인 줄 몰랐다. 그러나 다리 하나가 없는 것을 보고는 알았다.

"섬마검……."

"그렇게 하십시오."

설강은 주변을 훑었다. 적들은 자신이 빠져나갈 길을 막지 않았다.

일종의 암묵적인 거래가 진행되고 있는 것이다.

적들은 섬마검이 더 상대하기 편하다고 생각한 것이다. 동시에 빙궁주가 빠져 주면 더 수월하다고 판단한 것이고.

설강의 눈이 관태랑을 지나 천마검에게 향했다. 지금 섬마검의 상태를 고려하면 그래도 자신이 남는 것이 낫지 않겠냐는 물음을 담은 눈빛과 표정이었다.

백운회가 싱긋 웃고 설강에게 말했다.

"고생하셨소, 빙궁주."

설강은 섭섭한 마음도 들었지만, 이내 고개를 끄덕였다. 섬마검에 대해 가장 잘 아는 인물이 천마검이다. 그런 천마검이 내린 결정이라면 믿어주는 게 옳다.

섬마검이 위험하다 싶으면 나중에 끼어들어도 되는 일이고.

그렇게 설강은 퇴장했고, 관태랑이 등장했다.

탁, 탁, 탁, 탁, 탁.

의족이 땅을 밟으며 둔탁한 소리가 울렸다. 사방에서 고함과 비명이 난무하는데 유독 그 소리가 크게 들린다고 백운회는 생각했다.

관태랑이 백운회 앞에 다가와 고개를 숙였다.

"고백하건대, 혹시 내치실까 두려웠습니다. 그래도…… 함께하고 싶었습니다. 미약하나마 도움이 되고 싶습니다."

관태랑도 자신의 몸 상태를 잘 알고 있었다. 빙궁주를 데리고 빠져 주는 게 낫다는 것도 모르지 않았다.

백운회가 어깨를 으쓱하며 담담하게 대꾸했다.

"천하의 섬마검이 도와준다니, 천군만마를 얻은 기분이군. 그래서 말인데, 자네가 앞에 서지? 내가 뒤를 맡을 테니."

관태랑은 입술을 지그시 깨물었다. 천마검은 자신을 예전과 똑같이 대했다. 자신의 상태를 알고 있음에도.

"선두는 늘 대주님의 몫입니다. 천랑대의 영광이 있는 자리이니……."

"잠깐만."

백운회는 다시 완성된 포위망을 가볍게 훑으며 품속에 손을 집어넣었다. 그걸 본 소교주와 절정고수들은 혹시 암기라도 꺼내는 건 아닐까 하며 긴장한 표정을 지었다.

천마검의 비도술은 무섭기로 유명하니까.

그러나 그의 손에 들려 나온 건 한 장의 천 쪼가리였다.

붉은빛과 검은색이 뒤엉킨 건(巾).

관태랑의 눈동자가 흔들렸다.

천랑대가 이마에 두르는 건이다. 그런데 그 중앙에 황금빛으로 천랑(天狼)이라는 글씨가 쓰여 있었다.

이건 천랑대주의 것.

급하게 만들었는지 다소 조잡했지만, 천랑대주의 건이 틀림없었다.

"앞으로 이건 네 거다."

"……!"

"언제까지 내가 대주 자리에 있어야겠어? 앞으로 뇌황과 붙어야 하는데, 교주와 대주? 격이 안 맞잖아. 그러니 이제부터 나는 마도대종사(魔道大宗師)야. 하하하하!"

모두가 어이없어 이를 가는데, 관태랑은 울컥했다.

그가 갑자기 왜 이것을 자신에게 주는 것인지 알 것 같았다. 자신의 이마에 새겨진 낙인이 가슴 아파서다.

백운회가 말했다.

"받아. 그리고 신임 천랑대주로서 선두에 서라."

관태랑은 아프고 슬펐다.

이건 자신의 오랜 꿈이었다.

언젠가 천마검이 더 높은 자리에 오를 때, 자신이 천랑대를 이어받고 싶었다. 그러나 이젠 안 될 말이다. 자신은 다리를 하나 잃었다.

"죄송합니다만 신임 천랑대주는……."

"이건 자네 거야."

"대주님."

"이제 대주는 너야. 섬마검, 이건 네 자리다."

"……."

"그리고 지금 보여줘. 신임 천랑대주의 강함을 저 빌어먹을 소교주에게 똑똑히 보여주라고."

"……."

"내가 아는 섬마검은 설사 두 다리가 없더라도 누구보다 빠르고 강해."

지켜보던 뇌악천이 결국 노염을 터트렸다.

섬마검이 선두에 선다니 오히려 생포하기 쉽겠단 생각

에 지켜봤지만, 역겨워 더 이상 참을 수가 없었다.

또한 사방에서 이는 고함과 비명 소리가 뭔가 이상했다. 특급 고수들을 보냈음에도 소리는 멀어지는 게 아니라 점점 가까워지고 있었다. 불안하고 불길했다.

배신한 혈왕문이 혼란을 조장하기 위해 곳곳에서 난전을 펼치는 것인지, 아니면 일부의 적들이 천마검을 돕기 위해 위험을 무릅쓰고 돌격해 오고 있는 건지 알 수가 없었다.

이곳을 서둘러 정리하고 상황을 파악할 필요가 있었다.

"건방진! 마도대종사? 신임 천랑대주? 무슨 개소리냐! 저 미친 것들을 죽여라!"

그의 명이 떨어지기 무섭게 사방에서 고수들이 앞으로 발을 뗐다.

한 걸음, 한 걸음.

천천히 움직였지만, 그들이 만들어내는 압박감이란 이루 말할 수 없이 컸다.

그러나 마주 보고 있는 백운회와 관태랑은 빙그레 웃었다. 관태랑이 건을 이마에 두르며 말했다.

"그래도 오늘은 함께해 주시지요. 선두는 다음에……."

관태랑은 말을 끝맺지 못했다, 건을 묶는 틈을 노리고 염라쌍견이 관태랑을 벼락처럼 덮쳤기에.

쇄애애애액.

쨍쨍!

관태랑은 어느새 건을 매듭짓고 두 장로의 도검을 쳐냈다. 그런 후, 그가 발로 땅을 찼다.

파라라라라.

그의 신형이 한 바퀴 빙글 돌며 둘 사이로 끼어들었다.

슈각! 쩡!

검이 직선으로 흐르며 염라일견의 눈을 그었고, 돌아서 염라이견의 칼을 마주했다.

사람들의 눈이 휘둥그레졌다.

섬마검의 검술은 녹슬지 않았다. 아니, 오히려 더 빨라진 것 같았다. 몸 상태가 저런데 어떻게?

"끄아아악!"

만만하게 봤다가 놀란 염라일견이 제 눈을 붙잡고 황급히 물러서는데, 관태랑의 왼팔이 뻗어 나와 그의 가슴팍을 움켜잡았다. 그러고는 곧바로 앞으로 메쳤다.

때문에 염라이견이 화들짝 놀라며 자신에게 던져지는 염라일견을 피했다. 문제는 그 순간에 시야가 가려졌다는 점이다.

콰드득.

갈비뼈 부러지는 소리가 일었다. 그와 함께 염라일견의 허리를 일검양단하고 나타난 관태랑의 칼이 염라이견의 심장에 꽂혔다.

그야말로 전광석화(電光石火)!

푸욱!

"끄억!"

가슴을 부여잡고 물러나는 염라이견의 허리를 백운회가 발로 강타했다.

퍼어억!

염라이견의 신형이 날아가자 달려오던 적들이 그의 몸을 베고 검을 휘둘렀다.

쇄애애애액.

무수한 검기가 백운회와 관태랑에게 쏟아졌다.

찰나 둘의 시선이 허공에서 부딪쳤다.

입가에 흐르는 미소.

관태랑이 소낙비처럼 쏟아지는 검기를 향해 검을 휘둘렀다.

퍼퍼퍼퍼어어엉!

무력화되는 검기를 뚫고 백운회가 도약했다.

슈가가가가각!

한 사내가 배를 움켜쥐며 쓰러졌고, 그 옆의 동료가 비명을 지르며 고꾸라졌다.

얼마 전까지는 볼 수 없던, 과감한 공격이다.

그러나 백운회의 검이 두 절정고수를 절단 내는 그 짧은 순간은 다른 이들에겐 다시없는 기회. 좌우에서 닥쳐

든 병장기가 백운회의 허리를 쓸어왔다.

쩡, 쨍!

관태랑의 칼이 좌측의 검을 쳐내고, 그의 발이 우측의 도신을 발로 걷어찼다. 동시에 백운회가 옆과 뒤를 신경 쓰지 않고 앞쪽의 대흑수 장로를 향해 검을 쑤셔 넣었다.

예전에 백운회가 천류영에게 했던 말이 있다.

천랑대가 강한 건 자신과 동료를 믿기에 가능하다는.

백운회는 관태랑을 믿고 과감하게 앞쪽만 노린 것이다.

"큭!"

대흑수 장로가 간신히 치명상을 피하고 물러서는데…….

타탁.

관태랑이 백운회의 등을 한 발로 밟고 붕 떠올라 칼로 어두운 밤을 찢었다.

서걱.

"……!"

대흑수 장로의 머리가 몸에서 분리되어 허공을 날았다.

이번엔 백운회가 땅에 착지하는 관태랑의 허리를 잡아 들고 비틀어 휘둘렀다. 그러자 허공에 모로 뜬 관태랑이 쓰러지는 대흑수 장로의 허리를 걷어찼다.

퍼억!

대흑수 장로의 몸뚱이가 지척까지 다가온 두 사내의 하

체를 덮쳤다. 그들이 중심을 잃지 않기 위해 몸을 띄우는 순간, 백운회의 칼이 짓쳐들었다.

스샤아아앗!

두 사내가 두 다리를 모두 잃고 비명을 질렀다.

멀찍이 떨어져 있는, 빈 막사 안에서 지켜보던 설강이 눈을 화등잔만 하게 뜨고 신음했다.

"미친……."

그야말로 눈 몇 번 깜짝할 사이에 절정고수 여섯과 초절정고수 한 명이 사라졌다.

사람들은 두 가지를 간과했다.

천마검이 빙궁주를 계속 신경 쓰느라 전력을 다하지 못했다는 점과, 섬마검은 아무리 최악의 상태라고 해도 섬마검이란 사실을.

아니, 한 가지 더.

일 년 전까지 천마검과 섬마검은 셀 수도 없이 많은 밤을 비무로 지샜고, 그 둘의 합격술은 무적이라는 것을.

2

천마패검술(天魔霸劍術) 삼장(三章) 최종절(最終節).

패검붕산(霸劍崩山).

천마의 패검은 산도 붕괴시킨다.

천마 조사의 무공 중 가장 위력적이고 파괴적인 절초다. 내공을 검에 갈무리해 충돌의 순간 폭발시킨다.

강기를 가득 머금은 천마검의 칼이 삼혈곡 수석 장로, 사사상(死死上)의 머리 위로 떨어져 내렸다.

콰아아앙!

칼과 방천극이 충돌하는데 폭음이 터졌다.

사사상 장로의 얼굴이 아연해졌다.

자신은 초절정고수다. 쥐고 있는 방천극엔 심후한 공력이 깃들어 있었다. 그럼에도 불구하고 조각조각 깨져 나가는 방천극.

사방으로 파편이 튀었지만, 천마검의 검은 계속 낙하했다.

콰직! 퍼엉! 펑펑펑!

사사상의 머리가 쪼개지다가 터져 버렸다. 그리고 계속 일검양단되던 육신마저 폭발했다.

또 한 명의 초절정고수가 천마검의 말도 안 되는, 압도적인 무위에 시신조차 찾을 길 없이 황천길을 떠났다.

이제 열 명밖에 남지 않은 절정고수들이 숨을 들이켜며 공격을 중단하고 말았다. 오죽했으면 관태랑마저 흠칫 놀랐을까.

패검붕산인 건 이미 간파했다. 이걸 마지막으로 본 것이 작년 사천성 용락산에서 뇌황 교주와 싸울 때다. 그런데 연달아 폭발을 일으킬 수 있다는 건 처음 알았다.

천마 조사가 평생 스스로 자랑하던 천마패검술보다 훨씬 높은 상승의 경지다.

관태랑이 격동하며 물었다.

"설마…… 끝을 보셨습니까?"

백운회가 피식 웃었다. 관태랑과의 합격으로 한층 여유가 생기자 초절정고수를 상대로 패검붕산을 펼쳐 봤다. 그리고 그 결과는 만족스러웠다.

다만, 여전히 내공을 너무 잡아먹었다. 일시적으로 단전이 허하게 느껴질 정도로.

"마신지경을 말하는 거라면 맞아."

"……!"

"하지만 끝이라는 생각은 들지 않는군. 그리고 역시 이렇게 무식한 수법은 나와 맞지 않아."

백운회는 이가 듬성듬성 나가고 금이 가 있는 칼을 팽개쳤다. 진화한 패검붕산을 그의 칼이 감당하지 못한 것이다. 바닥에 떨어진 칼은 쨍강! 소리를 내며 동강났다.

그는 격공섭물의 수법으로 근처에 떨어진 검을 쥐었다.

그 모습에 관태랑은 소리 없이 대소(大笑)했다.

돌아와 준 것만으로도 눈물이 날만큼 기쁜데, 전설의 마신지경이라니!

반면, 뇌악천과 월마룡, 그리고 열 명의 절정고수는 넋이 빠져 버렸다.

마신지경이라고?

고금제일인인 천마 조사조차 꿈만 꾸던 경지가 아닌가.

두려움에 소름이 쫙 돋아났다. 사실, 명색이 절정고수다 보니 차마 입 밖으로 말하지는 못했지만, 절정의 동료들이 하나둘씩 죽어 나가면서 자신들도 모르게 공포에 잠기고 있었다.

그런데 방금 초절정고수인 사사상 장로가 터져 죽는 모습에 전의를 상실해 버린 것이다.

같은 초절정고수였던 천마신교의 혈검제 태상 장로도 허망하게 죽었지만, 그나마 기습에 당했다고 생각했다. 그러나 사사상 장로의 경우는 달랐다.

그는 지금까지 유일하게 천마검과 정면 대결을 하면서도 크게 밀리지 않던 인물이다.

뇌악천은 하얗게 질린 얼굴로 덜덜 떨다가 고함을 질렀다.

"거짓이다! 마신지경이란 존재하지 않아!"

그는 주변을 급히 훑으며 잇달아 외쳤다.

"수하들을 데려와라. 저놈의 공력이 소진될 때까지 숫자로 밀어붙여야……."

뇌악천은 말을 끝맺지 못하고 눈을 부릅떴다.

동쪽에서 일던 함성이 갑작스럽게 훨씬 더 커지더니,

중앙으로 도망쳐 오는 수하들이 보였다.

월마룡이 한차례 몸을 부르르 떨고 중얼거리듯이 말했다.

"설마?"

군소 방파를 회유하느라 가장 늦게 전투에 참가했던 귀혼창이 제일 먼저 중앙까지 진출했다.

"여기 천랑대 이조장 귀혼창이 왔다아아아!"

"우와아아아아!"

"소교주를 때려죽이자!"

물밀 듯 밀려오는 천랑대원들과 거한인 토야를 따르는 전사들.

관태랑이 귀혼창의 목소리를 듣고 반가워하는 반면, 뇌악천은 충격에 빠진 얼굴로 떨다가 격노했다.

"토야! 천한 놈이 감히 배신을 해?"

월마룡은 그런 소교주를 보며 가슴이 참담해졌다.

지금 누가 배신했느냐가 중요한 게 아니다. 중앙에서 밀리더라도 다른 곳에서 이기면 결국 천마검은 빠져나가기 어렵게 된다. 아무리 경지가 드높아도 내공과 체력엔 분명 한계가 있는 법이니까. 그런데 지금 동쪽이 뻥 뚫려 버렸다.

"소교주님! 어서 전체적인 상황을 점검해야 합니다."

용병술이 필요할 때였다. 여유 있고 넘치는 곳은 덜어

내 모자란 곳을 채워야 했다.

열 명 남은 절정고수도 천마검과 섬마검을 경계하면서 소교주를 보았다.

뇌악천은 당황하다가 북쪽이 가장 낫다고 판단했다. 적어도 북쪽에서 들려오는 소리가 가장 멀었다.

"월마룡, 북쪽을 담당하는 자가……."

월마룡이 급히 말을 받았다.

"간왕 각주입니다."

"그래, 간왕 각주에게 가서……."

그의 명이 끊겼다.

계속 전진해 오는 귀혼창의 맞은편, 서쪽에서 우레와 같은 고함이 터져 나왔다.

"내가 전장의 창, 초지명이다! 내 앞을 막는 자 모두 죽게 되리라!"

아직 초지명이 이끄는 부대는 보이지 않았다. 그러나 한 가지는 명확해졌다. 동쪽에 이어 서쪽도 밀리고 있다는 사실.

뇌악천은 순간 얼이 빠져 버렸다.

오천여 병력이 주둔하는 대군영.

막사 사이사이의 길마다 무사들이 빼곡하게 차 있던 이곳이 왠지 휑하게 느껴졌다.

군영의 가운데는 가장 안전한 곳이라고 생각했는데, 그

런 믿음이 지금 흔들리고 있었다.

월마룡이 뇌악천을 향해 외쳤다.

"소교주님, 정신 차리십시오! 간왕 각주에게 뭐라 전합니까?"

"어? 그, 그러니까……."

"소교주님!"

"너, 설마…… 나만 두고 빠져나가려는 것이냐?"

"……!"

월마룡은 말문을 잃어버렸다.

뇌악천이 그렇게 정신을 차리지 못하는 사이, 남은 열 명의 절정고수가 천마검과 섬마검을 향해 짓쳐 들었다.

상황이 급박하다는 걸 깨달은 그들은 이제 살기 위해서라도 천마검 혹은 섬마검이 필요했다. 소교주의 명을 기다리다가는 이 마지막 기회마저도 놓칠까 저어한 것이다.

그들 중 암기술이 뛰어난 암객(暗客)이 뒤에 홀로 남아 천천히 걸었다.

초절정고수들조차 두려워하는 암객은 번지르르한 살기를 눈에 가득 피워 올리며 중얼거렸다.

"한 번의 기회는 반드시 온다. 그 틈을 노려 노부의 성명절기를 극성으로 펼치면……."

그가 눈살을 찌푸리며 쥐고 있던 독침을 뒤로 뿌렸다.

쇄애애액! 퍼퍼퍼어엉!

한기가 느껴지는 장력과 독침들이 충돌했다.

설강 빙궁주가 다시 나타나 웃음을 터트렸다.

"으하하하! 이 얍삽한 자식. 무슨 꼼수를 부리려는 거냐?"

"젠장! 감히 노부를 방해하다니, 죽고 싶은 게냐?"

암객은 허탈해졌다.

완벽한 기회를 위해 지금껏 소극적으로 움직였다. 그리고 이번엔 어떻게든 섬마검을 잡을 요량이었다. 그래서 해독약을 조건으로 협상을 할 생각이었는데, 빙궁주로 인해 계획이 틀어져 버린 것이다.

설강이 눈을 빛내며 말했다.

"잘됐군. 네놈을 상대로 못다 한 숙제나 해야겠다."

암객의 낯빛에 황망함이 떠올랐다.

"뭐? 숙제? 뭔 헛소리냐?"

설강이 다시 장력을 내뿜으며 달려들었다. 그러자 암객이 얼굴을 구기며 주먹을 쥐었다.

그는 장갑을 끼고 있었는데 일 척 반의 뾰족한 갈고리가 두 개씩 부착되어 있었다.

퍼어엉, 쨍쨍! 쨍쨍쨍!

설강의 칼과 암객의 갈고리가 연이어 충돌했다. 그러다가 갑자기 암객의 소매 속에서 독침들이 튀어나왔다.

"허억!"

설강이 깜짝 놀라면서도 목과 허리를 비틀어 암기를 피했다. 그러고는 자신도 칼을 휘두르는 사이사이 빙백신공의 차가운 장력을 뿜어 대며 웃었다.

"으하하하! 내 숙제엔 네놈이 딱이다."

설강의 말에 암객의 얼굴이 더욱 구겨졌다.

"숙제라니? 뭔 개소리냐고!"

쨍쨍쨍. 슈가가각, 쩌엉!

두 걸음 밀려났던 설강은 또다시 튀어나온 독침을 엎드리다시피 하며 피하는 동시에 몸을 앞으로 굴렸다.

쇄애애액.

장력을 내지르며 일어서던 그가 칼을 위로 뻗었다. 그러자 암객이 헛바람을 토하며 허리를 젖히고는 다시 암기를 던졌다.

파팟, 쩡!

설강이 칼을 빙글 돌려 검배(劍背: 검신의 면 부분)로 암기를 튕겨내고는 히죽 웃었다. 좋아서 몸까지 떨었다.

"아주 좋아. 나 방금 죽을 뻔했어."

암객은 빙궁주가 실성한 것이 아닌지 의아해졌다. 죽을 뻔했는데 저렇게 좋아하는 모습이라니.

"이 미친 또라이!"

"검을 이리 돌려 튕겨내는 거, 찰나만 늦었어도 나는 죽는 거라고."

"그래, 이번엔 꼭 죽여주마."

"흐흐흐. 그래, 아주 좋아. 내 머릿속이 개운해지고 있어."

둘이 다시 정신없이 충돌했다.

관태랑의 칼이 현음교 장로의 허리를 찢자 그때까지 살아남은 세 명의 절정고수가 이를 악물고 물러섰다.

그들은 이제 확실하게 알았다.

마지막 기회도 물 건너갔다는 것을.

비록 섬마검은 격한 숨을 계속 토해내고 있지만, 천마검은 여전히 당당하고 여유로웠다.

마신지경인지는 확신할 수 없다.

그러나 한 가지만은 분명했다.

천마검은 지금껏 존재했던 그 어떤 고수들보다 더 강력하고 무시무시한 괴물이란 것을.

뇌악천이 실성한 것처럼 외쳤다.

"왜 멈추는 거냐? 죽여! 죽이라고!"

그때, 마침내 서쪽에서 초지명이 모습을 드러냈다. 그의 앞을 막아서던 이들이 쫓기듯 도망치다가 천마검과 주변의 상황을 보고는 경기를 일으켰다. 그리고 살기 위해서 사방팔방으로 흩어졌다.

피 칠갑을 한 초지명이 앞으로 성큼성큼 다가오는데,

그 앞을 막아서는 자가 아무도 없었다.

월마룡이 뇌악천의 팔을 붙잡고 외쳤다.

"북쪽으로 피해야 합니다. 어서!"

그의 말처럼 살아남은 세 명의 절정고수는 이미 북쪽으로 몸을 날렸다. 다만, 암객만이 몸을 빼내지 못하고 여전히 설강과 일진일퇴를 거듭했다.

순간, 천마검의 신형이 흐릿해졌다.

이형환위.

도망치던 세 절정고수 중 한 노인의 앞에 나타난 그가 칼을 뻗었다.

노인은 몸을 비틀어 쾌속하게 좌측으로 빠졌다. 그러나 그의 잇새로 신음이 흘러나왔다.

"이기어검…… 크윽."

천마검의 손에서 빠져나온 칼이 허공에서 방향을 틀어 노인의 등에 박혀들었다. 쓰러지면서도 노인은 천마검을 노려보았다. 그러나 이미 그 자리에는 아무도 없었다.

"끄아아아악!"

눈을 감던 노인의 귀에 비명이 들렸다. 노인은 직감적으로 그 비명의 주인이 방금 자신과 함께 도망치던 동료란 것을 알았다.

죽으면서도 궁금해졌다.

마신지경.

도대체 얼마나 지고무상한 경지이기에 절정고수들을 이렇게 개 잡듯 할 수 있는 것인지.

뇌악천과 월마룡의 얼굴에 낭패감이 드리워졌다.

천마검이 북쪽을 막아섰다.

이제 남은 건 남쪽.

그들의 고개가 그리 향하는데, 걸걸한 쇳소리가 멀지 않은 곳에서 들려왔다.

"뒈지고 싶지 않으면 비키라고!"

폭혈도다.

그리고 그를 따르던 사람들의 목소리가 이어졌다.

"천랑대 앞을 막는 자, 죽음뿐이다!"

"와아아아아! 나아가라!"

월마룡은 탄식을 흘리며 눈을 감았다.

아군은 비명을 지르며 어지럽게 도망 다녔다.

대체 어디서부터 잘못된 것일까. 불과 반 시진 전까지만 해도 세상이 장밋빛이었거늘.

그리고 마침내 폭혈도가 중앙 광장에 모습을 드러냈다.

그 뒤를 따라온 천랑대원들이 급하게 사방을 훑다가 천마검을 보았다.

앙상하게 야윈 그들의 눈시울이 뜨거워졌다.

있다. 정말 이곳에 그분이 계시다.

천랑대원들이 목이 메어 아무 말도 못하는 사이, 마창

송화운이 깊이 허리를 숙였다.

"마창 송화운, 천마검을 뵙습니다."

그의 음성이 흥분으로 떨렸다. 이미 말을 들어 알고 있었다. 그리고 작금과 같은 상황이 펼쳐질 수 있는 건 천마검이 존재하기에 가능하다는 걸 안다.

그럼에도 직접 천마검을 보니 울컥했다.

수라마녀가 등허리를 꼿꼿이 펴고 외쳤다.

"일동! 대주님을 향해 예를 취하라!"

그녀의 울음 섞인 구령이 끝나기 무섭게 천랑대원들이 한쪽 무릎을 꿇어 부복하며 외쳤다.

"충(忠)! 대주님을 뵙습니다."

설강과 암객을 제외한 주변의 싸움이 모두 끝났다. 적들은 지금이 기회라 생각하고 내빼느라 정신이 없었고, 혈왕문도와 군소 방파의 전사들이 추격에 나섰다. 특히나 군소 방파의 전사들은 그동안 당한 설움이 컸는지 혈안이 되어 있을 정도였다.

백운회는 고개를 끄덕이며 천랑대원들에게 아픈 어조로 말했다.

"고생했다."

그러자 천랑대원들이 북해빙궁 앞에서 귀혼창과 그 수하들이 그랬던 것처럼 폭풍 눈물을 쏟아냈다.

그 선두에 있던 폭혈도가 손등으로 눈가를 훔치고는 앞

으로 뛰듯 걸어 나왔다.

"소교주, 너 이 개새끼!"

그의 우렁찬 쇳소리에 뇌악천이 학질 걸린 것마냥 몸을 떨었다. 그 모습에 월마룡은 다시 한 번 쓴웃음을 깨물었다.

다시 과거로 돌아간다면 소교주가 아니라 천마검을 선택했을까?

그는 씁쓸한 표정으로 고개를 저었다.

부질없는 짓이다.

사람은 태양을 보면 으레 둘 중 하나를 떠올린다.

찬란함이나 따뜻함.

자신은 휘황찬란한 것이 좋았다. 눈부신 출세를 위해 권력을 선택했다.

비록 권력이란 것이 겉으로만 화려하고 속은 빈 강정일지언정 남들이 자신을 우러르고 부러워하길 바랐다.

그리고 이제 깨달았다.

권력의 정점에 가까이 있을 때조차 왜 가슴은 항상 추웠는지. 왜 그렇게 외로웠는지.

이제 보니 천마검과 섬마검, 그리고 저 천랑대원들에겐 온기가 있었다. 역설적으로 그 따뜻함은 그 어떤 빛보다 눈부셨다. 그래서 더 저들을 인정하기 싫었다.

비록 자신의 결말은 실패일지라도 시작할 때의 선택마

저 틀렸다는 것은 받아들일 수 없었다.

월마룡의 상념을 지척까지 다가온 관태랑이 깼다. 폭혈도를 제지하고 자신이 직접 나선 것이다.

이 마지막은 자신이 끝내야 한다는 것을 알고 있었기에. 그게 자신이 원하는 바였고, 천마검의 뜻이었다.

"월마룡, 칼을 들어라."

관태랑이 거친 숨을 갈무리하며 말했다. 그러자 월마룡이 피식 웃고 입을 열었다.

"섬마검, 기왕지사 이렇게 된 거, 하나만 물읍시다."

"……?"

"천마검은…… 따뜻했소? 아니, 그건 그렇다고 칩시다. 하지만 그 따뜻한 게 뭔데? 신뢰? 우정? 믿음? 그딴 것이 우리를 빛나게 해줄 순 없어."

"빛나고 싶었나?"

"당신도 결국 나와 똑같은 거 아니오? 천마검을 따라가면 찬란한 영광이 있을 거라 믿은 거 아니오? 당신 역시 돈과 권력을 얻고 싶었던 거잖소!"

관태랑은 난데없는 질문 세례에 어이없어 하며 얼굴을 찌푸렸다. 월마룡이 재차 따지듯 물었다.

"당신도 빛나고 싶은 것 아니오? 태양처럼, 패왕의 별처럼. 그래서 천마검을 선택한 거 아니냔 말이오!"

관태랑이 혀를 차고 대꾸했다.

"너 바보인가?"

"뭐라고?"

"사람은 누구나 다 이미 빛나는 존재인 거야. 사람이니까."

"……!"

월마룡은 충격에 빠져 멍한 표정을 지었다. 관태랑이 안쓰럽다는 표정으로 말을 이었다.

"사람의 빛은 서로를 믿어주며 함께할 때 더 커지지. 하지만 너나 소교주는 달라. 자신의 보잘것없는 빛을 돋보이게 하려고 주변의 다른 빛을 죽이지."

월마룡의 양 뺨이 푸르르 떨리는 가운데 뇌악천이 관태랑에게 짓쳐 들었다.

3

관태랑과 월마룡이 짧은 대화를 나누는 사이, 천마검은 전음으로 폭혈도를 질책했다.

어떻게 대원들을 이끌고 야습에 합류할 생각을 했느냐고.

폭혈도가 어쩔 수 없었다고 시치미를 떼자 결국 천마검이 육성으로 꾸짖었다. 그러자 하유가 잠력단에 대해 밝히고 폭혈도와 함께 고개를 조아렸다.

또한 초지명은 흑랑대와 왕오 장로의 혈왕문도들과 함께 북쪽으로 진격했다. 그 무리에 마령검과 수라마녀도 합세했다.

사실상 전투는 결말이 정해져 있는 막바지로 치닫고 있었다.

기실 이번 야습이 작은 피해만으로 대승하게 된 가장 큰 수훈은 천마검 자신과 팔백여 명의 적을 동료로 만든 귀혼창에게 있었다. 귀혼창은 팔백 중 이백씩 떼어내 북쪽과 남쪽으로 지원을 보내기도 했다.

소교주를 따르던 자들은 군영 밖의 어둠으로 속속 빠져나갔다.

그리고 설강은 여전히 암객과 혈투를 벌였다. 어떤 의미로 이곳에서 가장 미치고 팔짝 뛰고 싶은 사람은 암객이었다.

어떻게든 빠져나가야겠는데 빙궁주가 거머리처럼 달라붙어서 자신을 놓아주지 않았다. 그렇다고 무조건 뒤돌아 뛰었다가는 빙궁주의 장력에 얼어붙기 딱 좋았다.

그런 와중에 벌어진 관태랑을 향한 소교주의 기습.

뇌악천은 이번 기습이 자신이 살 수 있는 마지막 기회이며 유일한 희망이라는 것을 누구보다 잘 알고 있었다.

그는 관태랑을 기습하기 전, 천마검을 흘낏 보았었다. 그때 분명 눈이 마주쳤는데, 천마검은 묘한 미소를 떠올리고 고개를 돌려 외면했다.

그것이 뜻하는 바는 분명했다. 무슨 짓을 하더라도 섬마검에겐 안 된다는 것이다.

모욕감이 들었다.

확실히 천마검과 함께 싸우던 섬마검의 실력은 출중했다. 그러나 뇌악천의 눈에는 섬마검이 가진 힘을 쥐어짜내는 것이 훤히 보였다.

섬마검은 시간이 흐를수록 현저하게 몸과 칼이 느려졌고 호흡도 거칠어졌다.

그런 자조차 당해내지 못하겠는가.

슈가가각.

혼신을 다한 뇌악천의 기습은 섬전처럼 빨랐다. 그런데 관태랑은 이미 예상하고 있었다는 듯이 살짝 검을 흔드는 것으로 뇌악천의 칼을 튕겨냈다.

뇌악천은 관태랑이 너무 쉽게 기습을 막아내자 당혹스러웠지만, 이미 내친걸음이었다. 돌이킬 수 없는.

“죽어어어!”

뇌악천은 바람을 담은 고함을 질러 대며 다시 검을 휘둘렀다. 검신에 가득 담긴 공력으로 인해 칼이 거칠게 울어 댔다.

그때, 관태랑이 빙그레 웃고는 가슴을 펴고 말했다.

“내가 죽으면?”

그 순간, 뇌악천의 눈동자가 흔들렸다.

아차 싶었다. 흥분해 실수했다.

관태랑을 죽이면 자신도 죽는다.

인질로 잡아야 한다.

그런 생각이 들자 관태랑의 심장을 향해 폭사하던 검끝이 느리고 무뎌졌다. 그 속으로 관태랑의 검이 쑥 들어왔다.

관태랑은 검신을 뇌악천의 칼에 바짝 대고는 힘껏 비틀었다가 돌렸다.

"어?"

뇌악천이 당황하며 이맛살을 찌푸렸다.

찰나, 목표를 잃은 자신의 칼이 관태랑의 검에 의해 쑥 내려갔다. 그래서 다시 끌어 올리려는데 비틀고 돌려지자 자신도 모르게 검파를 놓치고 말았다.

"……!"

뇌악천의 손에서 빠져나온 칼이 공중으로 떠올랐다.

사람들이 관태랑의 놀라운 수법에 감탄하며 뇌악천의 칼을 보았다. 뇌악천은 본능적으로 칼을 잡아채려고 도약했다. 그렇게 텅 비어진 그의 가슴에 관태랑의 주먹이 작렬했다.

퍼억!

"컥!"

뇌악천이 고통의 단말마를 뱉으며 뒤로 나자빠져 굴렀다. 그 순간, 관태랑이 따라오며 공격할 것을 저어한 뇌악천이 급히 소리를 질렀다.

"월마룡, 놈을 막아라!"

뇌악천이 낙법으로 한 바퀴 구르고 일어나다가 눈을 치켜떴다. 기가 막혀 절로 욕설이 튀어나왔다.

"이 미친!"

그뿐만 아니라 관태랑도 놀랐다. 아니, 모두가 예상 못한 장면에 눈살을 찌푸렸다.

다른 곳엔 신경 쓸 수 없는 설강과 암객만 빼고.

월마룡이 칼로 제 심장을 찌르고 있었다.

관태랑이 입을 열었다.

"월마룡, 그게 네 선택인가?"

월마룡이 히죽 웃었다. 웃고 있는 그의 입가로 선혈이 흘러나왔다.

"빛나고 싶었다. 그뿐이야."

"……."

"그래서…… 네가 미웠다. 마음만 먹으면 얼마든 빛날 수 있는 놈이 그걸 걷어차니까."

월마룡의 입가로 흐르는 피의 양이 많아졌다. 그는 흐릿해지는 시선으로 관태랑을 직시하며 말을 이었다.

"그런데 네놈은…… 똥치기일 때도 빛나더군."

"……."

"그래서 더욱 너를 괴롭히고 증오했지. 이제야…… 알겠어. 질투였다는 것을, 내 속이…… 시리고 휑하고 차가워서 네 따뜻한 미소가…… 늘 부러웠다는 걸."

"……."

"사람의 따뜻함이…… 가장 빛나는 거였어. 다시 산다면……."

그는 마지막 말을 마무리 짓지 못했다. 그의 신형이 옆으로 기우뚱하더니 바닥으로 쓰러졌다.

뇌악천이 이를 갈며 빽빽! 소리 질렀다.

"월마룡, 이런 머저리 같은 놈! 이 병신 같은 게 주군을 두고 자결을 해? 내가 네놈에게 준 돈과 미녀가 얼마나……."

그는 말을 잇지 못하고 화들짝 놀랐다. 관태랑이 그를 향해 성큼 다가왔기에.

뇌악천의 눈동자가 주변의 바닥을 급히 훑었다. 그러고는 가장 가까운 곳에 있는 칼을 향해 몸을 날렸다.

그가 칼을 쥐려는 순간…….

쇄애액.

관태랑이 던진 칼이 뇌악천의 손등에 떨어졌다.

"크윽!"

관태랑의 칼은 뇌악천의 손을 뚫고 땅에 박혔다. 그것

도 깊게.

졸지에 피하지도 못하게 된 그의 얼굴에 관태랑의 발이 들이닥쳤다.

퍼억!

"끄아아악!"

뇌악천은 뒤로 자빠지다가 손이 더 찢어지는 고통에 또 비명을 질렀다.

"아아악!"

그는 급히 땅에 박힌 칼을 뽑으려다가 울상을 지었다. 또다시 관태랑의 발길질이 날아왔다.

퍼억!

"으아악!"

역시 이번에도 손까지 아파 연이어 비명을 질렀다.

"끄으윽, 이, 일단 칼을 빼고……."

콰직!

"으아악! 악악!"

이미 천마검에게 코가 뭉개졌던 그의 얼굴이 더 엉망이 되어갔다. 관태랑은 뇌악천을 그렇게 패다가 멈추고 무릎을 굽혀 눈높이를 맞췄다.

"소교주."

"하아아, 하아아, 섬마…… 섬마검, 살려줘."

"만약 당신이 나만 괴롭혔다면, 나는 천마검께 당신을

살려 달라고 말했을 겁니다."

"살려줘, 제발. 응?"

"당신을 살려서 이용하자고 간언했을 겁니다."

"나는 그냥…… 하아아, 하아. 아버지의 뜻을 따랐을 뿐이라고. 내 잘못이 아니야. 내 탓이 아니야."

"미안하지만……."

뇌악천은 눈이 가물가물한 와중에도 관태랑의 어조에서 서늘함을 느끼며 외치듯 말했다.

"날 살려줘. 내가 다 말할게. 너희가 배신한 게 아니란 걸 말해줄게. 제발, 제발 살려줘. 본 교의 모든 사람들에게 진실을 밝힐 테니까."

"……."

"네가 그렇게 좋아하는 천마검이 누명을 벗을 기회라고. 그러니까 제발 살려줘. 응?"

관태랑의 눈에 갈등의 빛이 어렸다. 그는 입술을 꾹 깨물고 고개를 들었다. 그러고는 천마검을 보았다.

그러자 그가 빙그레 웃고는 손으로 천랑대원들을 가리켰다.

헐벗고 앙상해져 있는 대원들.

그들에게 먼저 물으라는 뜻이다.

관태랑이 한숨을 삼키고 입을 열었다.

"너희들의 뜻은?"

질문을 받은 이들의 얼굴에 갈등의 빛이 어렸다.

마음 같아서는 갈가리 찢어 죽이고 싶었다. 그러나 소교주 한 명을 살려 천마검이 배신자란 누명에서 벗어날 수 있다면?

대원 중 하나가 한숨을 삼키고 말했다.

"살려서……."

그때, 백운회가 불쑥 끼어들었다.

"한 가지 명심하도록."

"……?"

"어줍지 않은 동정심이나 누군가를 위한 희생정신으로 악당을 용서하지 마라. 악당은 그것을 먹고사는 독버섯이니까."

관태랑이 입술을 꾹 깨물었다가 말했다.

"독버섯도 잘 이용하면 주군께 약이 될 수 있지 않겠습니까?"

백운회는 고개를 저으며 대꾸했다.

"나에게 약은 너와 내 동료들이다. 독버섯은 필요 없어."

"하지만……."

"관태랑, 나는 오래전에 본교에서 천명했다. 위선(僞善)과 악(惡)을 처단하는 마(魔)가 되겠다고. 그럼에도 천하일통을 위해 악도 이용할 필요가 있다고 여겼지."

관태랑의 고개가 밑으로 떨어졌다. 그렇게 간언을 한 것은 자신이었기에. 백운회의 말이 이어졌다.

"하지만 악은 악일 뿐이야. 그건 호시탐탐 등 뒤에서 비수를 꽂을 기회를 노리지. 우리가 강하다 싶으면 꼬리를 흔들지만, 조금이라도 약한 모습을 보이면 이빨과 발톱을 드러낸다."

"……."

"사기꾼에게 한 번 속으면 안됐다는 동정을 사지만, 두 번 당하면 호구가 되는 거야."

그때, 북쪽에서 거대한 함성이 일었다. 이겼다는 외침이 연이어 들렸다. 사실 초지명이 북쪽으로 향하긴 했지만, 별다른 전투는 없었다.

상황이 사실상 끝났다고 판단한 이들이 너도나도 군영 밖으로 도망쳤으니까.

관태랑의 설득에 희망을 품었던 뇌악천이 급히 천마검을 향해 외쳤다.

"천마검, 내 목을 걸겠다. 독을 써도 좋아. 너만 알고 있는 해독제가 있는 것으로. 그럼 나는 어쩔 수 없이 너를 위해 일하게 될 거라고. 생각해 봐. 넌 누명을 벗고 본교에 금의환향할 수 있게 되는 거야. 너뿐만 아니라 네 수하들도 마찬가지지. 지금 천랑대 가족들이 본교에서 얼마나 괄시와 핍박을 받고 있는지 모르지? 그것도 일시에 다 해결되는 거야.”

백운회는 서늘한 미소를 흘리며 뇌악천에게 다가들었다.

“독버섯은 아름답지. 그 화려한 색과 달콤한 향기에 취하면…….”

다급해진 뇌악천이 백운회의 말허리를 끊었다.

“방금 나에게 독을 쓰라고도 얘기했잖아. 그런데 내가 어떻게 너를 배신하겠어? 그리고 네 수하들의 가족도 생각하라고!”

“그럼 네 부친인 뇌황을 배신하겠다는 건가?”

뇌악천의 얼굴이 일그러지는 가운데 관태랑과 천랑대원들의 시선이 집중됐다. 뇌악천은 입술을 깨물었다가 대꾸했다.

“그야…… 어쩔 수 없지 않나? 아버지도 이해해 주실 거야.”

백운회가 실소를 흘리며 힐난했다.

“결국 또 배신이군.”

“…….”

백운회가 관태랑을 보며 부드럽게 미소 지었다.

“이 녀석에게 독을 쓴다고 해도 살려두면 두 다리 펴고 잘 수 있겠어?”

관태랑이 한숨을 삼키고 대꾸했다.

"늘 불안하겠지요."

백운회는 고개를 끄덕이며 관태랑의 어깨를 툭툭, 두드렸다. 그러고는 그의 차가운 손을 가볍게 잡았다 놓았다.

"해야 할 말은 다 했다. 그런데도 너와 천랑대원들이 용서하겠다면, 이번만큼은 내가 물러서지."

백운회는 걸음을 옮겨 천랑대원들에게 향했다. 그렇게 관태랑과의 거리가 멀어지자 뇌악천의 눈에 기광이 일렁였다.

그는 입술을 질끈 깨물며 조금 전 쥐려다가 관태랑의 방해로 잡지 못했던 칼을 움켜잡았다. 그러고는 어마어마한 고통이 이는 것을 참으며 단숨에 손을 뽑아 올렸다.

주변 사람들이 눈을 부릅뜨고 경악하는 가운데, 이미 뇌악천은 쥐고 있는 칼로 관태랑의 목젖에 칼을 드리웠다.

"섬마검, 털끝이라도 움직이면 죽는 거야. 너 죽고 나 죽는 거라고."

뇌악천은 관태랑이 미동하는 기색조차 없자 살짝 당황했다. 이놈이라면 천마검에게 폐가 되느니 정말 죽을 수도 있겠다는 생각이 들었다. 그래서 얼른 말을 이었다.

"네놈이 죽으면 제아무리 천마검이라도 가슴이 찢어지겠지?"

천랑대원들과 많은 사람들이 뇌악천을 향해 분노해 욕

설을 뱉었다. 특히나 폭혈도나 귀혼창은 눈이 뒤집혔다. 가뜩이나 관태랑의 머리에 내려앉은 피딱지를 보고는 간신히 화를 눌러 참고 있는데 분노에 기름을 부은 격이었다.

그런데 정작 위협을 받고 있는 관태랑은 한숨을 한 번 쉴 뿐, 담담했다.

백운회가 걷던 걸음을 멈추고 뒤돌아서서 말했다.

"섬마검, 느꼈나? 악은 결국 악일 뿐임을."

"예, 그렇군요."

"네가 진정으로 나를 위한다면 악과 타협하지 마라. 악은 타협의 대상이 아니라 불태워야 할 쓰레기야."

듣고 있는 뇌악천은 이맛살을 찌푸렸다.

그는 관태랑의 몸을 돌려 뒤에서 턱을 움켜잡고 목에 칼을 댄 채 말했다.

"천마검! 섬마검을 살리고 싶으면 말을 가져와라. 적당한 곳까지 가면 섬마검을 풀어주지."

백운회는 어깨를 으쓱하고 대꾸했다.

"싫은데."

"……!"

"한두 번도 아니고, 또 거짓말을 하는 건지 내가 어떻게 알겠나?"

"……."

"그리고 네놈은 결국 섬마검을 죽이고 도망칠 것 같단 말이지."

뇌악천은 자신의 속내를 정확히 꿰뚫는 천마검의 대꾸에 어떤 핑계를 댈지 당황하다가 비명을 질렀다.

"끄아아아악!"

관태랑이 오른손을 뒤로 올려 뇌악천의 눈에 비수를 쑤셔 넣은 것이다. 방금 전, 천마검이 그의 손을 잡았을 때 넘겨받은 비수였다.

우드득.

뇌악천의 칼을 쥔 손목이 관태랑의 왼손에 잡혀 비틀리다가 부러졌다.

아득한 고통에 뇌악천은 자신도 모르게 상체를 숙이며 몸을 움츠렸다. 그러자 뒤돌아선 관태랑이 오른 주먹을 날려 턱을 가격했다.

빠각.

턱이 깨졌다.

콰직.

입안에서 이가 튀어나왔다.

뇌악천은 정신이 하나도 없었다.

비수로 찔린 눈부터 시작해서 아프지 않은 곳이 하나도 없었다.

관태랑의 동체가 한 바퀴 빙글 돌았다.

선풍각.

동작이 큰 돌려차기가 바람을 일으키며 뇌악천의 목을 강타했다. 의족에 얻어맞은 뇌악천이 비명을 지르며 옆으로 빙그르르 돌아 팽개쳐졌다.

그는 땅에 철퍽 쓰러지고는 부르르 떨며 몸을 돌려 누웠다.

"으으으으…… 사가가가……."

신음이 멈추질 않았다. 살려 달라는 말을 하고 싶은데, 턱이 완전히 깨져 버려 불가능했다. 피와 침이 질질 흘렀다.

관태랑이 그에게 다가가 이마를 발로 밟으며 천마검을 보았다. 그러자 천마검이 고개를 끄덕였다.

관태랑의 시선이 다시 천랑대원들에게 향했다. 그들도 일제히 고개를 끄덕였다.

관태랑은 소교주를 내려다보며 말했다.

"소교주, 아까 지껄인 거짓말 말고 당신이 살아야 할 이유가 또 있습니까?"

"사가가가……."

뇌악천이 사지를 버둥거리며 턱 빠진 입으로 살려 달라는 말을 필사적으로 외쳐 댔다.

"없군요. 그럼 우리의 악연은 이쯤에서 끝냅시다."

"사가가가!"

콰직!

뇌악천의 머리가 깨지며 뇌수가 흘러나왔다. 그는 사지를 부르르 떨다가 이내 축 늘어졌다.

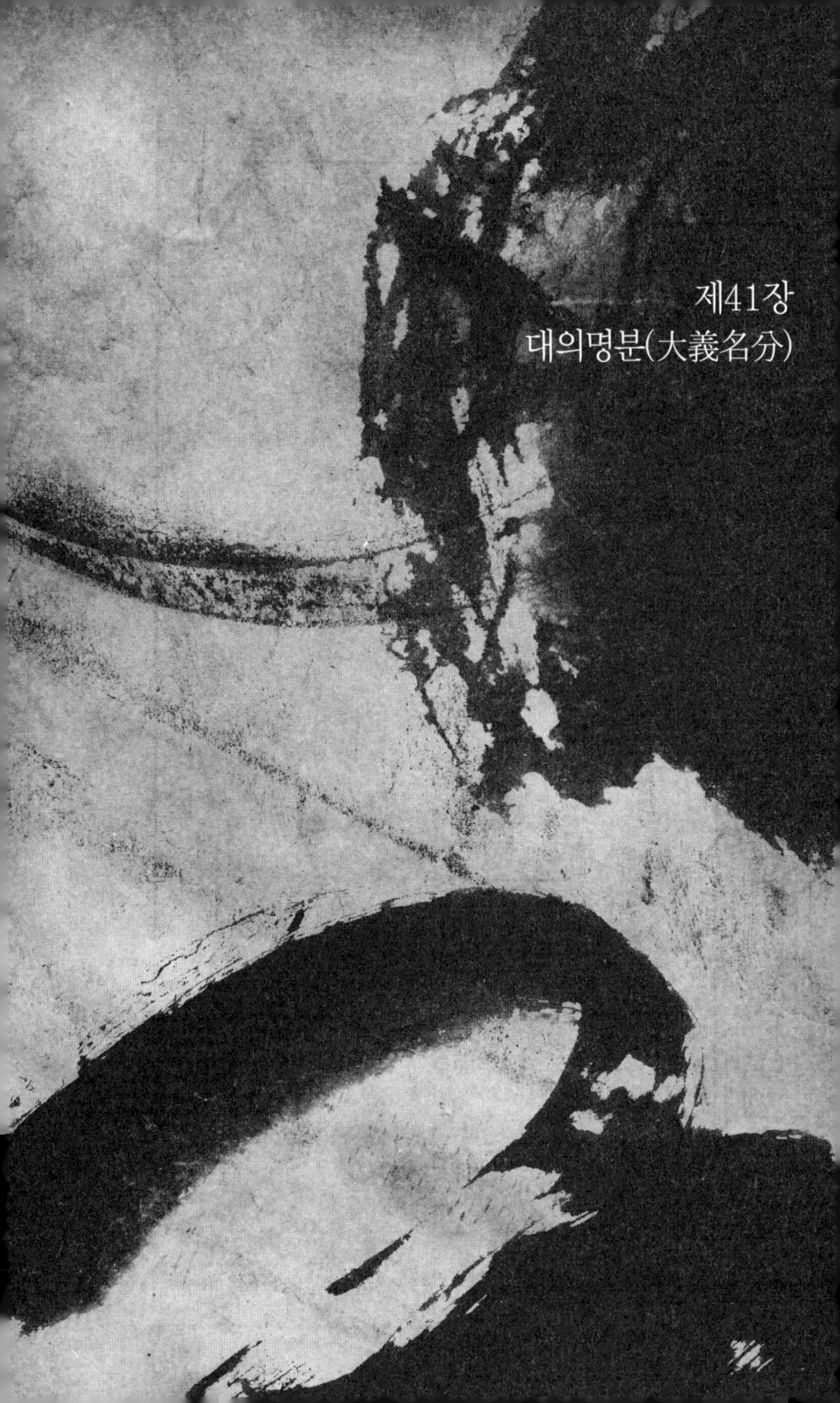

제41장
대의명분(大義名分)

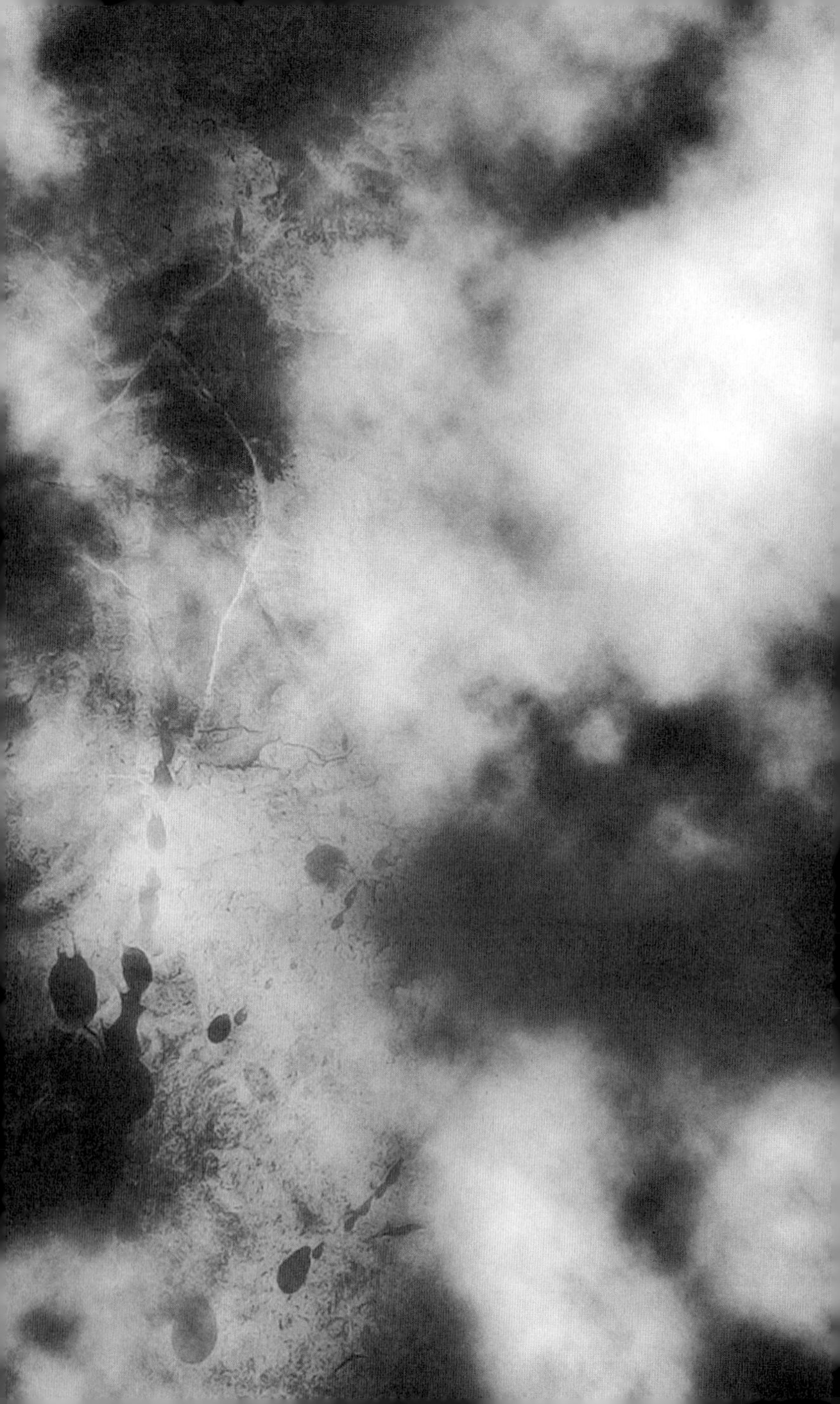

1

거대한 막사 안의 공기가 충격으로 인해 무거웠다.

이름만 대면 누구나 알 만한 천마신교의 무시무시한 마인(魔人)들이 숨을 죽이고 입술을 깨물었다. 그럴 수밖에 없는 이유가 있었다.

대륙의 북쪽 끝에서 천산수사가 보내온 전서구에 담긴 내용이 모두를 경악하게 만든 것이다.

질식할 것만 같은 분위기.

마침내 막사 안에서 유일하게 앉아 있던 백발의 노인이 한숨과 함께 입을 열었다.

"으으음, 정말 천마검이란 말인가?"

천마신교의 교주인 뇌황의 질문에 초로인이 대답했다.
"천산수사가 보내온 전서구에는 분명 그렇게 적혀 있었습니다."
천산수사는 본대로 복귀하는 도중 패잔병들을 만났고, 운 좋게 천마검의 덫에서 벗어날 수 있던 것이다.
잠깐의 정적.
다시 뇌황이 물었다.
"천마검, 그놈이 정말 살아 있다고? 아니야. 그놈은 죽었어. 분명 배교주가 나에게……."
초로인, 즉 천마신교의 수석 군사인 마갈(魔葛)은 살짝 미간을 찌푸리면서 교주의 말을 끊었다.
"배교주를 얼마나 믿으십니까?"
뇌황의 눈가가 파르르 떨렸다. 그는 입술을 질끈 깨물며 잠시 생각에 잠겼다가 대꾸했다.
"배교주를 믿고 안 믿고의 문제가 아니다. 배교주가 천마검을 풀어줄 이유가 없잖아!"
지금 이들은 천마검이 탈출한 것이 아니라 배교주가 일부러 놓아줬다고 생각하고 있었다. 그도 그럴 만한 것이, 배교주는 분명 천마검이 죽었다고 거짓말을 했으니까.
마갈은 묘한 미소를 머금고 말했다.
"이유야 충분하지요."
"……?"

"배교주 입장에서는 천마검을 이용하는 것이 나쁘지 않은 선택이었을 겁니다."

뇌황의 눈동자가 흔들렸다. 아니, 그뿐만 아니라 막사 안에 자리한 교주의 측근들의 표정도 일그러졌다.

"배교주가 천마검을 이용해?"

"예, 본 교와 흑천련을 견제하는 데 천마검만 한 패는 없으니까요."

"……."

"배교와 우리는 지금 한 배를 타고 있지만, 패왕의 별은 결국 하나! 결국 언젠가는 충돌할 수밖에 없습니다. 그런 의미에서 천마검을 이용해 우리의 힘을 약화시키는 건…… 꽤나 고급 책략이지요."

뇌황은 한차례 몸을 부르르 떨다가 노염으로 이를 갈았다.

"배교주, 이놈이 감히 본좌를 능멸해? 감히!"

그의 신형에서 짙은 마기가 절로 뿜어져 나왔고, 그 기운은 거대한 막사의 천을 거칠게 흔들 정도였다. 만약 평범한 사람이 이 자리에 있었다면 가공할 마기를 감당하지 못하고 토혈했으리라.

마갈이나 막사 안의 마인들은 그런 교주를 물끄러미 보았다. 천산수사가 보낸 전서구에는 소교주 뇌악천이 죽은 것으로 추정된다는 내용이 담겨 있었다.

그런데도 부친인 뇌황은 눈물은커녕 자식에 대해 한마디 언급도 없었다.

무정(無情)하다기보다는 비정(非情)에 가까웠다.

뇌황의 분노가 점차 잦아들자 마갈이 입을 열었다.

"다만, 이해가 안 되는 것이 있습니다. 배교주가 천마검을 이용하려고 했다면, 시기가 너무 빠릅니다. 더 나중에, 그러니까 전쟁의 막바지에 그의 존재를 드러내는 것이 더 극적이고 효과도 좋았을 텐데 말이죠."

막사 안에 있던 마인 중 한 명이 의견을 개진했다.

"배교주와 천마검이 거래를 했다면 그럴 수도 있지 않겠습니까? 제아무리 천마검이라도 수하가 다 죽는다면 무엇을 할 수 있겠습니까?"

홀로 무림에서 군림하는 얘기는 낭만이 있던 옛날에나 가능한 이야기.

막사 안의 사람들에겐 소교주나 혈검제 태상 장로, 사사상 장로, 선후배 고수들, 그리고 많은 수하들이 죽은 것보다 천마검이 살아 있다는 사실이 더 충격이고 무겁게 느껴졌다. 그래서 그런지 방금 말을 한 마인의 음성에서는 아직까지 흥분이 짙게 묻어났다.

마갈이 고개를 끄덕이며 말을 받았다.

"그건 그렇습니다만, 저 같으면 다른 방법을 선택했을 겁니다. 천마검이 정체를 숨기도록 말입니다. 배교주는…… 너무 빨리 자신의 의중을 드러냈어요. 그게 좀 걸립니다."

뇌황이 대꾸했다.

"이미 전쟁이 시작됐으니 의중을 숨길 필요도 없다는 거겠지. 배교주, 이 개자식."

마갈은 미간을 접으며 뭔가 골똘히 생각하다가 말했다.

"일단 배교주에게 연통을 넣어보는 것이 좋겠습니다. 천마검에 대해서 그가 어떤 반응을 보이는지."

"지금 중요한 건 그게 아니다. 천마검이 살아 있어! 그 놈은 분명 십만대산으로 향할 게야."

십만대산.

천마신교의 총타가 자리한 곳.

뇌황의 말에 막사 안에 있던 몇몇 마인들 미간의 골이 깊어졌다. 가장 우려되는 점이다.

천마신교의 많은 정예들이 지금 중원에 들어와 있다. 당장 자신들도 내일부터 무림맹과 교전을 하게 될 것이다. 기나긴 전쟁이 시작된다.

그런데 천마검이 총타로 향한다면?

누군가가 신음과 함께 중얼거렸다.

"천마검은…… 우리가 없는 사이에 총타를 접수하려는 건가?"

그 옆에 있던 인물이 우려스러운 어조로 반문했다.

"그럼 우리도 한시바삐 회군해야 하는 것 아니오?"

아무도 대답하지 못하고 침묵이 흘렀다.

여기서 회군을 한다?

말도 안 된다. 중원무림을 정복하기 위해 호기롭게 나섰는데 그냥 돌아간다면 무림 역사에 남을 개망신이 되리라.

또한 비록 많은 정예가 출정했지만 십만대산에도 적지 않은 고수들이 있다.

원로회, 그리고 천마신교 오대가문의 저력은 대단하다는 말로도 부족하다.

아무리 천마검이라 해도 총타를 접수하는 일은 매우 지난할 것이리라.

그럼에도 불구하고 사람들은 찜찜했다.

왜냐하면 상대가 천마검이니까. 또한 천마검을 따르는 섬마검이 오대가문 중 하나인 흑룡가의 적자라는 점도 신경 쓰였다.

반백의 장로가 입을 열었다.

"문제는 또 있습니다. 북해빙궁에 이어 혈왕문처럼 흑천련에서 또 다른 배신자가 나오지 말란 법이 없습니다. 천마검을 따르던 문파들을 예의 주시해야 합니다. 그러니 일단 회군해 흑천련 문파들을 단속해야 하지 않겠습니까?"

뇌황은 한숨을 삼키며 손으로 관자놀이를 꾹꾹 눌렀다. 골치가 지끈거렸다. 천마검, 그놈은 살아 돌아오자마자 근심거리를 안겨주고 있었다.

그때, 뇌황의 눈에 마갈이 빙그레 미소 짓고 있는 모습이 들어왔다.

눈이 마주친 마갈은 미소를 짙게 하며 말했다.

"교주님, 회군은 불가합니다. 배교주도 우리가 회군을 하지 않을 것임을 확신했기에 천마검을 놓아주었을 겁니다."

뇌황은 마갈을 직시하며 물었다.

"다른 사람도 아닌 천마검이다. 그놈이 십만대산으로 갈 수도 있고, 어느 날 갑자기 우리 앞을 막아설 수도 있어. 그런 불안감을 안고 정파와 전쟁을 치러야 한단 말인가? 차라리 회군해서 천마검부터 정리하는 것이 낫지 않겠나!"

모두가 교주에게 동의하는 표정을 짓는 가운데 마갈은 단호히 고개를 저었다.

"천마검은 우리 앞을 막을 수 없습니다. 본 교의 숙원인 중원무림 정복전입니다. 그걸 막는 순간, 천마검은 영원한 배신자로 낙인찍히게 되지요. 제가 아는 천마검은 바보가 아니니 결코 우리를 방해하지 않을 겁니다. 아니, 못하지요. 그리고 본 교의 총타를 노린다면? 그것도 나쁘지 않습니다. 아니, 바라 마지않는 일입니다.”

“……?”

“우리는 본 교의 숙원을 위해 정파인들과 치열하게 싸우고 있는데 천마검이 총타를 차지하려 한다면 어떻게 되겠습니까? 원로회나 오대가문뿐만 아니라 그를 따르던 수많은 평교도들도 빈집이나 털려는 천마검을 욕하게 될 겁니다. 천마검은 어떤 선택을 해도 배신자의 운명에서 벗어날 수 없습니다.”

뇌황을 포함한 마인들의 눈에 감탄의 기색이 어렸다.

마갈의 말은 일리가 있었다.

자신들은 정파와 싸우는데 천마검이 사사로운 복수를 앞세운다면 대의명분을 얻기 어렵다.

대의명분(大義名分).

주로 정파가 자주 내세우는 말이다.

그러나 마교나 사파라도 명분을 무시할 순 없다. 세상의 크고 작은 모든 세력들은 각자의 명분을 가지고 살아가는 법이다.

명분이란 해당 세력에게 단순한 힘으로는 줄 수 없는 동기부여와 잠재력을 일깨우니까.

물론 명분도 만들어낼 수 있다. 그러나 설득력이 떨어진다면 역풍만 초래하게 될 뿐이다.

뇌황이 고개를 주억거리며 말했다.

"그럼 우리는 천마검을 무시하고 예정대로 움직이면 된다는 건가?"

"그렇습니다. 중원무림 입성은 본 교뿐만 아니라 흑천련의 꿈이기도 합니다. 이 거대한 명제를 수행하는 전쟁 앞에서 진실이나 사사로운 감정은 그야말로 조잡한 것이 되고 말지요. 흑천련 중 천마검을 지지했던 문파들도…… 천마검을 안쓰럽게 생각하기는 해도 돌아서지는 않을 겁니다. 우리는 이미 닻을 올리고 출항한 배니까요."

모두가 고개를 끄덕이며 동의의 낯빛을 했다. 뇌황이 묘한 미소를 머금었다.

"흑천련을 단속하는 방법도 계속 전쟁을 수행하는 것이 최선이란 뜻이군."

"예."

"좋아. 그런데 말이지, 그럼 천마검은 어떻게 되는 거지? 부활했으나 어떤 선택을 해도 명분이 서질 않으니 말이야."

마갈은 어깨를 으쓱하며 소리 없이 웃고는 답했다.

"두 가지 선택 중 하나를 하게 될 겁니다."

"……?"

"첫 번째로 북방에서 독자 세력을 구축하는 겁니다. 그리고 이번 전쟁이 끝난 후에 우리와 싸울 준비를 하는 거지요."

뇌황은 가볍게 조소하며 음흉한 미소를 지었다.

"그때는 천하가 내 손 안에 있을 것인데 그 정도야. 그럼 두 번째는?"

"십만대산으로 가겠지요."

"음…… 역시 우리가 없는 틈을 노릴 거란 말이군."

"그러나 명분이 없는 그는 무력 충돌보다는 대화를 통해 원로회나 오대가문을 설득하려고 할 겁니다. 뭐, 자신은 억울하다고 얘기를 하겠지요. 하지만 방금 말씀드렸다시피 전쟁은 모든 것을 집어삼킵니다. 천마검의 말이 아무리 그럴싸해도 받아들여지지 않을 겁니다."

모두가 고개를 끄덕이는 가운데 마갈의 말이 이어졌다.

"만약 우리가 이번 중원 전쟁에서 승승장구한다면 원로회를 포함한 본 교와 흑천련의 모든 사람들은 천마검이 점점 눈에 거슬릴 겁니다. 전쟁 영웅이 되실 교주님을 음모가라 몰아붙이는 천마검을 치워 버리고 싶어지겠지요. 그리고 결국은…… 후후후, 원로회와 오대가문에서 알아서 천마검을 처리해 줄 겁니다."

뇌황이 피식 웃었다.

"우리는 손 안 대고 코를 풀 것이다?"

"상황이 그리될 겁니다. 물론 우리가 계속 승리해야 한다는 전제 조건이 붙습니다. 만약 우리가 패하게 되면…… 상황이 복잡해질 수 있습니다. 이런 말씀 드리긴

죄송하지만…… 교주님만으로는 중원 일통이 불가능하다는 여론이 형성될 겁니다. 그러면 천마검이 말하려는 진실도 힘을 얻게 되겠지요."

뇌황은 팔짱을 끼고 잠시 침묵하다가 입을 열었다.

"재미있군. 중원무림에서 승리하면 천마검도 이기게 되고, 패배하면 천마검에게 밀릴 수 있다라……. 크크크, 결국 나 하기 나름이라는 건가?"

"예. 핵심은 바로 그겁니다."

"천마검은 내가 패배하길 간절하게 바라겠군."

"그렇겠지요."

뇌황은 팔짱을 풀고 자리에서 일어났다.

"나는 계속 승리할 것이고, 마침내 중원무림을 삼킬 것이다. 그러니 천마검은……."

마갈이 뇌황의 말꼬리를 받았다.

"서서히 말라 죽게 될 겁니다. 그러다 교주님께서 중원을 일통하신 후에나 발악을 한 번 하겠지요."

마갈의 말에 막사 안 마인들이 낮게 웃었다. 그 웃음에는 자신들이 당분간 천마검과 싸울 일은 없다는 데서 오는 안도감도 섞여 있었다.

그리고 천하를 일통해 거대한 무림을 호령하게 된 후라면 아무리 천마검이라고 한들 두려워할 필요는 없을 테니까.

뇌황은 옆 탁자에 놓여 있는 술잔을 들고 한 모금 들이켰다. 그러고는 허공을 보며 씁쓸하게 말했다.

"천마검은…… 역시 천마검이군."

그의 혼잣말 같은 중얼거림에 장로 한 명이 의아한 표정으로 물었다.

"무슨 뜻이십니까?"

"북해빙궁과 혈왕문이 거들었다고는 하지만 악천이가 이끄는 대군을 무너뜨렸다. 끄응, 정말 아까운 손실이야."

그랬다.

만약 천마검이 없었더라면 그런 일은 결코 일어나지 않았을 것이다.

마갈이 뇌황을 향해 위로의 말을 던졌다.

"소교주가 그리된 것에 대해 삼가 애도를……."

뇌황은 가볍게 손사래를 치며 수석 군사의 말을 끊었다.

"내 말은 그런 뜻이 아니야. 악천이는 고작 그런 놈이었을 뿐."

"……."

"천마검이 내 아들이었다면…… 그랬으면 얼마나 좋았을까? 예전부터 그런 생각을 많이 했지만, 오늘은 더 그렇군."

모두가 당황하며 아연한 얼굴을 했다가 급히 표정을 수

습했다. 교주가 야망이 크고 무공에만 미쳐 있는 줄은 진즉 알고 있었지만, 이 정도인 줄은 몰랐다는 기색이었다.

마갈이 정색하고 말했다.

"천마검은 회유나 타협이 통하지 않는 놈입니다."

"알지. 누구보다 내가 더 잘 알아. 너무 곧은 놈이야. 마인답지 않지. 아니, 누구보다 더 마인답다고 해야 하나?"

"……."

"세상을 바라보는 천민적 사고방식만 아녔더라면 좋았을 텐데. 그 능력이 아까워. 사실 작년에 놈을 잡을 때에도 그랬어. 마지막까지 놈이 항복해 주길 기다렸지. 그래서 나에게 충성만 맹세하면……."

뇌황이 아쉬운 표정으로 말꼬리를 흐리자 마갈은 한숨을 삼키고 외치듯 말했다.

"교주님, 천마검과 우리는 결코 다시 함께할 수 없습니다! 혹시 무림 일통 후 천마검을 복속시키려는 생각을 가지고 계시다면……."

뇌황이 쓴웃음을 깨물고 고개를 저었다.

"아니, 그럴 생각은 없다. 그래도 놈이 아직 살아 있다는 것이 묘하게 설레는군. 그래, 충격이 가시니까 설레. 살아줘서 다행이라는 생각도 들어."

뇌황의 눈에서 강렬한 살기가 폭사됐다.

파직!

그가 쥐고 있던 청동 술잔이 으깨져 나갔다.

"내가 직접 죽여줘야지. 중원무림을 평정하고 패왕의 별이 된 내가 대군을 이끌고 가서 놈의 초라한 현실을 뼈저리게 느끼게 해줘야지. 선택 받은 제왕과 일개 천한 장수의 차이를 깨닫게 하고 죽여 버리겠어."

그제야 마갈의 입가에 진득한 미소가 다시 걸렸다.

"뜻대로 되실 겁니다, 교주님."

뇌황이 고개를 주억거리며 혀로 입술을 축였다.

"물론. 하지만 그건 나중 일. 우선 내일 있을 무림맹 섬서 분타와의 교전부터 승리하자고."

무림맹 섬서 분타.

화산파와 공동파, 그리고 종남파, 세 대방파와 정파의 군소 방파 수십여 곳에서 지원이 나와 있다. 물론 무림맹 총타에서도 수백의 정예를 급파했고.

천마신교와 흑천련은 세 방향에서 중원을 침공했다.

섬서성, 사천성, 운남성.

원래 계획대로라면 소교주인 뇌악천이 하북성으로 남침해야 했는데, 천마검의 등장으로 물거품이 되어버렸다.

그러나 뇌황을 비롯한 마인들은 자신들이 최후까지 승리할 것이라는 데에 추호의 의심도 없었다.

그들이 유일하게 두려워하는 것이 있다면 하나뿐이

었다.

천마검이 대군을 이끌고 자신들을 막아서는 것.

그러나 수석 군사인 마갈의 명쾌한 설명은 그런 우려를 잠재웠다.

다만. 한 사람.

마갈은 한 인물에 대해 요즘 고심을 거듭하고 있었다.

'무림서생 천류영. 분명 그자를 언젠가 전장에서 만나게 될 것이다. 흐음…….'

마갈은 천마검을 좋아하지는 않았지만, 그의 능력만큼은 인정했다. 살아 있는 전설이라 불릴 만큼 용맹함과 지혜를 갖춘 천마검이 사령관이었던 선발대를 무력화시킨 인물.

책사로서 관심을 갖지 않을 수 없었다.

무림서생이 사천성에서 보여준 용병술과 책략을 보면서 얼마나 많이 감탄했던가.

더더군다나 그는 지금 절강성에서도 승승장구하고 있었다. 책사로서의 본능적인 직감이라고 해야 하나?

마갈은 무림을 일통하는 과정의 수많은 전투에서 가장 큰 고비가 무림맹주나 제갈천 총군사가 아닌, 무림서생과의 일전이 될 것임을 예감하고 있었다.

'천마검은 무림서생의 존재를 몰라서 당했다. 하지만 나는 너를 알고 있지. 후후후, 너와 붙을 날이 기다려지는

구나.'

호승심이 마갈의 흉중에서 꿈틀거리고 있었다.

2

북해빙궁.

달포 전, 첫비가 내린 후로 날씨가 빠르게 따뜻해졌다.

겨우내 삭막했던 이곳에도 푸른 이끼가 나기 시작했고, 그 위에서 사람들은 축제를 즐겼다.

천랑대, 흑랑대, 북해빙궁, 혈왕문은 함께 술을 마시며 친목을 다졌다. 거기에 북해빙궁의 형제 방파들과 뇌악천이 강제로 끌고 왔던 북방의 용사들도 함께 어울렸다.

과묵하기로 유명한 천마검도 격식을 차리지 않고 사람들과 연회를 즐겼다.

그렇게 한 달이 훌쩍 지나갔다.

그러자 사람들은 슬슬 불안해졌다. 지금쯤 중원무림에서는 거대한 격돌이 시작됐을 텐데, 언제까지 이렇게 놀고 있어도 되나, 하는 생각이 들었다.

잠력단을 복용하고 백 일간 내공을 사용할 수 없게 된 천랑대원들도 조금씩 기력이 회복되니 몸이 근질근질해졌다.

그렇게 모두가 천마검이 언제 출정을 명할지 궁금해하

며 그를 주시했다.

늦은 밤.

지난 한 달간 대부분이 축제를 즐기는 가운데 홀로 바쁜 사람이 있었다.

섬마검 관태랑.

그는 하오문 북방 분타주인 홍몽검의 도움을 받아 중원 정보를 수집, 분석하고 마교와 흑천련의 동향에도 촉각을 곤두세웠다. 또한 천마검의 전서구인 금영을 통해 모친인 흑룡가의 마검후에게 진실을 알렸다.

물론 본교의 원로회와 흑천련의 각 문파에도 전서구를 보냈다.

관태랑은 이날도 잠을 이루지 못하고 개인 집무실에서 서류와 씨름 중이었다.

촛불 아래서 고민을 거듭하고 있던 그의 입가에 흐릿한 미소가 피어났다. 그는 자리에서 일어나며 문가를 향해 말했다.

"오셨으면 들어오시지, 왜 서성거리고만 계십니까?"

그의 말이 끝나기 무섭게 시원한 웃음소리와 함께 문이 열렸다.

천마검 백운회.

그는 한 손에 술이 든 호리병과 술잔을 들고 문가에 기댔다.

"하하하, 우리 신임 천랑대주가 너무 일만 하는 것 같아서 방해 좀 하려고 왔지."

관태랑은 쓴웃음을 깨물고 손으로 다탁을 가리켰다.

"앉으시죠, 마도대종사님."

백운회는 어깨를 으쓱하고 고개를 저었다.

"달빛이 좋다."

밖으로 나가자는 말에 관태랑은 고개를 돌려 책상을 보았다. 어제 홍몽검으로부터 받은 서류가 산더미고 아직 절반도 확인하지 못했다.

백운회가 다가와 한 손으로 관태랑의 어깨를 살갑게 감싸 안았다.

"이 친구야, 평생 일만 하다 죽을 셈인가? 좀 즐길 줄도 알아야지."

그 말에 관태랑이 어이없다는 표정을 지었다가 절레절레 고개를 저었다.

"좀 변하신 것 같습니다. 무공과 일에 관한 중독은 저보다 훨씬 심하셨던 것으로 기억합니다만. 마신지경에 오르면 그렇게 여유로워지는 겁니까?"

은근한 힐난에 백운회가 한쪽 눈을 찡긋하고 말했다.

"달빛이 좋다니까. 여기서 칠 리(七里) 떨어진 곳에 온천이 있다. 그곳에서 온천욕을 즐기면서 밤새워 술이나 마시자고."

"하지만 해야 할 일이……."

백운회가 관태랑의 말허리를 끊었다.

"내숭이나 앙탈은 여인이 부리는 거야. 자네 같은 사내에게는 어울리지 않아."

"……."

"부탁이다. 오늘은 너와 함께 마시며 취하고 싶어서 그래. 너와는 제대로 축제를 즐기지도 못했잖아. 지금의 휴가, 이 마지막은 너와 함께 보내고 싶어서 그래."

관태랑은 기가 막혀서 혀를 내둘렀다.

정말 변했다.

"제가 앙탈 부리는 여인이라면 대종사께서는 발정 난 수캐 같습니다."

백운회는 소리 없이 함박 웃고는 물었다.

"갈 거지?"

"누구 명이라고 거역하겠습니까?"

심드렁하게 반문했지만, 관태랑은 백운회가 중요한 얘기를 꺼낼 것임을 직감했다. 지금이 휴가의 마지막이라는 말이 그 증거였다. 더불어 자신도 꼭 짚고 넘어가야 할 용건이 있었다.

서늘한 밤공기 위로 엷은 물안개가 흐느적거렸다.

타원형의 작은 온천에서 백운회와 관태랑은 말없이 벌

거벗은 몸을 담그고 하늘을 보았다.

그렇게 달과 별을 보다가 술잔을 나눴다.

서로 아무 말도 하지 않고 지금의 고즈넉하고 평화로운 순간을 음미했다.

패왕의 별을 뚫어지게 보고 있던 백운회는 얼굴을 천천히 물에 담갔다. 그렇게 한참 물속에 있던 그가 다시 수면 위로 얼굴을 내밀자 관태랑이 입을 열었다.

"좋군요."

백운회는 양손으로 머리카락을 잡아 이마 뒤로 넘기고는 대꾸했다.

"가끔은 이렇게 즐기면서 살자고. 우리는 그동안 너무 앞만 보고 달려왔어."

"대주님, 아니, 대종사."

"둘만 있잖아. 편하게 말해."

관태랑은 미소로 대꾸했다.

"편하게 하고 싶지만, 지금은 그럴 때가 아니잖습니까?"

"그럴 때는 스스로 만들면 되는 거야. 그러지 않으면 평생 일만 하다 죽게 될걸?"

관태랑은 장난스럽게 반박하는 백운회를 쏘아보며 입술을 살짝 깨물었다.

"제가 이렇게 일만 하게 만든 분이 바로 대종사란 걸

알고 계십니까? 소교주를 살렸어야 했습니다."

"이봐."

"제 말을 들어주십시오. 물론 지나간 일은 되돌릴 수 없지요. 하지만 과거의 실수를 정확하게 인지하고 있어야 같은 실수를 하지 않는 법입니다. 대종사, 감정에 치우쳐 소교주를 죽인 건 소탐대실이었습니다. 소교주가 진실을 알렸다면……."

백운회는 담담한 얼굴로 관태랑을 보며 말을 끊었다.

"그럼 우리가 배신자라는 오명을 벗고 대의명분을 챙길 수 있었을 거란 뜻인가?"

"쉽지는 않지만 가능성은 더 높아졌을 겁니다."

"글쎄, 사람들은 소교주가 살기 위해 거짓말을 한다고 생각할 거야."

"그렇다 하더라도 우리가 열심히 진실을 알려봐야 소교주가 한마디 내뱉는 것보다 못합니다. 우리는…… 어떤 선택을 하든 배신자의 운명에서 벗어나기 어렵습니다."

백운회는 하얗게 미소 지으며 고개를 끄덕였다.

"그렇겠지? 전쟁은 진실조차 삼켜 버리는 괴물이니까. 우리가 아무리 진실을 강변해도 사람들은 전쟁을 지휘하고 있는 뇌황을 내칠 수 없겠지."

사람들은 진실을 원한다. 그러나 그 진실로 불편해지는 것은 바라지 않는 이중성을 가지고 있다.

그의 천연덕스러운 대꾸에 관태랑이 이맛살을 찌푸렸다.

“역시 알고 계셨군요.”

“물론, 나는 천마검 백운회라고.”

“빙궁주나 혈왕문주를 포함해 많은 사람들은 우리가 십만대산으로 향할 거라 생각하고 있습니다.”

“그래, 가야지. 고향이니까. 가서 고생하고 있는 우리 천랑대와 흑랑대 식구들과 동료들의 억울함도 풀어줘야지. 자네도 오명을 벗어야 할 테고.”

관태랑은 뒤쪽에 두었던 술잔을 들어 술을 마시고는 한숨을 뱉었다.

“원로원을 포함해 많은 이들이 우리를 적대시할 겁니다. 본 가인 흑룡가가 설득하겠지만, 역부족일 공산이 훨씬 큽니다.”

“…….”

“그들과 싸워 이긴다 한들 빛바랜 승리가 될 겁니다. 먼 훗날, 강호를 일통하는 최후의 승자가 되더라도 배신자라는 오명이 그림자처럼 따라붙어 결코 패왕의 별이 될 수는 없게 됩니다. 그것을 원하십니까?”

백운회는 묘한 미소를 짓고 상체를 돌려 호리병을 쥐었다. 그리고 병째로 술을 마시고는 입을 열었다.

“뇌황이 승승장구할 거라고 생각하는군.”

관태랑이 고개를 끄덕였다.

"과거 본 교만으로 중원을 침공했을 때에도 큰 파장을 불러일으켰습니다. 그러나 이번엔 흑천련도 가세했습니다. 아무리 정파의 전성기라고는 하지만…… 뇌황은 쉽게 지지 않을 겁니다. 더군다나……."

그는 잠시 말꼬리를 끌다가 이었다.

"배교도 있습니다. 그리고 뇌황은 지옥무저갱을 열었습니다."

지옥무저갱(地獄無底坑).

천마신교의 내공 심법은 순리가 아닌 역천을 지향한다. 빠른 효과가 있지만, 그 부작용도 만만치 않다. 그렇기에 광인이 되어 살육을 즐기는 마두들이 자주 등장한다.

천하인들이 천마신교를 마교라 부르며 두려워하는 가장 큰 이유 중 하나였다.

힘을 추종하는 천마신교는 그런 마두들을 방치하면서 도저히 통제가 불가능한 악마들에 한해서만 지옥무저갱이란 뇌옥에 잡아넣었다.

문제는 지옥무저갱에 갇힌 마두들의 숫자가 증가하면서 발생했다.

그들은 컴컴한 지하에서 하나의 독자적인 세력을 형성했다.

살육에 미친 마두들.

고수들이 즐비한 천마신교에서조차 지옥무저갱에 내려갈 수 있는 인물이 없었다. 그저 그 악마들이 나오지 못하게 진법을 강화하는 것이 고작이었다. 그리고 지상으로 나오는, 만년한철로 만들어진 문을 해마다 더 두껍게 만들었다.

신기한 것은, 먹을 것을 넣어주지 않는 데도 불구하고 그들은 죽지 않았다는 점이었다. 그래서 쥐나 박쥐, 그리고 벌레를 잡아먹거나 약한 자를 죽여 인육을 먹는다는 소문이 있었다.

지옥무저갱의 악마들이 이번 전쟁에 참여했다는 관태랑의 말에 백운회의 눈에서 빛이 일었다.

"그 악마들을? 그놈들이 대화가 되나?"

관태랑이 쓴웃음을 깨물고 답했다.

"독을 썼습니다."

"만독불침에 가까운 괴물들도 많을 텐데."

어떤 독도 통하지 않는 괴물, 설사 중독되더라도 심후한 내공으로 가볍게 태워 버릴 수 있는 마두들이 즐비한 곳이 바로 지옥무저갱이다.

"독문(毒門)에서 고독(蠱毒)을 만드는 데 성공했습니다."

독문은 흑천련 소속의 한 문파이고, 고독은 주술을 건 작은 벌레다.

고독은 일단 한 번 사람의 몸속에 들어가면 내공으로도

없앨 수 없다. 이 주술 걸린 벌레가 무서운 것은 암수 한 쌍이 영적으로 연결되어 있다는 점이다.

시전자가 수컷을 보관하고 있다가 죽이면 사람 몸속에서 조용히 잠자고 있던 암컷이 발광을 하게 된다. 인체의 장기를 아귀마냥 먹어 치워 결국 그 사람을 죽음으로 이끄는 무서운 벌레다.

백운회는 그제야 이해가 된다는 듯이 고개를 주억거리다가 피식 웃었다.

"실력이 안 되니 별 같잖은 것들까지 이용하는군."

태평스러운 그의 말에 관태랑이 입술을 깨물었다.

"고독을 우습게 여길 수는 있지만, 지옥무저갱의 악마들은 결코 가볍게 넘길 사안이 아닙니다."

백운회는 다시 술을 마시고 동의했다.

"그건 그렇지."

사실 그는 예전에 지옥무저갱에 들어가 보려고 한 적이 있었다. 그러나 지옥무저갱의 초입에서 관태랑의 간절한 만류로 돌아섰다.

하지만 그때 충분히 깨달았다.

그때 만났던 지옥무저갱의 두 악마.

그건 사람이라기보다는 맹수에 가까웠다. 아니, 자신의 몸의 일부가 잘려도 개의치 않고 달려드는 그들은 강시와 더 비슷했다.

백운회가 모처럼 심각한 표정을 지으며 다시 중얼거리듯이 말했다.

"그래, 그 악마들은 참 거슬리지. 본 교의 악명을 다시 천하에 떨치겠군. 쯧쯧, 나중에 우리까지 도매금으로 취급 받는 건 아닌지 모르겠군."

그의 나직한 말에 관태랑의 눈에서 빛이 일었다.

"설마……."

"응?"

"그때 지옥무저갱의 초입에서 나왔다가 저 몰래 다시 들어가신 건 아니지요?"

"……."

"들어가신 겁니까?"

관태랑이 설마하며 격하게 묻자 백운회가 머쓱한 표정으로 대꾸했다.

"살아 있잖아. 그럼 된 거지."

"헉! 저, 정말입니까?"

"후후후, 그때 나도 고생 좀 했지. 그 미친놈들이 다짜고짜 나를 먹겠다고 달려드는 통에 짜증 나서 죽는 줄 알았다고."

"……."

"자자, 이제 내 얘기 좀 하자고. 아무리 그래도 정파는 만만치 않아."

관태랑은 기가 막힌 눈으로 백운회를 쏘아보다가 혀를 차며 고개를 절레절레 저었다.

백운회는 소리 없이 웃으며 관태랑의 빈 잔에 술을 채우고는 말을 이었다.

"배교를 탈출하고 절강성에서 무림서생과 만났다."

그렇게 시작한 얘기가 한참을 이어졌다. 절강성에서 보여준 무림서생의 활약상에 관태랑은 깊은 관심을 보였다. 마침내 백운회의 말이 모두 끝났을 때, 관태랑은 묘한 한숨을 뱉으며 고개를 주억거렸다.

"확실히…… 여간내기가 아니군요, 무림서생은."

"그래. 그 녀석은 그 짧은 시간 동안 나를 몇 번이나 놀라게 했지."

관태랑은 백운회의 말을 들으며 미소 지었다.

"그가 그립습니까?"

"글쎄, 그립다고 고백하면 남세스럽고, 괜히 신경 쓰이는 놈이라고 해야 하나? 마도니 정도니 그런 걸 떠나서 괜찮은 놈이니까."

"이거였군요, 대종사께서 변한 이유가. 예전과 달리 뭔가 여유가 생겼다고 생각했는데."

"하연도 빼놓을 수 없지."

갑작스럽게 등장한 하연이란 이름에 관태랑은 잠시 침묵했다.

백운회와 해후한 그날 새벽.

둘은 지나간 시간에 대해 잠깐 대화를 나눴고, 그때 백운회는 하연을 언급했었다.

어색해진 분위기에 백운회가 화제를 돌렸다.

"어쨌든…… 지옥무저갱이든 뭐든 간에 무림서생이라면 제법 재미있는 결과를 내놓을 거야."

관태랑은 수긍하며 고개를 끄덕이다가 이내 머리를 갸웃거렸다.

무림서생의 능력을 적으로 혹은 동지로서 지켜본 백운회의 말이니 믿을 만하다. 그러나 이건 좀 아니라는 생각이 들었다.

천마검 백운회가 자신의 운명을 스스로가 아닌 다른 사람에게 의지한다는 것이 자연스럽지 않았다. 다른 사람은 몰라도 관태랑은 백운회에 대해 가장 잘 안다고 자부했기에 더욱 이상했다.

"대종사, 그럼 우리는 십만대산으로 가면서 언젠가 무림서생이 뇌황을 상대로 승전보를 보내줄 날만 기다릴 겁니까?"

입 밖으로 말을 해보니 더더욱 백운회답지 않다는 생각이 짙어졌다.

하지만 그거 외에 달리 무엇을 할 수 있겠는가.

관태랑은 복잡한 심경으로 백운회를 보다가 눈가를 찡

그렸다.

백운회가 미소 짓고 있었다. 그가 하얗게 웃으며 말했다.

"역시 자네는 나를 잘 알아."

"……."

"관태랑, 우리 크게 놀자고."

관태랑은 숨을 죽이고 이어질 다음 말을 기다렸다. 그리고 백운회의 말이 흘러나왔다.

"나는 뇌황을 도와줄 생각이야."

"……!"

"복수에 연연하면 전체를 보기 어려워진다. 큰 복수를 하려면 더 크게 놀아야겠지."

관태랑은 순간 머릿속이 하얗게 비어지는 충격에 자신도 모르게 입을 쩍 벌렸다. 얼마나 충격이 컸는지 누군가가 근처로 다가오는 것도 모를 정도였다.

백운회는 온천으로 다가온 청년을 보며 미소 짓고는 손짓으로 들어오라고 하며 계속 말했다.

"관태랑, 우리가 복수에 집착하면 우리를 따르던 흑천련 문파들과 본 교의 많은 사람들이 불편해진다. 그렇다면 생각을 비우고 다른 그림을 그려야지. 모두가 만족할 수 있는 그림을."

관태랑은 옷을 벗고 있는 청년을 흘낏 보고는 백운회에게 말했다.

"그럼 뇌황을 용서하겠다는 말씀이십니까? 우리 동료들을 죽이고 그토록 고난의 길을 가게 한 그를 말입니까?"

말하고 있는 관태랑의 손이 덜덜 떨렸다. 백운회의 말이 머리로는 이해가 됐지만, 가슴으로는 용납되지 않았다. 그것을 받아들이기에는 사무친 한이 너무 컸다.

그렇게 격동하던 관태랑의 눈이 빛났다. 그는 다시 고개를 돌려 온천 안으로 들어오는 청년을 보았다.

선지운.

청성산 주변에 있던 청호 도장의 제자였다.

일 년 전, 백운회의 기습으로 사문이 무너지던 날, 그는 오십여 명의 여인과 아이들을 살리는 조건으로 백운회와 함께했다.

그러나 운명이 꼬여 천랑대와 함께 지난 일 년간 갖은 고초를 겪은 사내.

천랑대는커녕 마인도 아니지만, 이제 그는 어느 누구보다 가까운 한 식구였다.

지옥 같은 고난을 함께하면서 그렇게 되었던 것이다.

누구보다 독종이 되었고, 천랑대원들만큼이나 천마검을 그리워했다.

선지운이 몸을 따뜻한 온천수에 담그며 관태랑에게 말했다.

"이제야 저를 제대로 보시네요. 몇 번이나 인사를 드렸는데도 넋이 나간 것처럼…….”

관태랑이 사시나무처럼 몸을 떨며 선지운의 말을 끊었다.

“자네였나?”

선지운이 미소를 머금고 답했다.

“예, 접니다.”

“자네가…….”

“예. 이번 천마검님의 작전에 중요한 역할을 맡게 되었습니다. 마인답지 않다는 이유로 발탁되었지요.”

관태랑은 어지러웠던 머리가 점차 정돈되어 갔다. 그러나 몸의 떨림은 더욱 심해졌다.

그는 백운회와 선지운을 번갈아 보며 기함했다.

“설마…….”

머릿속을 스치는 놀라운 생각으로 인해 관태랑은 말을 잇기가 어려웠다. 백운회가 미소로 거들었다.

“그래, 그 설마가 맞을 거야.”

“…….”

“빈집은 십만대산뿐만이 아니야. 전장에 지원을 보내는 무림맹 총타도 마찬가지지.”

“아…….”

“관태랑, 너는 부대를 이끌고 북방을 가로질러 십만대산으로 가라. 세인들의 이목을 받으면서 말이지. 그동안 나는 소수 정예를 이끌고 몰래 중원에 잠입, 무림맹 총타를 친다."

"……!"

"이렇게 뇌황을 도와주면…… 후후후, 원로원이든 어디든 우리를 배신자라 할 수 있는 곳은 없다."

관태랑은 부지불식간에 웃음이 흘러나왔다.

아무리 빈집이라고 해도 명색이 무림맹 총타다. 그곳을 소수 정예로 치겠다는 백운회의 발상은 지극히 위험하다.

그러나 인정하지 않을 수 없었다.

그 위험 속에 기회가 있다는 것을. 명분도 쌓고 큰 복수를 준비할 수도 있음을.

"하하하, 하하…… 그런 신책을 가지고 계셔서 소교주를 없앨 수 있었던 거군요. 진작 말씀 좀 해주시지. 하하하하."

계속 흘러나오는 웃음이 멈추지 않았다.

천마검은…… 역시 천마검이었다. 자신의 운명을 스스로 개척하는 자이지, 결코 남에게 의존하는 자가 아니었다.

관태랑은 그렇게 한참을 웃다가 심호흡을 하고 백운회를 직시했다.

"몸조심하십시오."

백운회가 호리병을 치켜들며 하얗게 미소 지었다.

"나, 천마검 백운회야."

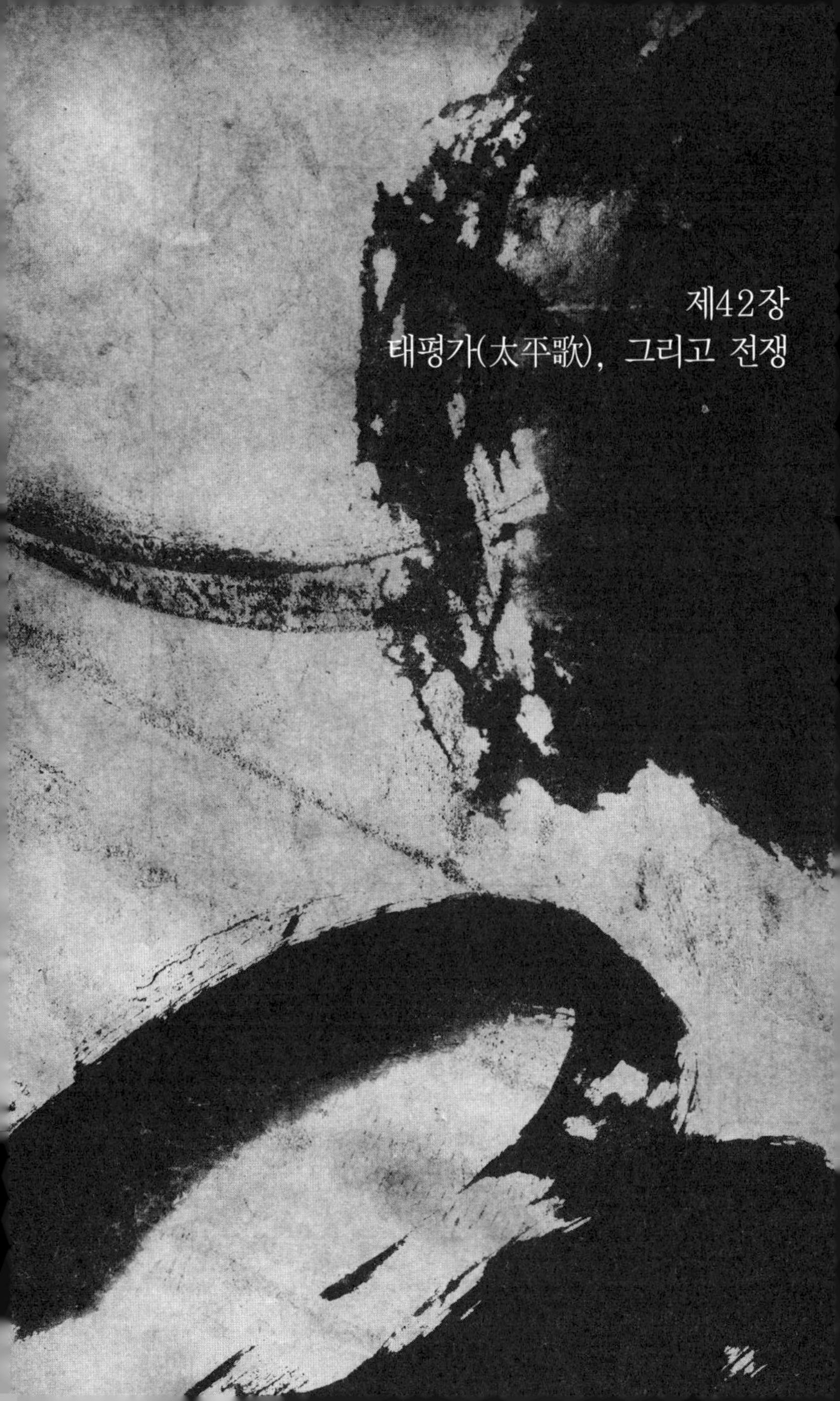

제42장
태평가(太平歌), 그리고 전쟁

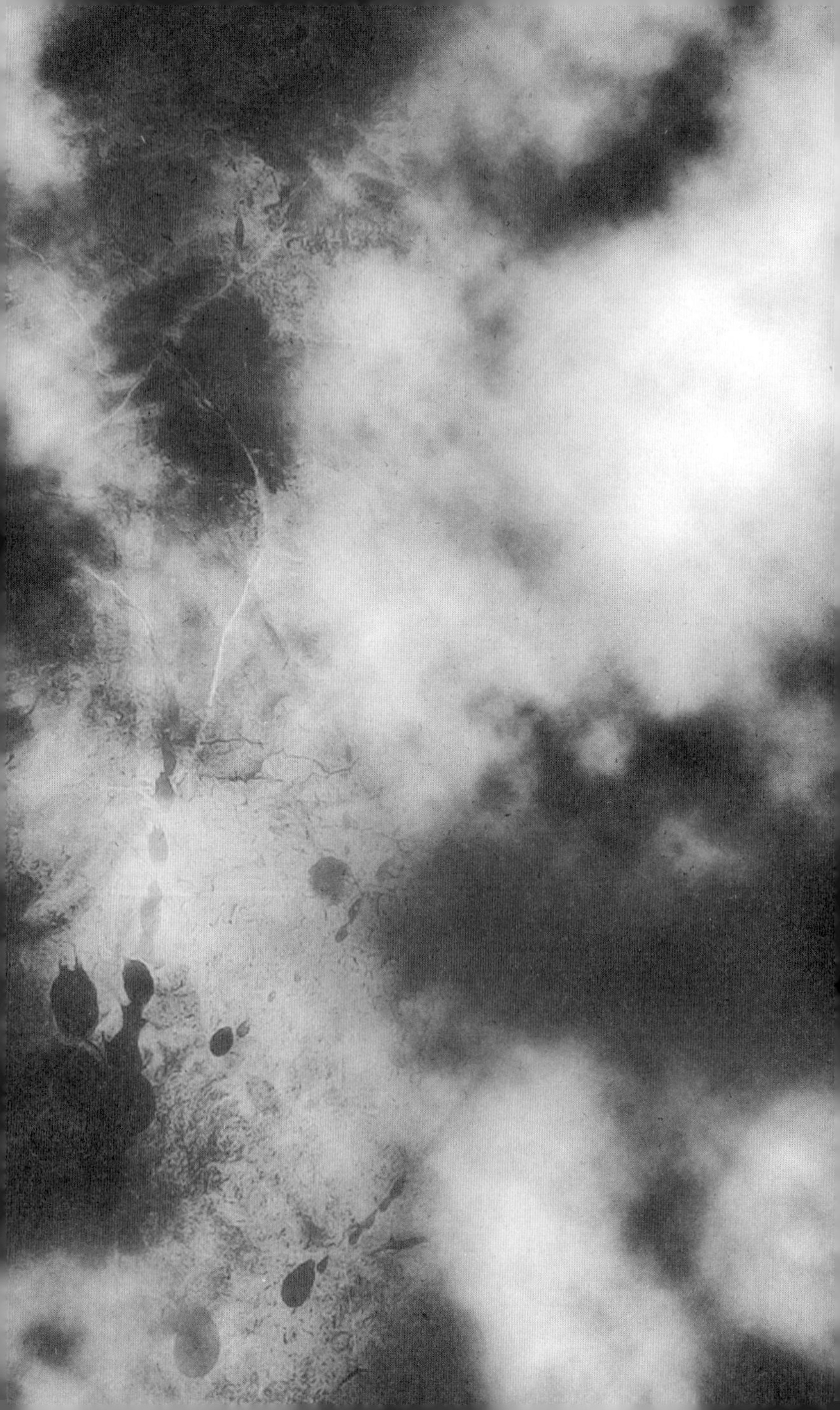

1

태양이 내리쬐는 오후.

쇄애액, 쩡! 퍼억!

파공성에 이어 쇳소리, 그리고 타격음까지 일사불란하게 이어졌다.

조전후는 울상을 지으며 얻어맞은 배를 움켜잡고 투덜거렸다.

"어휴, 그렇게 살벌하게 나오면 위험하다니까요!"

그의 볼멘소리에 무림맹 절강 분타의 서쪽 소연무장에 있는 무사들이 웃음을 참았다.

비무를 시작하기 전에는 실전처럼 하자고 부추기더니,

정작 패하니 변명 일색이었다.

독고설은 왠지 모를 어두운 얼굴로 피식 웃고는 제 검을 검집에 넣었다.

“이제 기연을 찾아 산을 헤매는 건 그만두고 그 시간에 수련을 해요. 저와 실력 차이가 점점 벌어지잖아요.”

조전후의 입술이 툭 삐져나왔다.

“제가 퇴보한 게 아니라 아가씨가 강해진 거죠.”

“그 말이 그 말이죠. 아저씨도 꾸준히 수련했으면 더 강해졌을 거라고요.”

“쩝, 아가씨는 좋은 환약에 침술까지 받아서 내공이 일취월장했으니 그런 말을 하는 겁니다. 원, 기연 얻지 못한 사람은 서러워서 어디 살겠나!”

지척에서 지켜보던 서언 주작단주가 끼어들었다.

“조 대협, 단순히 내공 문제가 아닌 것 같습니다. 검봉의 칼이 예전보다 훨씬 날카로워졌어요.”

그는 고개를 돌려 독고설을 보며 말을 이었다.

“눈부시다는 표현이 부족할 정도입니다. 사별삼일이면 괄목상대라는 말이 검봉을 두고 하는 말이군요. 개인적인 생각이지만, 무림 사상 검봉만큼 빠른 성취를 보인 여검사는 없을 겁니다.”

독고설은 멋쩍은 미소로 고개를 숙였다.

“과찬이세요.”

서언이 고개를 저었다.

"과찬이 아니라 진심입니다. 어떤 깨달음이라도 얻은 겁니까?"

독고설은 손사래를 치며 웃었다.

"호호호, 그만하세요. 정말 무섭게 성장하는 신진 고수는 따로 있잖아요."

그녀의 말에 연무장에 있는 사람들이 고개를 주억거렸다.

절강 분타주, 천류영.

그는 여전히 바빴다. 그럼에도 잠자는 시간을 줄여서 하루에 세 시진은 어떻게든 무공 수련과 비무를 했다.

그는 겐조와 충돌할 때 느꼈던 깨달음을 끊임없이 검술에 적용하기 위해 노력했다. 그러나 좀처럼 나아지지 않았는데, 열흘 전부터 변화가 생겼다.

천류영과 비무하던 독고포 검풍대주가 공격하다가 고개를 갸웃거리면서 이상하다고 말한 것이 그 시작이었다.

그뿐만 아니라 천류영과 비무하던 다른 사람들도 묘한 위화감을 느꼈다. 예전엔 쉽게 공격해 들어갔는데, 갑자기 공격이 꺼려지는 느낌을 받은 것이다.

실제로 그날 이후로 대부분의 사람들은 천류영을 제압하는 데 실패했다.

그야말로 철통방어였다. 더더군다나 가끔씩 찔러오는

공격은 등에 식은땀이 날 정도로 위협적으로 변해갔다.

이곳에서 가장 고수라고 할 수 있는 풍운도 사흘 전에 비무를 하다가 멈추고는 웃으며 말했다.

이 정도면 어디 가서 객사할 염려는 없겠다고.

천류영의 실력이 갑자기 폭발적으로 성장한 것을 보며 많은 말들이 오갔다.

절대를 바라보는 초절정고수인 풍운의 개인 지도가 슬슬 빛을 발한다는 얘기부터 예전에 복용한 당문세가의 보물인 만액환단이 점차 효능을 발휘한다는 말, 독고설을 치료한 명의가 천류영도 봐주고 있다는 이야기, 왜구 총대장 겐죠조차 감당하지 못했던 희대의 명검을 가져서라는 등등 오만 가지 얘기가 떠돌았다.

사실 근거 없는 얘기들은 아니었다.

그러나 천류영의 최측근들은 진짜 이유를 알고 있었다.

지난 일 년간 천류영이 얼마나 지독하게 수련했는지, 그리고 범인은 상상도 못할 집중력이 그 핵심이라는 것을.

거기에다 절대고수인 겐죠에 맞서 물러서지 않은 경험과 그때 얻은 깨달음을 잘 갈무리한 것도 단단히 한몫했다.

그리고 아무도 모르는 일이지만, 천마검과의 실전 합격도 상당한 영향을 끼쳤다.

그런 의미에서 천류영은 이렇다 할 확실한 기연은 없었

지만 그 누구보다 많은 기연을 얻은 것이나 진배없었다. 그리고 그런 기회는 스스로의 노력과 용기로 만들어낸 것이다.

서언은 독고설의 얼굴을 유심히 보며 물었다.

"그런데 무슨 안 좋은 일이라도 있는 겁니까? 안색이 어두워 보이는데."

조전후가 아직도 얻어맞은 배를 손바닥으로 문지르며 대신 대꾸했다.

"걱정돼서 그런 것 아니겠소?"

"걱정이라면?"

"독고가주께서 지금 사천 분타에 계실 테니까. 흐음, 지금쯤이면 싸움이 한창이려나?"

서언이 고개를 끄덕이며 엷은 미소를 머금었다.

"걱정 마십시오. 사천 분타가 왜 무적의 무림맹 분타라고 불리겠습니까? 천마검을 제외하고는 지난 백 년간 난공불락의 요새였습니다."

조전후도 거들었다.

"아가씨, 주작단주 말처럼 괜찮을 겁니다. 우리 분타주의 조언에 따라 당문과 청성파가 사천 분타에 모였어요. 무적검 한 대협과 낭왕도 잘해줄 테고. 그러니 어느 날 갑자기 승전보가 전해질 겁니다. 염려할 필요 없어요."

걱정 말라며 덕담을 건넸지만, 독고설의 표정은 밝아지

지 않았다. 어찌 그렇지 않겠는가, 아버지가 전장에 계시는데.

조전후나 서언은 그런 독고설의 심정을 이해한다는 낯빛으로 침묵했다. 그렇게 분위기가 무거워지자 독고설이 미안한 표정으로 배시시 웃었다.

"예, 저도 그렇게 생각해요."

그제야 두 사내도 굳은 표정을 풀었다. 조전후가 한차례 기지개를 켜고는 말했다.

"그나저나 영 실감이 안 나네. 이곳에서는 백성들이 태평가를 부르고 있는데, 다른 곳에서는 전쟁이 시작되고 있다는 것이. 아무쪼록 우리까지 불려 나가는 일없게 모두 승리했으면 좋겠는데."

때마침 한 무리의 사람들이 연무장으로 들어섰다. 그 선두에 있는 청년을 본 독고설의 표정이 모처럼 밝아졌다.

근래 보기 좋게 얼굴이 그을린 천류영이 웃으며 입을 열었다.

"수련을 마친 겁니까?"

그를 본 연무장의 사람들이 예를 취했다. 그러나 천류영은 여느 때와 마찬가지로 손사래를 치며 말했다.

"됐습니다. 그런데 오늘도 조 대협께서는 우리 검봉에게 졌습니까?"

조전후의 얼굴이 무참히 일그러졌다.

"젠장, 요즘 내가 몸 상태가 영 좋지 않아서……."
그의 조잡한 변명에 천류영이 싱그럽게 웃었다.
"하하하, 그러니 이제 기연을 찾아 산골짜기를 헤매는 건 그만하십시오."
"아아, 그만하게. 방금도 똑같은 잔소리를 들었으니까."
천류영이 웃는 얼굴로 독고설을 보며 물었다.
"그랬어?"
이제는 제법 자연스러운 반말에 독고설이 어깨를 으쓱하고 대꾸했다.
"예, 분타주님."
"분타주라는 말보다는 오빠나 당신이 더 좋은데."
"그건 둘만 있을 때……."
둘의 대화를 지켜보던 조전후가 혀를 찼다.
"아주 깨가 쏟아지네. 혼례만 안 치렀지, 신혼이구만. 제길, 기연보다는 여자를 먼저 찾아야 하나?"
그는 짜증을 내다가 천류영 뒤쪽에 있는 일남일녀를 보고는 웃었다.
"푸하하하, 그런데 너희들 꼴이 왜 그래? 어디 똥통에 빠지기라도 했냐?"
비검 장득무와 매검 화가연.
남궁수와 검학자는 전쟁에 참여하는 사문의 부름을 받

아 보름 전 이곳을 떠났고, 이들은 아직도 남아 있었다.

그 둘을 보며 사람들은 사문에서 너희들은 별로 도움이 안 돼서 부르지도 않나 보다고 농담을 건네고는 했다.

조전후의 말마따나 오물투성이의 장득무와 화가연은 쓰게 웃었다. 화가연은 닦아야겠다며 자리를 떴고, 장득무는 불만을 쏟아냈다.

"내가 다시는 우리 분타주님과 함께 외유를 나가면 성을 갑니다. 촌부가 사천의 영웅들인 저희들에게 돼지우리를 치우라고 하다니요. 이게 말이 됩니까?"

그의 말에 연무장에 있는 사람들이 웃음을 참느라 입술을 깨물어야 했다.

천류영과 함께 나가면 종종 있는 일이었다. 그는 주변 마을을 돌면서 돌발적인 행동을 서슴지 않았다. 담벼락이나 우리가 무너졌으면 고치고, 논밭 일에 일손이 부족하다 싶으면 나서서 거들었다.

천류영은 그런 허드렛일을 호위무사들에게 시키지 않았다. 무사의 자존심을 배려한 것이다.

문제는 엉뚱한 곳에서 발생했다.

분타주가 직접 나서서 백성들의 일을 돕고 있으니 호위는 좌불안석이 될 수밖에 없다. 그런데 어느 날, 어느 간 큰 아줌마가 호위에게도 거들어 달라고 부탁을 한 것이다.

호위들은 곤혹스러워졌다.

당연히 거절해야 하는데 그렇게 하는 것이 쉽지 않았다. 우리가 이따위 일이나 할 사람으로 보이냐고 호통을 치게 되면, 분타주가 이따위 일이나 하는 사람으로 전락해 버리니까.

결국 당시 호위들은 울며 겨자 먹기로 아주머니의 부탁대로 일을 해야 했다. 그것이 소문이 나면서 이제는 천류영이 지나가는 것을 보면 먼저 일 좀 도와달라고 부탁하는 사람들까지 생겨났다.

천류영뿐만 아니라 절강 분타의 무사들에게까지!

독고포 검풍대주도 호위로 한 번 나갔다가 된통 당하고는 천류영에게 자신들이 이런 일까지 해야 하냐며, 사람들이 자신들을 우습게 여긴다는 푸념을 했다.

그때, 천류영은 정색하고 질문했다.

"그분들은 늘 하는 일입니다. 그 일이 힘들고 고통스러웠습니까?"

독고포를 포함한 당시의 호위들이 당혹스러워했다. 독고포가 답했다.

"뭐, 잠깐 돕는 것이니, 그런 건 아닙니다."

"그런데 뭐가 문제입니까?"

"우리를 너무 쉽게 여기는 것이……."

"쉽게 생각하지 않습니다. 고맙게 생각할 겁니다."

"……."

"진정한 명예는 군림에서 나오는 것이 아니라 소통을 통한 상호 이해에서 비롯되는 겁니다. 그럼에도 영 불편하면 거절하셔도 됩니다. 저기 풍운처럼 말이죠."

풍운은 늘 그런 부탁을 거절했다. 이유는 단순했다.

주변 경계.

한 명은 제대로 호위를 해야 되지 않느냐는 말.

문제는 그가 '한 명'이라고 언급했다는 점이다.

자신 한 명으로도 충분하다는 뜻이었다.

결국 호위들은 계속 천류영을 따라 허드렛일을 하고 있었다.

독고설이 웃으며 장득무에게 말했다.

"수고했어요. 당분간은 내가 따라갈 테니까, 장 소협은 쉬세요."

그녀의 말이 끝나기 무섭게 천류영이 고개를 저었다.

"내일부터는 밖에 나가지 않을 거야."

"일이 많이 밀렸나요?"

"아니, 나도 폐관수련이란 것을 한 번 해보려고."

연무장의 사람들은 의외란 표정을 지었다.

폐관수련이란 건 외부와 모든 연락을 차단하고 오로지 무공 수련에만 매진하는 것이다. 무사라면 누구나 한두 번은 경험하게 되는 수련 방법.

그러나 천류영은 단순한 무사가 아니었다.

무림맹의 분타주.

전쟁이 시작되는 이 시점에 그는 누구보다 더 많은 정보를 파악하고 분석해야 한다. 그런 시기에 폐관수련이라니.

서언이 미간을 접으며 말했다.

"꼭 지금 하셔야 합니까?"

"예."

짧고 굵은 대답에 모두가 입을 다물었다. 이곳에서 최고의 수장이 그렇게 하겠다니, 반박하기가 어려웠다.

독고설이 조심스럽게 입을 열었다.

"시기가 좋지 않은데…… 이런 얘기가 무림의 명숙들께 들어가면 좋지 않을 수도 있어요. 가뜩이나 더 높아진 유명세로 시기하는 이들도 생겼을 텐데."

그녀가 걱정스럽게 말하자 천류영이 귀밑머리를 긁적거리며 대꾸했다.

"뒤에서 누가 뭐라고 하든 상관없어. 꼭 해야 돼."

그의 결연한 목소리를 들은 사람들은 숨을 죽였다. 천류영이 무공에서 또 다른 전기를 맞고 있다는 생각이 든 것이다.

조전후가 눈을 가늘게 뜨며 물었다.

"뭔가 심득이라도 얻은 건가?"

천류영이 고개를 갸웃거리며 답했다.

"잘 모르겠습니다. 그걸 확인하려고 하는 거니까요."

"흐음, 뭐, 다른 사람도 아니고 자네가 그리 말하니까 그런 거겠지. 하지만 폐관수련일이 길어지면 분명 문제가 생길 거야. 어느 정도를 예상하나?"

천류영이 곧바로 답했다.

"짧게 잡아도 한두 달은 걸릴 겁니다."

"으음, 그렇게나? 하긴 정상적인 상황이라면 오히려 짧은 편이지. 문제는 시국이 시국이니만큼 조금만 더 줄였으면……."

천류영이 조전후의 말을 끊었다.

"허락 받으려는 것이 아니라 제 결심을 통보하는 겁니다."

천류영이 어떤 설득도 받아들이지 않겠다는, 옹골찬 모습을 보이자 조전후는 어깨를 으쓱하고 물러났다.

그러면서 독고설을 보았다.

이 자리에서 천류영에게 그나마 가장 말발이 먹힐 만한 인물. 서언을 포함한 주변 사람들의 시선도 자연스럽게 독고설에게 꽂혔다.

그러나 독고설은 그들의 기대를 무참히 밟았다.

"하고 싶은 대로 하세요."

조전후는 뒷목을 잡고 고개를 절레절레 저었다. 서언이나 장득무도 졌다는 표정을 지었다.

천류영이 독고설을 보며 묘한 미소로 웃었다.

"함께하자."

"예?"

그녀의 맑고 시원한 눈이 동그래졌다. 근처의 사람들도 놀라 눈을 부릅떴다.

폐관수련을 같이한다고?

외부와 단절된 채 같이 먹고 자고 한다는 말이다. 정말 부부간이어야 할 수 있는 말.

장득무가 이건 아니라는 낯빛으로 끼어들었다.

"안 됩니다. 정말로 안 됩니다. 이런 시기에 분타주께서 폐관수련을 한다는 것도 문제가 될 수 있는데, 아직 혼례도 치르지 않은 검봉과……. 이건 정말 두고두고 구설에 오를 겁니다."

천류영이 장득무를 보며 대꾸했다.

"걱정 마. 풍운도 같이할 테니까."

"예? 푸, 풍운 소협도요?"

"그래. 나와 검봉의 합격술을 풍운이 제대로 지도해 줄 거야. 물론 개별적인 수련도 도와줄 거고."

"아, 부럽……. 어쨌든 분명 누군가 나중에 분타주님의 꼬투리를 잡게 될 겁니다."

"잡든 말든."

천류영은 평소와 다르게 자신의 의견을 밀어붙이며 독고설에게 말했다.

"폐관수련을 위해 준비할 것들이 많을 테니, 그것에 대해 논의하고 싶은데."

"지금요?"

"내일 수련에 들어가야 하니 지금 해야지. 집무실로 가자."

독고설은 이상하다는 느낌이 아까부터 들었다. 물론 무공을 익히는 자에게 어떤 심득이 찾아오는 순간은 매우 중요하다. 그럴 때에는 설사 부모님이 돌아가시더라도 수련에 매진하는 무사들이 부지기수였다.

평생에 한 번 찾아올까 말까 한 순간이니까.

그러나 이건 천류영답지 않았다. 그는 개인적인 성취나 영달보다는 책임감을 중요하게 여기는 인물이다.

'분명 뭔가 있어.'

그녀는 그렇게 확신하며 입을 열었다.

"예, 그렇게 하죠."

무림맹 절강 분타주의 집무실.

여인의 뾰족한 놀란 음성이 튀어나왔다.

"예에? 그러니까 내일……."

독고설은 자신의 목소리가 너무 큰 것을 자각하고는 급히 손으로 입을 틀어막았다. 그러고는 기운을 끌어 올려 주변에 누가 있는지를 점검하고는 낮게 말했다.

"폐관수련이 아니라 사천성에 가자고요?"

"그래."

"저와 풍운하고 셋이서만 말이죠?"

"응."

독고설은 놀란 가슴을 진정시키며 생각을 정리했다.

분타주가 다른 분타를 돕기 위해 움직이는 건 무림맹 총타의 허락이 반드시 필요하다. 그러나 천류영은 무림맹 총타가 그런 허락을 해줄 리 없다고 생각하고 독자적으로 움직이려는 것이다.

"왜 갑자기 그런 생각을……."

그녀는 스스로 말을 끊고 자조적으로 웃었다. 그러고는 말을 이었다.

"요즘 제 안색이 어두워서 그런 건가요? 그런 거라면 괜찮아요. 저는 무사의 딸이고, 저 역시 무사예요. 무가에서는 자신과 가까운 사람들의 죽음을 받아들이는 법도 배워요."

천류영은 고개를 저으며 답했다.

"그런 건 배운다고 배워지는 게 아니잖아."

독고설은 입술을 꾹 깨물고 침묵하다가 말했다.

"단지 저 때문에 가는 건 아니죠? 그랬다면 낭왕이 떠났을 때 함께 움직였을 테니까."

"……."

"뭔가 안 좋은 소식을 들은 거군요."

그녀는 천류영이 종종 만나는 하오문주 수란을 상기했다. 그녀에게 어떤 정보를 들은 걸까? 다급해진 그녀가 급히 물었다.

"하오문주가 뭐라고 했나요?"

천류영은 쓴웃음을 깨물고 잠시 침묵하다가 입을 열었다.

"설이도 이제 귀신이 다됐네. 그래, 맞아. 어젯밤에 그녀와 이런저런 얘기를 나눴고 몇 가지 모르던 정보도 얻었어. 그래서 오늘 오전에 움직여야겠다고 결심을 굳혔고."

"그러니까 그녀가 무슨 얘기를 했는데요?"

천류영은 독고설의 어깨를 가볍게 치고는 말했다.

"뭐, 천마검 형님이 수하들을 구하고 소교주를 박살 냈다는 것부터 시작해서……."

독고설은 아미를 찌푸렸다. 물론 천마검의 행보가 궁금하긴 했다. 그러나 지금은 그것보다 왜 천류영이 사천행을 결심했는지가 더 중요하고 급했다.

"말 돌리지 말고요."

천류영은 멋쩍은 미소로 쓰게 웃었다.

"알았어. 수란 누님이 지옥무저갱이란 곳을 언급했어."

"들은 적 있어요. 마교도들조차 통제가 되지 않는 지독한 대마두들을 가둬두는 곳이라고."

"마교주가 그곳을 열었고, 그 악마들이 지금 중원을 침공하는 세 부대에 일백씩 배치되었다는 얘기를 했어."

"……."

"전쟁 초반이니 기선 제압을 위해서 양쪽이 다 만반의 준비를 했을 터. 꽤 팽팽할 거라 예상했는데, 어쩌면……."

"……."

"생각보다 어려운 싸움이 될 것 같아. 아무래도 적은 지옥무저갱의 악마들을 앞세우겠지. 정파 쪽에서 그 악마들에 대해 제대로 대비를 하지 못한다면……."

천류영은 독고설의 안색이 파리해지는 것을 보며 급히 말을 이었다.

"설아, 너무 걱정할 필요는 없어. 내가 사천성에 가기로 결심한 건 어디까지나 만약을 대비하기 위해서야. 십중팔구 내가 없더라도 사천 분타는 무너지지 않을 거야. 설이도 알다시피 천하의 모든 문파들이 두려워하는 당문세가도 합류해 있으니까."

독고설은 입술을 꾹 깨물고 파르르 떨다가 억지로 미소를 머금었다.

"그렇겠죠?"

"그래, 괜찮을 거야. 솔직히 나나 너, 그리고 풍운이 간다고 해도 고작 세 명. 대규모 집단전에 그리 큰 도움이 될 것도 아니라고. 그냥 겸사겸사해서 가는 거야."

천류영이 그렇게 말해주니 독고설의 마음이 한결 가벼워졌다. 그의 말마따나 당문세가의 힘은 상당하다. 비록 무형지독은 이제 없지만, 다른 독만으로도 충분히 위협적인 곳이 바로 당문세가였다.

"한데 겸사겸사라는 건 무슨 말이에요? 다른 의도도 있다는 건가요?"

천류영이 쑥스럽다는 표정으로 낮게 웃고 대꾸했다.

"그렇지. 사천행을 결심한 건 걱정이 조금 드는 것도 있지만, 한시라도 빨리 허락을 받고 싶어서 그래."

독고설의 눈이 의문에 잠겼다.

"허락요?"

"응. 정식으로 너와 결혼하겠다고 장인어른과 장모님께 말씀드리려고."

"……!"

독고설의 눈동자가 흔들렸다. 그녀는 바보가 아니다.

지금 천류영이 자신의 불안감을 덜어주려고 하는 말인 것을 모르지 않았다.

그럼에도 심장이 덜컥 내려앉았다.

"처, 청혼요?"

"그래."

독고설은 뛰는 심장 소리가 들킬까 부끄러워 일부러 태연하게 대꾸했다.

"청혼을 하려고 몰래 사천성에 잠입하는 거군요."

천류영이 빙그레 웃었다.

"그렇지. 몰래 사천성에 잠입하는……."

갑자기 천류영이 말꼬리를 흐렸다. 뿐만 아니라 웃던 표정이 빠르게 딱딱해졌다. 그가 방금 한 말을 다시 중얼거렸다.

"몰래 잠입, 몰래 잠입이라……."

그런 표정 변화를 본 독고설은 다시 불안해졌다.

"왜 그래요?"

"……."

"분타주님?"

"……."

"오빠."

천류영은 양손으로 이마를 붙잡고는 잇따라 한숨을 토해냈다. 그러더니 고개를 절레절레 젓다가 피식 웃었다.

독고설이 그런 천류영을 지켜보다가 입을 열었다.

"무슨 생각을 하는 거예요?"

천류영이 다시 한 번 한숨을 뱉고는 쓴웃음을 깨물며 독고설을 직시했다.

"몇 가지 고민이 있었는데, 그중 하나가 방금 풀린 것 같아."

"……."

"천마검 형님 말이야. 북방을 가로질러 비어 있는 십만대산을 노리겠다고 했거든."

독고설은 천마검의 대담한 책략에 감탄하며 물었다.

"그런데요?"

"그런데 사실 이게 대단하긴 하지만, 천마검 형님답지 않은 거야."

"왜 그렇죠? 제가 보기엔 천마검답게 대담하고 기발한데."

"아니, 그 형님은 패왕의 별을 꿈꾸는 영웅이야. 그런 영웅은 명분을 매우 중요하게 여기지."

"……."

"나는 막연하게 천마검 형님이니까 배신자라는 누명을 벗을 나름의 책략을 세우고 있다고 생각하고 있었어. 그 핵심은 소교주를 어떻게 이용하느냐에 달려 있다고 믿어 왔고. 그런데 어제 수란 누님은 천마검 형님이 그를 죽였다고 전해 왔어. 그게 나에게는 매우 충격이었거든."

"그게 그렇게 충격적인 소식인가요? 수많은 동료와 수하들을 죽인 원수를 죽인 건데? 당연한 거 아닌가요?"

독고설이 질문을 던졌지만, 천류영은 제 생각에 취해 자신의 말을 계속했다.

"몰래 잠입이라……. 맞아, 천마검 형님이라면 그럴 수 있지. 하하하, 하하하핫! 대단해, 정말 대단해."

독고설은 고개를 갸웃거리며 한숨을 삼켰다.

"당최 무슨 말인지 모르겠어요."

"형님은 천하를 일통하고 패왕의 별이 되는 과정의 그림을 완전히 새롭게 그린 거야. 상상도 못할 방법으로 말이지."

"……?"

"그의 행보는 복수행이 아니라 더 과감하게 정파를 노리는 것이 될 거야. 마교주보다 더 돋보이는 전공을 올리는 거지. 그런 큰 행보가 마교주에게 더 잔인한 복수가 될 테고. 하하하, 정말이지 대단해."

독고설의 표정도 얼어붙었다.

"마교를 향한 복수행이 아니라고요?"

"그래, 천마검 형님은 중원무림에 몰래 잠입할 거야."

"그래서요?"

질문을 던지는 독고설의 목소리가 떨렸다.

"내가 천마검 형님이라면……."

"그렇다면요?"

"무림맹 총타를 노릴 거야."

"……!"

2

아연해진 독고설은 한참 동안 말문을 열지 못했다.

천마검이 무림맹 총타를 기습할 것이라는 천류영의 말은 그녀를 공황상태로 몰고 갈 만큼 충격적이었다.

천류영은 그런 독고설이 이해가 간다는 낯빛으로 말했다.

"많이 놀랐어? 하긴 나도 마찬가지야. 내 팔에 소름이 돋았을 정도니까."

그는 소매를 걷어붙이며 제 팔을 보여주었다.

독고설은 그제야 한숨을 뱉어내고는 입술을 잘근잘근 깨물었다. 뭔가 할 말이 있는데 하기 어려운 표정.

천류영이 짐작된다는 얼굴로 입을 열었다.

"지금 말한 내 예상을 무림맹 총타에 상달할 거냐고 묻고 싶은 거지?"

독고설이 고개를 끄덕였다.

"예, 그래요."

천류영은 쓴웃음을 깨물고 말했다.

"예전에 말했듯이 나는 정파인이야. 개인적으로 천마검 형님을 좋아하고 존경하지만, 공사는 구별해야지. 뭐, 천마검 형님께는 미안하지만."

독고설이 안도의 표정을 짓다가 이내 심각한 어조로 말했다.

"믿어줄까요?"

사실 자신이니까 방금 천류영의 엄청난 말을 가감 없이 받아들인 것이다. 천류영은 생각할 필요도 없다는 듯이 곧바로 대꾸했다.

"안 믿을 거야."

"……."

"오히려 나를 싫어하는 부류에게 공격당하기 쉽겠지. 아직 천마검의 부활에 대해 알고 있는 사람도 별로 없어. 그런데 어떻게 알았냐고, 그 점을 문제 삼을 수도 있어."

"그렇겠네요. 알리더라도 북방의 정보가 중원에 알려진 다음에 해야겠군요."

"그래. 하지만 그래도 받아들여지기 어려워. 너무 엄청난 얘기니까. 그리고 그런 추론을 하게 된 근거를 내놓으라고 하면…… 내가 천마검과 마교주의 관계에 대해 알고 있는 보따리를 풀어야 해. 당연히 내가 천마검 형님과 이곳에서 며칠간 함께하면서 나눈 이야기도 해야 하고. 그건 절대적으로 위험하지."

독고설은 자리에서 일어나 답답하다는 듯이 주먹으로 제 가슴을 쳤다.

"그렇다고 묻을 수 있는 얘기가 아니에요."

"그건 그렇지."

"분타주님은 이번엔 빠지세요. 제가……."

천류영이 낮게 웃으며 손사래를 쳤다.

"더 안 믿을 거야."

독고설이 쑥스러운 얼굴로 대꾸했다.

"그렇겠죠?"

"그래. 삼척동자라도 네 뒤에 내가 있다고 생각하겠지."

천류영도 자리에서 일어나 창가로 다가가며 말을 이었다.

"빙봉에게 말하는 것이 가장 좋은 선택이야."

독고설이 손뼉을 치며 환하게 웃었다.

"맞다. 빙봉 언니가 있었지."

좋아하던 그녀의 얼굴이 빠르게 어두워졌다. 지금 빙봉은 배교와 전투 중이었다. 그런데 그 결과가 영 신통치 않았다.

이래서야 빙봉의 말도 제대로 먹히지 않을 공산이 컸다.

천류영은 독고설이 무슨 생각을 하는지 알겠다는 표정으로 말했다.

"빙봉은 곧 배교를 꺾을 거야."

"그럴까요?"

"응. 몇 번의 패배는 모두 작은 규모의 전투였어. 모두 치고 빠지는 식으로 전개됐지. 자신의 판단을 확인하기 위해 실험을 한 거라고 보면 돼. 뭐랄까, 너무 신중한 것이 흠이지만, 결과는 승리가 될 거라 믿어."

"다행이네요. 빙봉 언니가 배교를 격퇴하고 영웅이 되면 말의 무게감이 달라질 테니까."

천류영은 검지로 옆머리를 긁적거리며 대꾸했다.

"그렇긴 하지. 다만…… 상대는 천마검 형님이야."

"무슨 뜻이죠? 빙봉 언니가 미리 경고를 해서 대비를 충분히 하더라도 당할 수밖에 없다는 얘긴가요?"

천류영은 고개를 저으며 답했다.

"그런 뜻은 아니야. 제대로 대비하면 아무리 천마검 형님이라도 쉽지 않겠지. 천마검 형님은 소수 정예만 데리고 잠입할 테니까 한계가 있을 거야. 하지만 전쟁이 한 달, 두 달, 반년…… 이렇게 길어지면 어느 순간 빙봉의 경고를 잊게 될 공산이 크다는 게 문제야. 사방에서 전투가 벌어지는 상황일 텐데, 총타에서 야전으로 지원군을 제대로 보내지 않는다면 맹주나 총군사에게 비난이 쏟아질 테니까."
독고설은 안타까운 표정을 지으며 손으로 이마를 짚었다.
"그렇겠네요. 야전과 많은 곳에서 총타를 향해 자신의 안위만 신경 쓴다는 말이 나올 수 있겠어요."
천류영은 창밖을 물끄러미 보며 말을 받았다.
"그게 천마검 형님의 무서운 점이지. 설사 알고 대비를 하더라도 막아내기 쉽지 않다는 것. 공격할 시점을 정할 수 있다는 건 대단히 유리한 선수를 쥐고 있다는 거거든."
독고설은 빙봉이 아무리 간곡하게 위험을 알려도 결국 맹주나 총군사가 비난을 벗어나기 위한 행동을 취할 것임을 직감했다.
"결국 알아도 막기 어렵단 얘기네요."
천류영은 말없이 고개만 끄덕였다. 그러나 독고설은 포기하지 않았다. 아니, 포기할 수가 없었다.
사실 그녀도 무림맹주나 총군사를 좋아하진 않는다. 그러나 이런 문제에 개인의 호불호는 중요한 것이 아니다.
무림맹 총타가 마교도에 의해 무너진다는 것은 대단한 상징성을 갖는다. 전쟁을 수행하는 수많은 정파인들의 사기가 단숨에 곤두박질치게 될 것이다.
독고설이 눈을 빛내며 말했다.
"그래도 무림맹 총타가 무너지는 것만큼은 막아야

해요."

"……."

"당신이라면 방법이 있지 않을까요?"

천류영은 고개를 들어 잠시 천장을 보다가 눈을 감았다. 독고설은 그가 생각을 정리하는 것이라 여기고 침묵했다. 그러길 일각이 지나자 천류영이 눈을 뜨고 독고설을 마주 보았다.

"내 역할은 빙봉을 통해 그런 경고를 하는 것만으로도 충분한 것이 아닐까?"

"무림맹 총타가 무너지면 전쟁을 수행하던 수많은 정파들도 연쇄적으로 붕괴될 거예요. 그 속에는 본 가도 포함될 수 있고요."

"……."

"굳이 본 가뿐만 아니라 정파 전체의 안위가 걸린 문제예요. 더 나아가 당신이 공들인 이곳 절강성도 위험해질 거예요."

천류영은 쓴웃음을 깨물었다. 자신은 무림맹 분타주다. 정파인. 그럼에도 불구하고 정파니 마도니 사도니 하는 것이 아직까지도 영 어색했다.

독고설이 간절한 얼굴로 다시 말했다.

"방법이 없을까요?"

천류영은 손을 들어 그녀의 뺨을 어루만졌다. 독고설은

순간적으로 놀랐지만, 피하지 않았다. 천류영이 부드러운 중저음으로 미소와 함께 말했다.

"할 수는 있어. 그러나 하면 안 돼."

"왜죠?"

"방금 말했지만, 이런 추론은 내가 천마검 형님과 며칠간 함께하며 대화를 나눴기에 가능한 거야. 그리고 수란 누님으로부터 북방의 정보를 얻어내기 때문이기도 하고. 그러니 내가 직접 나선다면 나와 내 주변 사람들은 아주 위험해질 거야. 마교, 사파와 내통한 혐의로 말이지."

"……."

"설아, 우린 신이 아닌 사람이야. 많은 것을 안다고 해도 그만큼 많은 것을 다 성취할 수는 없어. 할 수 없는 것까지 욕심내는 건 소설 속 주인공에게나 가능한 얘기야."

"그럼 비극을 알면서도 바라만 보고 있어야 한다는 건가요?"

천류영은 고개를 창밖으로 돌리며 말했다.

"사람을 믿어야지. 빙봉이라면 어떤 수라도 만들어낼 거야. 나는 할 수 없지만, 그녀는 할 수 있는 방법."

"……?"

"가령 예를 든다면, 비원 같은 곳을 이용할 수도 있겠지."

독고설의 눈이 화등잔만 해졌다. 예전에는 비원에 대해

음모론이라고만 생각했다. 그러나 낭왕의 애정 어린 경고를 풍운에게 전해 듣고는 생각이 달라졌다.

그들은 실제로 존재하고, 무시무시한 힘을 가지고 있는 것이 분명했다.

"그들이 움직일까요?"

그녀는 비원이 마음에 들지 않았다. 그렇게 강대한 힘을 가지고 있으면서 뒤에 숨어 있다는 것이.

"세상의 수많은 세력 중에서 가장 무림맹이 무너지길 바라지 않는 곳이 있다면 바로 비원일 거야. 무림맹 총타 한 곳에만 영향력을 행사하면 천하무림을 손쉽게 경영할 수 있으니까. 그렇게 편한 수단을 결코 버리지 않겠지."

"그렇겠네요."

"그러니 비원은 조용히 대비를 해둘 거야. 흐흠, 재미있을 것 같네. 천마검 형님의 진짜 실력과 비원의 숨겨진 힘을 볼 수 있을 테니까."

순간, 독고설은 숨을 들이켰다.

한 가지 가정이 뇌리를 스쳤다. 천류영은 자신과 주변 사람들이 위험해지기 때문에 나서지 않겠다고 말했다. 그리고 그건 분명 사실일 것이다.

그러나 단순히 거기에서 끝나지 않았다.

지금 천류영은 천마검의 무위와 비원의 실체에 대해 확인하기 위해 개입하지 않으려는 의도도 지니고 있었다.

언젠가 천마검이나 비원과 싸우게 될 수도 있을 테니까.

그들의 실력을 정확하게 판단하려면 직접 보거나 믿을 만한 사람을 총타에 두어야 할 것이다.

독고설은 자신이 방금 떠올린 생각을 확인하기 위해 질문을 던졌다.

"혹시 누군가를 총타에 파견할 건가요?"

천류영의 눈동자가 흔들렸다. 그리고 이내 그의 입가에 진득한 미소가 걸렸다.

"너는 무공뿐만 아니라 통찰력도 빠르게 느는구나."

"분타주님의 조언에 따라 끊임없이 상상하고 생각하는 훈련을 하다 보니 조금 느는 것 같아요."

천류영은 하얗게 웃으며 고개를 끄덕였다.

"천마검 형님과 비원의 실력을 정확하게 확인할 수 있고, 더 나아가 개입할 수도 있는 녀석이 있잖아."

"그럼……."

"그래, 풍운. 나는 사천성을 다녀오는 길에 풍운을 총타로 보낼 거야."

독고설은 입술을 꾹 깨물고 침묵하다가 말했다.

"천마검과 싸울 수도 있는, 아주 위험한 일이 될 거예요."

"그러라고 보내는 거야. 거기까지 갔다가 천마검 형님

을 만났는데 구경만 하고 오라면 풍운 녀석이 짜증낼 거라고."

풍운은 원래 무공에 대한 욕심이 그리 크지 않았다. 그러나 천류영을 만나 이런저런 고수들을 상대하고 성장하면서 뒤늦게 수련에 열을 올리고 있었다.

"하긴."

그녀는 수긍하며 고개를 끄덕였지만, 불안감이 가시질 않았다. 비록 천마검이 전력을 다하는 것을 본 적은 없지만, 그가 얼마나 대단한 고수인지는 이미 알고 있었다. 그래서 말을 덧붙였다.

"풍운이 잘못되는 일이 생기면 어떻게 하죠?"

천류영이 매정하게 대꾸했다.

"제 팔자지."

"……."

"하하하, 농담이야. 그런 일은 결코 생기지 않을 테니까 걱정하지 마. 풍운은 절대고수인 겐죠도 꺾은 녀석이라고."

"풍운이 이길 거라는 뜻인가요?"

"설마."

"……."

"……."

"자, 이 얘기는 일단 여기까지만 하자. 사천으로 가는 길에 풍운과 얘기 나눌 시간은 충분하니까. 참, 다시 말하지만, 진짜 겸사겸사해서 가는 거니까 너무 걱정하지 마. 알았지? 사천 분타는 무적의 무림맹 분타라고."

천류영과 독고설은 자신들의 이번 사천행이 전쟁에 어떤 영향을 끼치게 될지 짐작도 하지 못했다. 왜냐하면 이 때까지만 해도 천류영의 말대로 혹시나 해서 움직이는 것이었기 때문이었다.

사천성에서만 두 번째 전설을 쓰게 될, 천류영 행보의 작은 시작이었다.

한편, 옆방에서 풍운이 피식 웃었다. 그는 침상에 누워 천장을 보며 중얼거렸다.

"천마검과의 결투라……. 재미있겠네."

그의 손 주변에서 검이 기의 조종을 받아 빙글빙글 허공을 맴돌았다.

*　　　　*　　　　*

무림맹 백현각.

무림맹의 일백 책사가 소속된 곳이다.

총군사이며 백현각주인 제갈천은 벌겋게 충혈된 눈을 깜빡거렸다.

사흘간 잠을 이루지 못했다.

마교와 흑천련이 세 부대로 진격해 왔고, 섬서 분타에서는 이미 교전이 시작됐다. 그렇기에 속속 들어오는 정보를 분석하기 위한 강행군이었다.

무림맹 섬서 분타, 사천 분타, 운남 분타.

이 세 곳 중 두 곳 이상에서 승리한다면 전쟁은 더 번지지 않고 종료될 것이기에 만반의 준비를 했다.

대방파들에게 미리 파격적인 지원을 받아냈고, 군소 방파들의 협력도 사상 최대로 이끌어냈다.

배교까지 출현해 민심이 흉흉해진 지금, 마교와 흑천련에 초장부터 밀리는 사태가 발생하면 상황이 걷잡을 수 없이 악화될 수 있기에 최선을 다했다.

무림맹주인 검황 단백우가 다가와 제갈천을 격려했다.

"고생이 많군. 잠시 들어가 눈 좀 붙이는 게 어떻겠나?"

제갈천은 책상 위 한쪽 구석에 있는 찻잔을 집었다가 그냥 내려놓았다. 사흘간 마신 차만 백 잔이 넘어서 이젠 신물이 날 지경이었다.

"아직 버틸 만합니다."

단백우는 가볍게 혀를 차며 피식 웃었다.

"자네는 할 만큼 했어. 아마 무림 사상 가장 많은 지원을 각 문파로부터 이끌어낸 군사라 기억될 걸세."

"적도 사상 최대니까요."

제갈천의 대꾸에 단백우가 고개를 끄덕였다.
"그렇긴 하지."
단백우는 제갈천의 책상 앞에 놓인 의자에 앉고는 주변을 둘러보았다.
백현각 오층.
비상 대책 회의실이다.
한 층이 통째로 회의실인 이곳에서 수십여 명의 군사들이 바쁘게 움직이고 있었다.
속속 들어오는 전서구의 내용을 분석하고 삼삼오오 모여 즉석에서 회의를 거쳐 중요한 안건만 가려 총군사에게 올렸다.
그렇게 걸러진 보고서가 지금 제갈천의 책상 위에 이백여 장이나 쌓여 있었다.
단백우는 고개를 절레절레 젓고는 제갈천을 보았다.
"이게 다 뭔 짓인가 싶네."
제갈천이 의아한 표정으로 눈을 치켜떴다.
"무슨 말씀이십니까?"
"솔직히 말해서 칼과 칼이 부딪치는 싸움 아닌가. 고수가 얼마나 있는지, 전체 병력이 몇인지……. 사실 그거면 끝 아닌가? 그거 외에 대체 뭘 그리 분석들을 한다고 사서 고생인지."
제갈천의 눈가가 일그러졌다.

검황 단백우도 전형적인 무인이었다. 책사는 보조적인 역할에 불과하다고 믿는 인물.

제갈천은 책사가 전장에서 얼마나 중요한 역할을 하는지 한바탕 주장을 펼치고 싶었다. 또한 정보를 분석해 상대의 의도를 읽는 것에 대해서도. 그러나 그럴 기력이 없었다. 어차피 해봐야 소귀에 경 읽기에 불과할 테고.

제갈천이 침묵하자 단백우가 말을 이었다.

"긴 싸움이 되겠지?"

적의 전력도 상당하지만 정파도 단단히 준비했다. 그렇기에 세 곳의 싸움은 모두 단기가 아니라 최소 한 달 이상에서 백 일이 넘어갈 수도 있을 것이다. 최초의 싸움에서 어이없는 실수만 나오지 않는다면 말이다.

"예, 그럴 겁니다."

단백우는 양손을 비비며 진득한 미소를 머금었다.

"내가 어디로 지원을 가게 될지 기대되는군."

지금 단백우는 대기 중이었다.

세 곳 중 초반 며칠의 싸움에서 가장 불리한 곳에 투입될 예정이었다.

제갈천은 속으로 당신이 움직이지 않고 세 곳 모두 승리를 거두는 게 최선이라고 외쳤다. 그러나 단백우가 얼마나 야심가인지 잘 알기에 그에 장단을 맞출 수밖에 없었다.

"어디가 되든 그곳에서 맹주님은 영웅이 되시겠지요."

"하하하, 원 사람도. 내가 영웅이 못 되더라도 세 분타에 있는 강호 동도들이 힘을 내 승리하는 것이 더 좋은 게지."

"초반 전황이 들어오는 대로 바로 보고를 올리겠습니다."

"그래, 초반 전황. 아직 들어온 데는 없나? 마음 같아서는 마교주가 있는 섬서 분타로 가고 싶은데. 그곳은 사흘 전에 첫 충돌을 예상했으니 슬슬 뭔가 들어올 때도 되지 않았나?"

사실 제갈천이 피곤한 데도 불구하고 버티고 있는 것은 방금 맹주가 말한 정보를 기다리고 있기 때문이었다.

최초의 교전.

그것은 정파 전체의 사기 진작을 위해 매우 중요했다.

제갈천이 딱히 대꾸가 없자 단백우가 말을 계속했다.

"빙봉 우군사가 배교의 강시 나부랭이를 가지고 저리 오래 질질 끌 줄 알았다면 진즉 내가 직접 나서는 거였는데."

"며칠 안에 끝내겠다는 전서구가 오늘 아침에 우군사로부터 당도했습니다."

"그런가? 흠, 어쨌든 실망이야. 애초에 책사인 우군사가 사령관을 했다는 것이 문제였네. 그러지 않았다면 벌써 소탕을 끝냈을 텐데. 안 그런가?"

제갈천은 뭐라 답변을 해야 할지 난감했다. 맞장구를 치자니 같은 책사를 욕하는 것이 되고, 반박하자니 맹주의 심기를 불편하게 만들 뿐이었다. 그렇다고 자신이 딱히 빙봉을 좋아하는 것도 아니었다.

그때, 제갈천을 구한 것은 칠군사였다. 그가 급하게 뛰어와 제갈천에서 전서 통을 건넸다.

"방금 섬서 분타에서 당도한 겁니다."

단백우와 제갈천이 벌떡 일어났다. 단백우가 물었다.

"뭐라 적혀 있는가?"

"섬서 분타에서 오는 건 바로 올리라고 하셔서 아직 내용을 확인하지는 못했습니다."

그 둘이 짧은 문답을 하는 사이, 이미 제갈천은 전서 통에서 쪽지를 꺼내 펼쳤다.

단백우가 웃으며 제갈천에게 말했다.

"뭐라 쓰여 있는가? 아직 초반이라 탐색만 하고 있겠지? 아니면 전공이라도……."

단백우가 말을 멈췄다. 제갈천의 표정이 심상치 않았기 때문이다.

제갈천은 창백해진 안색으로 자리에 털썩 주저앉았다.

단백우가 물었다.

"왜? 밀리고 있다고 하는가?"

"믿을 수 없지만, 섬서 분타가 붕괴됐답니다."

"……!"

"이 전서구를 작성하는 즈음에는 이미 대부분이 죽었다고……."

제갈천이 차마 말을 잇지 못하는 가운데 분주하게 움직이던 수십여 군사들이 얼어붙었다. 모두가 입을 쩍 벌리고 제갈천을 주시했다.

단백우의 눈에서 기광이 일었다.

"사실인가? 말도 안 돼! 그곳엔 화산파와 공동파, 그리고 종남파가 대규모 지원을 나가지 않았나? 본 총타에서도 삼백의 정예를 보냈는데 벌써 무너졌다고? 섬서 분타의 병력이 천팔백이잖나!"

제갈천은 직접 확인하라고 쪽지를 맹주 앞에 놓고는 고개를 절레절레 저었다.

"어떻게 이런 일이……."

단백우도 쪽지를 읽고는 양 빰을 부르르 떨었다. 그가 심후한 기운을 뿜어 대며 일갈했다.

"내 직접 섬서성으로 가겠다!"

드디어 훗날 강호대전쟁(江湖大戰爭)이라 불리는 전쟁의 본막이 올랐다.

3

야심한 밤.

천류영의 거처에 몇 명이 모여 있었다.

독고세가의 독고설과 오성검 장로, 그리고 천류영의 공식 호위인 풍운과 위충, 영능후, 마지막으로 감찰단주인 왕명과 서언 주작단주.

모두가 숨을 죽이고 있는 가운데 천류영의 낭랑한 중저음만이 흘렀다.

"……그런 이유로 저와 검봉, 그리고 풍운, 셋이 자리를 비울 겁니다. 아무쪼록 제가 없더라도 평상시처럼 생활해 주십시오."

그의 말이 끝나기 무섭게 위충이 입을 열었다.

"저도 따라가겠습니다. 호위인 제가 빠져서야 되겠습니까?"

영능후도 맞장구쳤다. 그러나 천류영이 살짝 미간을 찌푸리며 대꾸했다.

"방금 말씀드렸다시피 몰래 움직이는 겁니다. 그런데 호위인 두 분께서 이곳에 없다면 사람들은 제가 정말 이곳에 있는지 의심을 하게 될 겁니다. 저를 주시하고 있는 눈들이 얼마나 많은지는 아시지요?"

그의 말은 사실이었다.

서문세가에서 항주에 적지 않은 사람들을 풀었다는 건

알 만한 사람은 다 아는 얘기였다. 또한 제갈천 총군사도 은밀히 간자들을 파견했다는 얘기를 빙봉으로부터 전해 들었다.

서문창이 어떻게 무너졌는지에 대한 진상 조사와 천류영을 감시하기 위해서였다.

천류영은 그들 중 몇몇이 이미 절강 분타에 잠입했을 것이라 추정했다. 서문세가의 세력이 빠진 만큼 많은 무사들을 뽑아야 했고, 그 틈을 노려 들어왔을 거라 생각하고 있었다.

그래서 일부러 보는 눈이 많은 곳에서 조전후에게 폐관 수련을 하겠다고 거짓말을 했던 것이다.

위충과 영능후의 말문이 막히자 오성검 장로가 말했다.

"그건 그렇지만, 분타주께서는 마교의 암살 대상이기도 합니다. 분명 마교의 청탁을 받은 자객들이 존재할 텐데, 두 사람만 데리고 움직인다는 건 위험해요."

그는 풍운과 독고설을 흘낏 보고 말을 이었다.

"물론 풍운 소협과 우리 검봉의 실력은 믿지요. 하지만 조심해서 나쁠 건 없습니다. 강호가 얼마나 위험한 곳인지는 더 얘기할 필요도 없을 겁니다. 어떤 상황이 생길지 모르는 겁니다. 분타주, 호위를 더 데려가셔야 해요."

서언도 거들었다.

"오성검 장로님의 말씀이 옳습니다."

천류영은 난감한 표정으로 쓴웃음을 깨물었다.

얼굴에 감정이 잘 드러나는 조전후는 어쩔 수 없이 뺐지만, 최소한 이곳에 있는 사람들에게는 자신의 암행을 알리지 않을 수 없었다.

만약 절강성에 예상지 못한 상황이 발생한다면 사람들은 폐관수련 중인 자신을 찾을 것이다. 그럴 경우를 대비해 굳이 분타주를 불러내지 않고 자체적으로 해결해야 한다고 주장할 사람들이 필요했기 때문이다.

천류영은 한숨을 삼키고 다시 했던 말을 되풀이했다.

"사람이 많으면 오히려 저의 부재를 들킬 확률만 높아질 뿐이에요."

그는 여전히 불안해하는 좌중을 훑고는 말을 이었다.

"걱정하지 마십시오. 검봉과 풍운이 보통 사람들입니까? 수십, 수백의 호위보다 훨씬 더 안전합니다. 그리고 말이 나와서 말인데…… 이젠 저도 쓸 만한 무사 아닙니까?"

그가 주먹을 말아 쥐며 내뱉는 호기로운 말에 모두가 소리 없이 웃으며 고개를 주억거렸다.

세상 사람들은 아직 모르고 있지만, 천류영은 예전의 그가 아니었다. 대단한 고수라고 할 수는 없지만, 어떤 대단한 고수에게도 쉽게 당하지 않을 거라는 믿음이 몇몇 측근들로부터 생겨나는 중이었다.

그럼에도 사람들은 불안했다.

왜냐하면 그가 무림서생 천류영이기 때문이다.

난세에 반드시 필요한 이 사람이 행여나 잘못될까 하는 불안감이 있었다.

계속 입술을 꾹 깨문 채 침묵하던 감찰단주, 고청검 왕명이 마침내 말문을 열었다.

천류영을 만나 새로운 인생을 살고 있는 사람.

"분타주."

천류영이 정중하게 화답했다.

"예, 감찰단주님. 하실 말씀이라도."

"정말…… 괜찮은 게 맞지요?"

사람들은 왕명의 목소리가 떨린다는 것을 느끼고 의아한 표정으로 주시했다. 그러고는 곧 놀라 눈을 화등잔만하게 떴다.

감찰단주로 등장한 지 불과 며칠 만에 깐깐한 인물로 정평이 난 그가 손을 잘게 떨며 표정을 일그러뜨리고 있었다.

독고설이 놀라 급히 물었다.

"어디 편찮으세요?"

왕명이 괜찮다며 손사래를 치고는 천류영을 직시했다. 그러고는 방금 한 질문을 되풀이했다.

"분타주, 정말 괜찮은 거겠지요? 그런 거지요?"

천류영은 당황한 얼굴로 고개를 끄덕이며 대꾸했다.

"예, 물론 괜찮을 겁니다. 그런데 감찰단주님께서……."

"저도 몰랐습니다."

"예?"

"갑자기 분타주께서 이곳을 떠나신다고 하니까, 가슴에 바위가 얹힌 것처럼 답답하고 머리가 어지러워졌어요."

"……."

"분타주께서 절강성에 들어서신 지 고작 백 일이 조금 넘었어요. 그런데 지옥에 있던 수백만의 사람들이 지금…… 태평가를 부르고 있는 거 아십니까? 아직 삶의 형편이 나아진 것도 아닌데…… 얼굴 가득했던 수심은 사라지고, 그 자리에 희망과 웃음이 들어찬 것을 아십니까? 세상 저쪽에서 전쟁의 불길이 닥쳐오는데도 사람들은 분타주님을 믿고 불안해하지 않아요."

"감찰단주님……."

"분타주님께서 피죽과 쥐 고기를 먹는다는 소문이 나서, 백성들이 없는 형편에 밥과 고기를 사서 바치려고 찾아오고 있습니다. 예. 분타주님께서 절대 받지 말라고 했는데도 백성들이 아직도 그렇게 오고 있어요."

"……."

"저는 지금도 이것이 현실인가 종종 자문해 봅니다. 그리고 꿈이라면 깨지 않기를 기원합니다. 당신 같은 분을 지도자로 모실 수 있다는 게 얼마나 행복한지…….”

평소 너무나 깐깐해서 전혀 그럴 것 같지 않던 사람이 그러니 사람들은 자신도 모르게 숙연해졌다. 그런 분위기에 천류영이 곤혹스러워하며 억지로 웃음을 터트렸다.

“하하하, 저 혼자가 아닌, 여기 계신 모든 분들이 고생하셔서 얻은 결과입니다. 그리고 아직 가야 할 길이 멉니다.”

서언이 굳은 얼굴로 말을 받았다.

“분타주님 혼자 고생하신 건 아닌 게 맞습니다. 그러나 분타주께서 시작하셨고, 지금까지 이끌고 계십니다. 여기 있는 그 누구도 분타주님이 없었다면…… 이렇게 세상으로부터 주목 받지 못했을 테고요.”

모두가 동의하는 표정으로 고개를 끄덕이는 가운데 왕명이 말했다.

“분타주께서 이미 결정하신 일이니 제가 무슨 딴죽을 걸겠습니까? 다만, 이것 하나만 명심해 주십시오. 부디 자중자애(自重自愛)하세요. 혹여 위험한 일이 생기면, 세상 사람들이 모두 겁쟁이라 부른다 해도 꼭 이곳으로 도망쳐 오십시오.”

천류영이 귀밑머리를 긁적거리며 멋쩍게 웃었다.

“하하, 그건 좀 아닌 것 같은데요.”

"아니, 그러셔야 합니다. 꼭 사셔야 합니다. 아직 피지 못한 희망의 꽃봉오리가 필 때까지, 그리고 알찬 열매를 수확할 때까지 살아서 우리를 이끌고 지켜주셔야 합니다."

"……."

"분타주께서 우리를 지켜준 것처럼, 우리 역시 어떤 일이 있더라도 분타주를 지킬 겁니다. 그러니 결코 허무하게 쓰러지는 일은 없어야 합니다."

이건 단순히 천류영의 이번 암행에 국한된 선언이 아니었다.

역도태.

수많은 인재들이 기득권의 음모에 쓰러져 간다. 그럴 경우까지 생각하고 하는 말이었다.

천류영을 바라보던 왕명의 시선이 독고설과 풍운에게 옮겨졌다.

그 진지하면서도 간절한 눈길에 독고설이 말했다.

"걱정하지 마세요. 분타주님은…… 어떤 위험에 처하더라도 반드시 지킬 겁니다. 제 목숨을 버려서라도."

자연스럽게 사람들의 시선이 풍운에게 옮겨갔다. 풍운은 어깨를 으쓱한 채 말했다.

"분타주님도, 설이 누님도 모두 안전할 거예요."

일부에서는 무림 사상 최고의 천재 검사라고까지 불리

기 시작한 풍운의 말에 모두가 가슴속에 든 불안감을 조금은 억누를 수 있었다.

사실 천류영의 주장대로 관철됐고 변한 건 없었다. 그럼에도 불구하고 풍운의 확언은 묘한 힘이 있었다. 어쩌면 사람들은 풍운에게 직접 그런 말을 듣고 싶었던 것인지도.

절대고수 겐죠를 꺾은 풍운은 천류영과는 또 다른 의미로 무인들에게 존경과 숭배의 대상이 되어가고 있었다.

그러나 정작 풍운은 그런 유명세에는 관심이 없었고, 천류영의 행보를 지켜보는 것에 흥미가 있을 뿐이었다.

*　　　*　　　*

"헉헉…… 아이고, 허리야."

장득무가 혀를 길게 빼물고는 땅에 털썩 주저앉았다. 그러자 바로 뒤에서 따르던 화가연도 옆의 나무에 기대고는 조전후를 보았다.

"조 대협, 이 산도 아닌 거 같은데요?"

심산유곡(深山幽谷).

셋은 또다시 기연을 찾아 떠나 지금 깊은 산골짜기에 있었다.

조전후는 이마의 땀을 훔치고는 주변을 훑다가 중얼거

리듯이 말했다

"흐음, 내 평생 수많은 산을 뒤지고 다녔지만, 이렇게 험한 곳은 처음 보는군."

대낮인 데도 불구하고 골짜기는 마치 밤처럼 어두웠다.

화가연은 투덜거리며 조전후와 장득무를 번갈아 쏘아보았다.

"이 짓도 이젠 그만해요. 설이 언니 말처럼 차라리 이 시간에 수련을 하는 게 낫지, 이게 뭐예요? 얻는 것 하나 없이 고생만 하고."

조전후가 낮게 껄껄, 웃고는 정색했다.

"하나만 알고 둘은 모르는군."

"예?"

"얻는 게 왜 없다고 생각해? 깊고 험한 산을 다니는 건 체력을 기르는 데 최고의 수련이다. 특히 이렇게 험한 곳은 보법에도 좋은 영향을 주지."

장득무가 고개를 끄덕이며 씩 웃었다.

"아, 정말 그렇군요."

하지만 화가연은 기가 차다는 표정으로 코웃음 쳤다.

"흥, 그래서 설이 언니와 그렇게 차이가 점점 벌어지는 건가요? 이번에 설이 언니가 폐관수련을 마치고 나오면 조 대협과의 실력 차이가 얼마나 벌어질지 벌써부터 기대되네요."

조전후의 얼굴이 일그러져 흉신악살처럼 변했다.
"젠장, 네가 몰라서 그러는데, 나 야차검이야."
"그건 또 무슨 말이에요?"
"강호에서 내 이름 모르는 사람 있어? 어디 가도 꿀리지 않는 게 나라고. 그리고 그런 실력을 갖게 된 수련 중 하나가 바로 이거다."
장득무가 또 맞장구쳤다.
"호오오, 그렇군요. 확실히 조 대협과 다니면서 하체에 힘이 붙은 건 느끼고 있었습니다."
화가연은 딴죽을 걸지 못했다. 분명 자신도 체력이 강해졌고, 특히 하체가 탄탄해져 검에 힘이 더 실리고 있었다.
"그래도 설이 언니는 더 성장해……."
조전후가 답답하다는 듯이 함지박만 한 주먹으로 가슴을 쳤다.
"내가 늘지 않은 게 아니라 지금 설이 아가씨가 비정상적으로 빠르게 늘고 있는 거라구!"
"그, 그런 건가요?"
"너, 주작단주가 한 말 못 들었어? 아! 너 없을 때 얘기했구나. 주작단주도 인정했어. 무림에 유래를 찾아보기 어려울 정도로 빠른 성장을 보이는 여검사라고."
장득무가 고개를 끄덕이며 동의하는 낯빛으로 말했다.

"사랑의 힘입니다."

조전후가 송아지만 한 큰 눈을 동그랗게 뜨고 물었다.

"그건 또 뭔 개소리야? 침술과 환약의 힘이라니까. 젠장, 그것 좀 나도 해주지."

"뭐, 그것도 영향이 있었겠지만, 그래도 고수의 반열에 오른 무사들에겐 깨달음이나 심리가 중요하잖아요. 그런 점에서 분타주를 지키겠다는 그 강렬한 욕망이 검봉을 그렇게 빨리 성장시키는 것 아닐까요? 검봉의 수련을 보면 마치 죽기 전 마지막으로 내뿜는 것처럼 일합, 일 합에 전력을 다하더라고요. 그래서 어떨 때는 섬뜩하기도 해요."

화가연이 끼어들었다.

"어쨌든 저는 이번을 마지막으로 그만할래요. 지금 한가하게 기연이나 찾아다닐 때예요? 명색이 사천의 영웅들에 속하는 우리들이?"

그녀는 장득무를 향해서도 투덜거렸다.

"사형도 그래요. 아무리 사문에서 찾지 않는다고 해도 알아서 돌아가야죠. 분명 본 문에서도 이번 전쟁에 출정할 텐데, 대사형과 사이가 틀어졌다고 이렇게 밖으로만 나돌아서야 언제 화해하고……."

순간, 그녀의 입을 조전후의 우악스러운 손이 틀어막았다. 마치 기습과도 같은 동작에 화가연은 기함하며 비명을 지르려고 했다. 그러나 단단한 조전후의 손은 그것을 허용하지 않았다.

장득무도 놀라 일어서려는데, 조전후가 허리를 숙이고는 검지를 손가락에 댔다.

"쉿!"

장득무와 화가연은 조전후의 굳은 표정에 자신도 모르게 숨을 죽였다.

장득무가 낮은 목소리로 물었다.

"맹수라도?"

그는 질문을 던지면서도 이건 아니지 싶었다.

자신과 화가연은 강호에서 인정받는 후기지수 중 하나다. 야차검 조전후의 명성도 나름 만만치 않고. 이런 셋이 있는데 어떤 맹수가 두렵겠는가.

"아니, 사람이다."

"……?"

장득무와 화가연의 눈에 의아함이 떠올랐다. 사람 때문에 자신들이 이렇게 숨는다고?

그리고 의문은 또 있었다.

이렇게 깊은 심산유곡에 자신들 말고 사람이 있다니. 결코 평범한 사람은 아니지 싶었다.

조전후는 낮게 말을 이었다.

"고수들. 그것도 많아. 저들의 인원이 많아서 내가 먼저 알아챈 거야."

"……."

"기운을 지워라. 만약 들키면…… 살아남기 어려울 것 같다."

셋은 한 걸음, 한 걸음 아주 조심스럽게 이동했다. 더 으슥하고 보이지 않는 곳으로.

그리고 한참을 죽은 듯이 썩은 나무 밑에 누워 있었다.

장득무가 조심스럽게 입을 열었다.

"이젠 가고 없지 않을까요?"

조전후는 고개를 저었다. 그렇게 다시 이각이 흐르고 나서야 조전후가 상체를 일으켰다.

"이 정도면 괜찮을 거야."

장득무와 화가연은 조전후가 보기와는 다르게 꽤나 신중한 면이 있다는 걸 새삼 느꼈다.

장득무는 입을 열어 낮은 음성으로 말했다.

"인원이?"

"몰라. 백 명은 넘는 것 같은데."

"이렇게 깊고 음습한 곳에 백 명도 넘는 고수들이라……. 누굴까요?"

이곳으로 이동하면서 가장 뒤에서 움직였던 조전후는 혹시 뭔가를 보지 않았을까 하는 기대로 물은 것이다.

조전후의 표정은 평소와 다르게 매우 심각했고, 목소리를 더 낮췄다.

"한 명은 알겠더군. 멀어도 확실하게 보이는 압도적인 덩치와 느껴지는 거대한 기운."

"……?"

"무상 손거문."

"……!"

잠깐 침묵이 흐르고, 조전후의 말이 이어졌다.

"그가 이렇게 후미지고 으슥한 곳에서 움직인다는 건, 결코 다른 사람 눈에 띄어서는 안 된다는 거겠지? 그러니까 우리는 일단 여기에서 빠져나가야……."

그는 말을 하다 말고 고개를 들어 허공을 보았다.

슈아아악.

커다란 검은 인영이 허공에서 떨어져 내렸다.

"숨어 있다고 쥐새끼들을 못 찾을 줄 알았나?"

온몸이 저릴 만큼 무시무시한 기세.

조전후는 오 척 대검을 급히 발검했다.

쩌엉!

"크윽!"

뼈까지 욱신거릴 만큼 엄청난 충격에 조전후는 신음을 흘리며 뒤로 나동그라졌다. 장득무와 화가연이 뒤늦게 칼을 빼 들다가 아연한 표정을 지었다. 십여 명의 인영이 높은 나무 위에서 또 내려왔다.

둘은 한 가지를 확실하게 깨달았다.

'엿 됐다.'

4

장득무는 화가연을 덮치듯 안고는 옆으로 몸을 던졌다. 그들이 빠져나간 공간을 아슬아슬한 차이로 칼들이 쓸고 지나갔다.

"호오, 몸놀림이 제법인데? 나름 방귀 좀 뀌는 놈들인가?"

이차로 내려온 이들 중 초로인이 가볍게 웃으며 말했다. 남은 이들도 여유로운 미소로 키득거렸다.

그러자 가장 먼저 움직였던 덩치가 차갑게 일갈했다.

"쓸데없는 농담 지껄일 시간에 해치워라. 이 쥐새끼들을 찾느라 시간을 너무 허비했어. 더 늦어지면 아버지께서 무능하다 여기실 터."

그는 쓰러졌다가 일어나는 조전후를 보며 말을 이었다.

"왜 이곳에 있었는지 모르겠지만, 네 운명을 탓해라."

조전후는 목을 푸는 것마냥 좌우로 고개를 휙휙 돌리다가 눈을 부라렸다.

"제길, 한 번 죽지, 두 번 죽나? 와라!"

"크크크, 그 호기는 기억해 주지."

그는 조소하며 장창을 들고 성큼성큼 걸었다. 그러자

조전후가 눈을 빛내며 말했다.

"그런데 궁금한 건 풀고 죽자. 너희들, 사오주의 무사들은 아닌 것 같은데?"

그의 말에 장창을 든 사내와 십여 명의 무리가 얼굴을 일그러트렸다. 장창사내는 걸음을 멈추고 물었다.

"왜 사오주를 언급했지?"

조전후가 씩 웃었다.

"무상 손거문을 봤거든."

"그래? 죽을 이유가 또 하나 늘었군."

"하하하, 그래. 뭐, 네놈 실력을 보아하니 살아남기가 쉽지 않겠다는 건 인정해. 젠장, 절정고수인가? 하지만 나도 만만치는 않을 거야. 죽을 때 죽더라도 네 팔 하나라도 가져가고 말겠다."

"훗, 그 배포도 기억해 주마."

"그럼. 내가 이래 봬도 마교를 이 칼로 쓸어버린 사천의 영웅들 중 하나다. 허망하게 죽는 일 따위 결코 없을 게다!"

솔직히 조전후는 심장이 쿵쾅거리며 두려웠다.

전장에서 싸우다 장렬히 죽는다면 모를까, 이렇게 시신도 찾기 어려운 으슥한 산에서 아무도 모르게 개죽음을 당하다니.

장득무도 마지막이라고 생각했는지 용기를 쥐어짜 내

외쳤다.
“사매, 마지막 순간까지 사천의 영웅들답게 당당하게 싸우자!”
화가연이 힘차게 고개를 끄덕였다.
“예! 그런데 왜 제 뒤로?”
그때, 장창사내가 손등으로 이마를 한차례 문지르고는 입을 열었다.
“사천의 영웅들이라고?”
조전후, 장득무, 화가연은 묘한 느낌을 받았다.
뭐랄까.
아직 저들에게서 흘러나오는 살기가 분명 존재하지만, 조금 누그러진 느낌이랄까?
조전후가 외쳤다.
“왜? 우리를 인질로 잡고 싶어진 게냐? 어림없다.”
거의 동시에 장득무도 소리쳤다.
“저희를 살려두면 쓸모가 있을 겁니다! 진짭니다!”
화가연은…… 생사의 기로에 선 일촉즉발의 순간임에도 불구하고 사형이 부끄러워 한숨을 삼켰다.
장창사내가 흥미로운 표정으로 조전후를 뚫어지게 보다가 말했다.
“외모를 보아하니…… 야차검인가?”
“크하하하! 내 위명이 이렇게 알려졌던가? 그렇다. 내가 사천의 영웅들 중에서도 그 명성 드높은 야차검 조전후다! 오라, 내 칼 맛을 보여주마!"

"독고세가의 야차검이라……. 그렇다면 절강 분타주인 무림서생과 친하겠군."

조전후는 천류영의 유명세가 대단하다고 새삼 느끼며 대꾸했다.

"물론이지. 우리 분타주가 세상에서 가장 의지하는 사람이 바로 나다!"

장창사내, 즉 아소채의 채주인 광혈창은 가볍게 혀를 차면서 창을 든 팔을 거뒀다.

뿐만 아니라 장득무와 화가연에게 다가들던 이들도 칼을 회수하고는 어깨를 으쓱거렸다. 그들 중 부두령이 제 귓불을 만지며 광혈창에게 말했다.

"두령, 우리와 무림서생이 인연이기는 한가 봅니다."

광혈창은 쓴웃음을 깨물며 고개를 끄덕였다.

눈치 빠른 장득무는 천류영과의 친분으로 인해 살길이 열렸다는 것을 직감했다. 천류영과 이들이 무슨 사이인지는 몰라도 중요한 건 살 수 있다는 점이었다.

그래서 정중하게 포권을 취했다.

"저는 무림서생 형님과 호형호제하는 비검 장득무입니다."

광혈창의 눈살이 찌푸려졌다.

“나는 아부하는 놈만 보면 주둥이를 찢어버리고 싶어진단 말이지.”

장득무가 찔끔했다가 정색했다.

“사실을 말한 것뿐입니다.”

광혈창은 고개를 갸웃거렸다.

“천류영이 너 같은 종자와 호형호제한다는 게 믿기지 않는군.”

화가연이 끼어들었다. 그녀는 조심스럽지만 당당함을 잃지 않으려 애쓰며 말했다.

“천류영 오라버니와 어떻게 아는 사이죠?”

어쨌든 그녀도 천류영과 친하다는 것을 알리기 위해 자연스럽게 오라버니라는 호칭을 썼다.

광혈창은 서늘한 눈으로 흘낏 화가연을 봤다가 조전후에게 시선을 옮겼다.

“너희들이 워낙 잘 숨어 있어서 시간을 꽤나 허비했다. 그러니 용건만 말하겠다.”

조전후는 광혈창을 다시 훑어보다가 문득 천류영과 성도에서 처음 만났던 때를 떠올렸다.

그때, 독고설과 몰래 엿들었던 얘기.

“혹시 아소채의 광혈창 채주시오?”

광혈창의 눈에 이채가 스쳤다.

“호오, 천류영이 나에 대한 얘기를 너에게 했나?”

"딱 두 명. 검봉과 나는 당신에 대해 들었소."

엿들은 거지만.

광혈창의 입가에 묘한 미소가 피어났다.

"다행이군. 너에게 이런 얘기를 해도 되나 사실 조금은 망설이고 있었거든. 그냥 죽여 버릴까 고민 중이었어. 그런데 정말 가까운 사이인가 보군."

"……."

"우선 연락을 하지 못해서 미안하다고 전해라. 나와 내 측근들에 대한 감시가 아직은 워낙 심해서."

"무슨 연락? 그리고 녹림도들끼리 무슨 감시가……."

광혈창이 조전후의 말허리를 끊었다.

"그냥 듣고 전해라. 시간이 없다고 했다."

"……."

"그리고 그때 마차 안에서 했던 추정, 사실이라고 말해라."

"마차? 함께 마차를 탔소?"

광혈창은 관자놀이가 지끈거리는 것을 느끼며 고개를 절레절레 저었다.

야차검 조전후나 비검 장득무. 왠지 천류영과는 절대 어울리지 않는 조합이었다.

"천류영, 그 친구도 고생이 참 많겠군. 인복이 없어. 그래도 천운은 따르는가? 그대의 사람이 나를 이런 곳에서 만나다니."

"……?"

"마지막으로 오늘 너희들이 본 것처럼 무상 손거문과 우리 총표파자 사이에 밀담이 있을 거다."

조전후 일행은 숨을 죽였다. 어느 정도 짐작하긴 했지만 실제 말로 들으니 엄청난 얘기였다.

잠자는 호랑이인 녹림십팔채와 거대한 힘을 비축한 채 이빨과 발톱을 드러내기 시작한 사오주.

화가연이 긴장한 표정으로 입을 열었다.

"서로 힘을 합치는 건가요?"

그녀뿐만 아니라 조전후와 장득무의 얼굴도 딱딱해졌다. 두 세력 모두 무시할 수 없다. 그런데 그런 두 세력이 힘을 합친다면?

가슴이 조여왔다.

가뜩이나 배교, 마교, 흑천련으로 인해 어려운 정파다. 이런 상황에서 녹림과 사오주가 연합한다는 것은 상상만으로도 끔찍했다.

광혈창은 어깨를 으쓱하며 대꾸했다.

"글쎄, 아직 회담을 시작하지도 않았는데 그 결과를 섣불리 단정할 수는 없겠지. 그리고 총표파자께서는 그리 쉽게 움직일 분도 아니고. 어쨌든 내가 방금 말한 사실을 천류영에게 전해라."

광혈창은 용무가 끝났다는 듯이 수하들을 이끌고 빠져나가려다 멈췄다.

"아! 한 가지 더."

그는 깜빡했다는 듯이 인상을 쓰며 고개를 돌렸다. 그러고는 아직 충격에서 빠져나오지 못한 조전후 일행을 보며 말했다.

"천류영에게만 전해라. 만약 너희들의 실수로 이 얘기가 외부에 새어 나간다면……."

화가연이 옹골차게 말꼬리를 받았다.

"걱정 마세요. 얼마나 중한 일이지 모를 정도로 어리숙하진 않아요. 사문의 명예와 제 별호를 걸고 맹세하죠."

광혈창은 한숨을 쉬며 대꾸했다.

"너는 그나마 괜찮은데, 야차검과 비검은……. 뭐, 어쨌든 이 얘기를 전달하는 과정에서 문제가 생긴다면…… 약속하마. 나, 광혈창은 너희 셋뿐만 아니라 가족들까지 모두 없앨 것이야. 또한 천류영이 녹림을 분열시키려는 모함을 했다고 주장할 거다. 그럼 어떤 일이 벌어질지 상상이 되나? 녹림이 세상에 나온다면, 그 첫 번째 대상은 절강성이 될 거다. 그리고 너희들의 사문과."

무시무시한 협박에 화가연은 질린 표정을 지었다. 그러나 그를 직시하며 대꾸했다.

"사파인답네요. 그런 당신과 천류영 오라버니가 어떻게

아는지 궁금하지만, 모른 척 해야겠죠?"

"크크큭, 확실히 계집은 나은데 두 사내놈이……."

광혈창은 살기를 가득 담아 말을 이었다.

"야차검, 비검, 내 경고를 잊지 마라. 네놈들 목숨뿐만 아니라 가족까지 죽게 될 것임을."

장득무가 얼어붙어 고개를 끄덕이는 가운데 조전후가 대꾸했다.

"나는 가족 없는데?"

"……."

순간, 분위기가 싸늘해졌다. 조전후는 기죽기 싫어서 무심코 뱉은 말이 실수였음을 뒤늦게 눈치채고는 얼른 말을 덧붙였다.

"하지만 무림서생이 가족이나 진배없소!"

"……."

"급한 것 같은데, 어서 가시오. 내 천 공자에게만 전할 테니 걱정 말고. 그리고 이것도 인연인데, 다음에 만날 땐 술이나 한잔합시다."

*　　　*　　　*

등까지 내려오는 치렁치렁한 흑발과 양어깨에 드리워진 피풍의가 바람에 펄럭거렸다.

팔 척의 거구인 무상 손거문은 절벽 가에서 뒷짐을 진 채 아래 펼쳐진 풍경을 내려다보았다.

그런 그를 야월화가 뒤에서 물끄러미 바라보았다.

원래 말이 많은 사내가 아니었다. 그러나 절강성에서 물러난 후, 부쩍 말이 줄었다.

자존심에 상처를 입었기 때문이다.

수많은 사파인들의 기대를 한껏 받았던 첫 출정인데 아무런 소득이 없었기에 그런 것이다.

야월화는 손거문에게 다가가 고독해 보이는 거대한 등을 어루만졌다.

"일각 후에 정식으로 회담을 시작하기로 했어요."

손거문은 피식 쓴웃음을 깨물었다.

"뭔가 좀 우습군."

"뭐가요?"

"음모나 꾸미는 저급한 것들처럼 이렇게 으슥한 곳까지 와서 회담을 한다는 것이."

"우리야 상관없지만, 녹림도는 그렇지 않잖아요. 그들은 잠자는 호랑이, 아니, 잠자는 것처럼 보이고 싶어 하니까 그렇게 맞춰줘야죠."

"……."

"사형, 녹림십팔채가 굳이 필요한가라는 의문을 떨쳐내지 못하고 계신 거죠?"

"사매, 나는……."

"잠깐만요. 저는 사형을 믿어요. 하지만 사형을 직접 보지 못한 사오주의 많은 수하들과 대륙에 흩어져 있는 사파인들은 지금 불안해하고 있어요. 과연 사형을 믿어도 되는가라고."

손거문의 미간이 구겨지는 것을 보면서도 야월화는 거침없이 말을 이었다.

"어차피 결국 나중엔 알겠죠, 사형의 능력을. 하지만 문제는 그때까지 기다릴 수가 없다는 거예요. 잘 아시겠지만, 우리 사파인들은 이해득실에 대한 판단이 빨라요. 지금 벌어지는 전쟁의 결과가 한쪽으로 기운다면 언제든 우리를 버리고 다른 쪽으로 갈아탈 수 있어요."

"……."

"특히 그 대상이 마교나 흑천련이라면 더 그래요."

사파인들은 마교나 새외 세력에게 정파인들처럼 딱히 적대감을 품고 있지 않았다. 물론 좋아하는 것은 절대 아니었지만.

어쨌든 마교나 흑천련이 초반에 압도적인 전과를 올릴 경우, 그쪽으로 갈아타는 사파들도 나오기 쉽다는 얘기였다.

오래전 천마가 중원무림을 침공했을 때, 사파의 삼 할이 실제로 마교의 편에 섰던 것처럼.

야월화는 손거문의 두꺼운 팔을 양손으로 안으며 말했다.

"우리가 녹림과 연합하게 되면 천하의 모든 사파인들이 든든함을 느낄 거예요. 그건 결국 사형이 앞으로 펼칠 무림 정복전에 상당한 힘으로 돌아올 거고요."

"……."

"우린 녹림십팔채가 반드시 필요해요. 사형이 절강성에서 빛나는 승리를 했더라도 저는 녹림십팔채를 얻기 위해 지금처럼 사형을 설득했을 거예요. 왜냐하면 정파는 결코 만만치 않으니까요. 정확히 말하면 그 뒤에 있는 비원이구요."

손거문의 입에 걸린 고소가 짙어졌다.

"훗, 글쎄? 나는 그렇게 생각하지 않아. 사매도 내 능력에 의심이 생긴 거야."

야월화가 당황하며 고개를 세차게 저었다.

"아뇨. 절대 그렇지 않아요."

"무림서생, 그리고 그때 내 손뼈를 망가뜨린 그 의문의 호위. 고작 스물한 살인데 절대고수인 겐죠를 무너뜨린 풍운."

"……."

"의외로 세상엔 나 말고도 괴물이 많단 걸 사매도 느낀 거지. 천하를 꿈꿨던 내가 고작 절강성에서 좌절을 맛봤으니 그럴 만도 해. 그래서 녹림십팔채가 더 간절해진 거겠지."

"아니, 저는 사형을 믿어요. 절강성에서는 운이 없었던 거예요. 배교의 존재만 아녔어도……."

손거문이 그녀의 말을 끊었다.

"걱정하지 마라. 이번 일을 안 하겠다는 건 아니니까. 녹림십팔채는 사파. 지금은 독자 세력으로 떨어져 나가 있지만, 결국 내가 품어야 할 세력이니까."

그의 말이 끝났을 때, 독특한 내공심법으로 인해 보랏빛 머리카락을 지닌 노인이 최측근 다섯과 함께 다가왔다. 그는 천천히 걸어와 입을 열었다.

"허허허, 무슨 얘기를 그리하고 있소?"

녹림십팔채의 주인, 총표파자 대산(大山).

세상은 그가 나이 들고 병약하다고 알고 있었다. 실제로도 그렇게 보였다. 하지만 손거문은 그를 처음 본 순간 말했다.

'정정하고 강하군요' 라고.

오죽했으면 대산을 몇 달 동안 가장 가까운 곳에서 모시던 광혈창까지 놀랐을까. 광혈창도 총표파자가 멀쩡하다는 것을 최근에야 눈치챘으니 말이다.

야월화는 십여 장 떨어진 곳에 있는 공터를 보았다.

방금 잘라서 놓아둔 두 개의 통나무가 있었다.

각각의 통나무 뒤로 칠팔십 명의 수하들이 마주 보고 있었다.

야월화가 말했다.

"우리가 가려고 했는데……."

대산은 가볍게 손사래를 치고는 말했다.

"뭐, 통나무에 앉아서 담소를 나누는 것보다 이렇게 시원한 풍경을 즐기는 것도 괜찮소. 허허허, 아참, 보다시피 여기 광혈창이 돌아왔소."

야월화가 싱긋 웃었다.

"우리 무상의 말이 맞았죠?"

대산이 품속에서 금자를 꺼내 야월화에게 내밀었다.

"내기에 졌으니."

이곳으로 오는 중에 한 내기였다. 손거문이 갑자기 고개를 돌리더니, 저 골짜기에 세 명의 사람이 있다고 언급한 것이다.

그곳까지의 거리가 얼마인데. 또한 깊은 산속이라 기가 충만하다. 그렇기에 더더욱 사람의 작은 기운을 느끼는 건 사실상 불가능했다.

대산은 주변의 내로라하는 측근 고수들을 보았다. 그러나 모두가 고개를 저었다.

하긴, 자신도 아무런 기척을 감지하지 못했는데.

그래서 내기를 하게 된 것이다.

무상의 말이 사실인지 아니면 착각인지.

손거문이 잡아오겠다는 것을 대산이 만류했다. 산에서 움직이는 건 산 사나이인 자신들이 더 수월하다고.

그건 일종의 묘한 자존심이기도 했다.

대산의 뒤에 자리한 광혈창이 입을 열었다.

"솔직히 놀랐소이다, 무상. 기에 특별히 민감한 편이오?"

손거문은 가타부타 대꾸하지 않았다. 그 얼굴은 당신은 정말 세 사람의 존재를 눈치채지 못했냐는 기색이 역력했다. 그러면서 자신을 강렬한 눈빛으로 직시하는 대산의 시선을 받았다. 어쩔 수 없이 야월화가 대신 대답했다.

회담의 결과가 좋기 위해서는 호의적인 분위기가 중요하니까.

"그것도 그렇지만, 무상의 능력이 그만큼 뛰어난 거지요. 그런데 그들은?"

광혈창은 담담하게 답했다.

"지금 저승에 있소."

"어떤 자들이었나요? 이렇게 깊은 곳에 세 사람이나……."

"모르오. 그냥 죽였소. 죽인 다음에 뒤져 보니 딱히 정체를 알 만한 것도 없었고."

야월화는 어이가 없다는 얼굴로 눈살을 찌푸렸다. 하지

만 이내 억지로 미소를 지었다.

"산 사나이들이라 그런가요? 일 처리가 너무 화끈하시군요."

"미안하게 됐소. 놈들이 워낙 교묘하게 숨어 있던 터라 짜증이 나서."

그때, 손거문을 보던 대산이 입을 열었다.

"대단하구려. 이 늙은이의 눈빛을 이렇게 오래 받아내는 사람은 처음 보았소. 허허허, 예의가 없다고 해야 하나, 아니면 배포가 크다고 해야 하나."

손거문이 피식 웃고 야월화를 보았다.

"사매, 용건을 말하고 빨리 끝내자."

"예? 사, 사형, 원래 회담이란 게……."

"아니, 산전수전 다 겪은 총표파자다. 어차피 쓸데없는 얘기로 기선제압하려는 건 의미가 없어. 그냥 질질 시간을 끌게 될 뿐이야."

"사형."

"이런 눈빛을 가지고 있는 사람은 절대로 상대가 원하는 대로 움직이지 않아. 그렇다면 시간을 끌 필요가 없지."

거침없고 무례한 그의 말에 주변 인물들의 표정이 굳어갔다. 그러나 대산은 오히려 재미있다는 듯 더 여유롭게 웃었다.

"후후후, 나쁘지 않소. 야월화, 당신이 그토록 날 간절히 만나려 한 이유가 뭐요?"

질문은 야월화에게 하고 있는데 정작 시선은 손거문에게 고정되어 있었다.

야월화가 이맛살을 한껏 찌푸린 채 손거문을 쏘아보다가 어쩔 수 없다는 표정으로 말했다.

"총표파자님, 원래 천하의 정세에 대해 많은 얘기를 하려고 했는데…… 뭐, 우리 사형의 말도 일리가 있네요. 총표파자님도 세상 돌아가는 사정을 잘 알고 계실 테니까."

"글쎄, 우리는 누가 먼저 건들지만 않으면 신경 쓰지 않는 사람들이라서."

야월화는 대산의 핵심을 피하는 대꾸에 사형의 말처럼 정상적으로 회담을 진행했다면 끝이 없었을 거라 직감했다.

'늙은 구렁이 같으니라고.'

그녀는 속으로 욕을 하며 말을 이으려 했다. 그런데 손거문이 먼저 입을 열었다.

"총표파자, 두 가지 선택을 할 수 있소."

"호오, 세상을 좁게 사는 젊은이구려. 더 오래 살다 보면 경륜이란 것이 생기고, 그때가 되면 알게 되겠지만, 선택이란 게……."

손거문이 대산의 말을 끊었다.

"첫째, 우리는 같은 사파. 함께 힘을 합쳐 강호무림에서 우뚝 서는 거요."

"허허허, 과연 패기 넘치는 젊은이답소. 하지만 무릇 몸을 움직일 때는 신중하게……."

이번에도 손거문이 그의 말을 잘랐다.

"둘째!"

"허, 거참, 허허허."

"아니면 이곳에 있는 당신들, 오늘 다 내 손에 죽든가."

계속 미소를 잃지 않던 대산의 표정이 처음으로 굳었다.

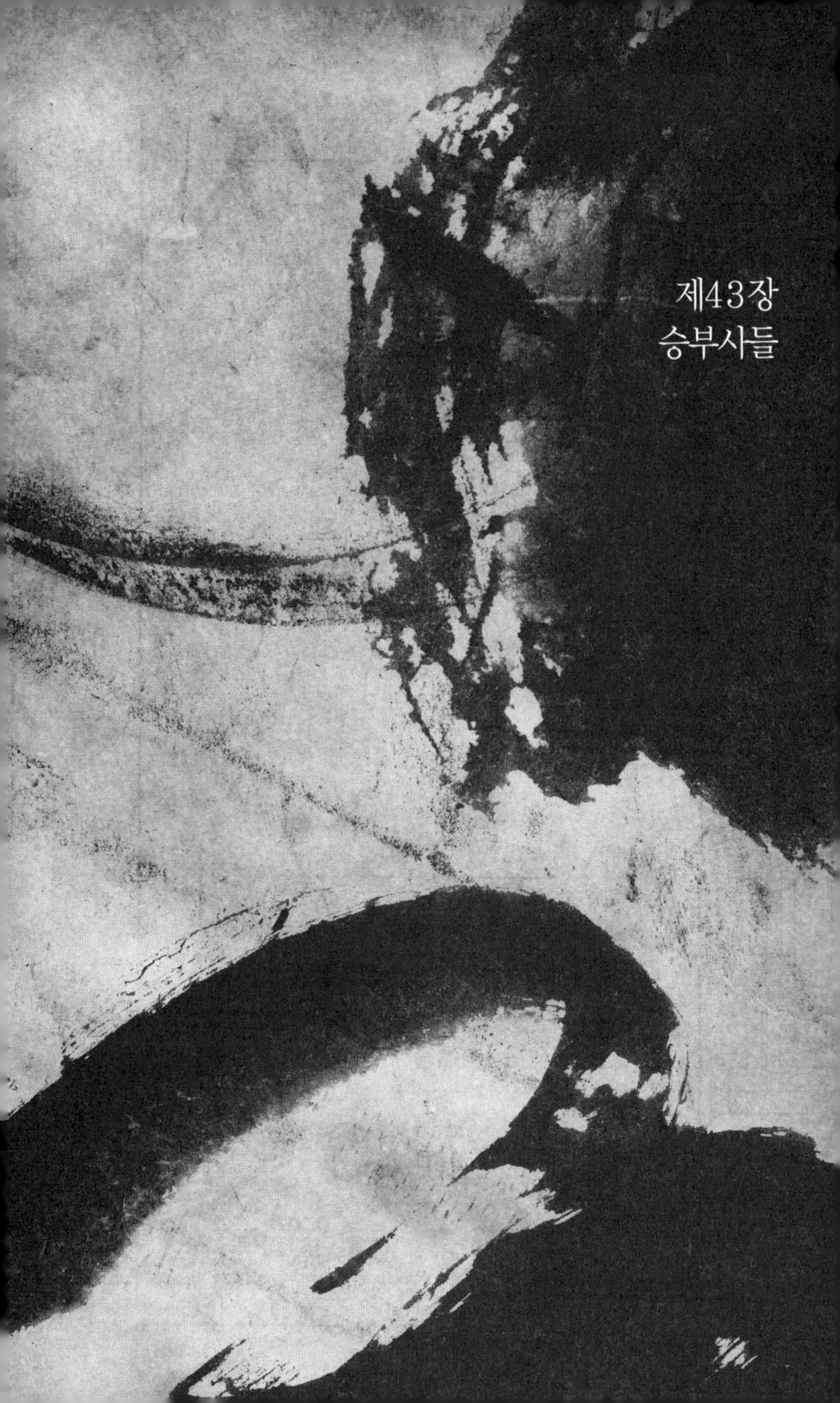

제43장
승부사들

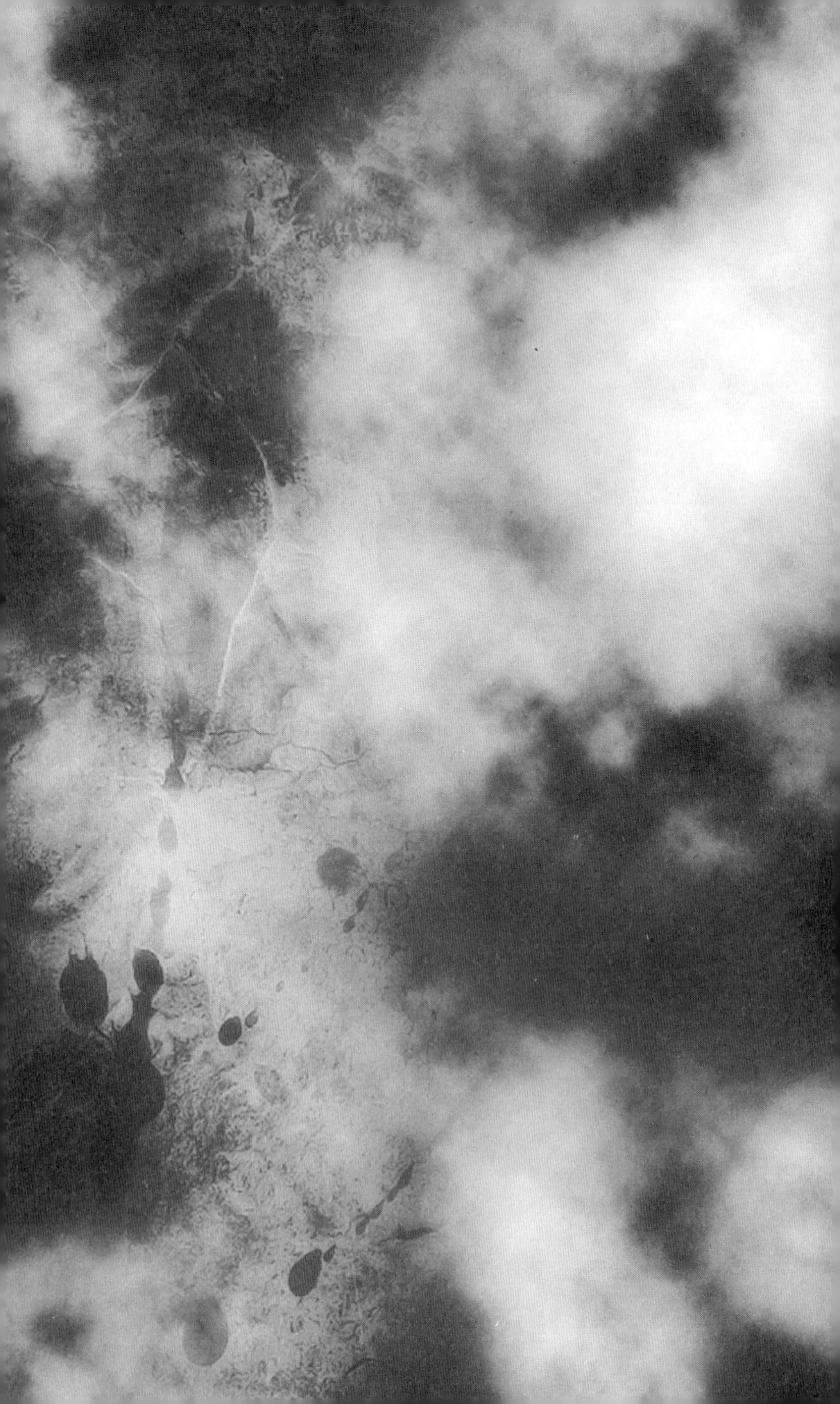

1

야월화는 어안이 벙벙해진 얼굴로 옆에서 하산하고 있는 손거문을 계속 훔쳐봤다.

아직도 녹림십팔채로부터 전폭적인 지원을 받아낸 것이 믿기지 않았다. 사실 사형이 총표파자에게 엄포를 할 때만 해도 눈앞이 아찔했다.

모든 일이 글렀다고 판단했다. 그런데 한참을 침묵하던 총표파자의 입에서 '무상이 원하는 게 구체적으로 뭐요? 그러니까 우리가 어떻게 도와주면 되는 거요?' 라는 믿기지 않는 말이 흘러나왔다.

그다음부터는 일사천리였다. 물론 몇몇 부분에서는 사

소한 마찰도 있었지만, 수많은 협정 조항들이 거침없이 합의됐다.

손거문이 앞을 보며 입을 열었다.

"사매, 내 얼굴 닳겠다."

"호호호, 사형, 놀라워요. 그런 말도 안 되는 엄포가 먹힐 거라고는 상상도 못했어요."

손거문은 고개를 갸웃거리다가 대꾸했다.

"그렇게 말도 안 되는 거였나?"

"당연하죠. 상대는 일만 녹림도의 수장이에요."

"그러니까 일반적인 방법으로 상대할 사람이 아니라고 판단했을 뿐이야."

"헐! 단지 그런 느낌으로 그렇게 했던 건가요?"

"그리고 난 그가 병자인 것처럼 세상을 지금껏 속여왔다는 것에 주목했다. 속에 구렁이 백 마리, 아니, 천 마리는 들어찬 인간이지. 그런 인물과의 협상에서는 자칫 휘둘리기 쉽지. 그래서 되든 안 되든 빨리 결정짓는 게 낫다고 생각했어."

"와아, 이제 보니 우리 사형, 책사의 재능도 대단한데요?"

어쨌든 야월화는 모처럼 흥분했다. 녹림십팔채의 힘을 등에 업었으니 그럴 만도 했다.

손거문은 그런 사매를 보며 씁쓸한 미소를 속으로 삼

켰다.

사매는 책사였다.

그것도 뛰어난 책사.

그러나 그것만으로는 부족하다. 책사의 한계를 넘어서야 훌륭한 책사가 될 수 있는 것이다.

마치 뛰어난 무사는 많지만 정말 훌륭한 무사는 거의 없는 것처럼.

그러기 위해서는 도박사가 갖는 승부사적 기질이 필요하다. 지금 사매는 자신에게 책사의 재능이 대단하다고 말했지만…… 아니다. 이건 승부사의 직감이었다.

하지만 야월화는 그것이 부족했다. 때로는 스스로를 위험에 던지는 무리수를 둘 줄도 알아야 하는데, 다른 책사들처럼 본능적으로 안전한 것을 선호했다.

물론 본인이야 위험한 것을 결코 피하지 않는다고 말하겠지만, 실상은 그렇지 않았다.

그리고 안전하게 머물고자 하면, 그렇게 정면승부를 외면하게 되면 결국 조잡한 음모를 꾸미는 쓰레기로 전락하기 쉽다.

'나 때문인가?'

손거문의 예상은 맞았다.

실제로 야월화는 무상의 안전을 가장 중요하게 여겼으니까. 정작 사형을 가장 믿으면서도 역시 그만큼 불안해하는 이중적 심리가 있었다.

손거문은 문뜩 무림서생 천류영과 검봉 독고설이 떠올랐다.

천류영.

믿기 어렵게, 고작 그 정도의 실력으로 절대고수인 겐죠에 맞서서 물러서지 않던 그 배포. 그는 그런 배짱과 결단으로 정파인들을 똘똘 뭉치게 만들었다.

만약 천류영이 자신의 안위를 지키기 위해 겐죠를 피해 도망 다녔다면 정파는 손쓸 틈도 없이 붕괴됐을 것이다.

그리고 독고설.

천류영을 향한 무조건적인 신뢰. 물론 그녀라고 해서 어찌 불안하지 않겠는가.

그럼에도 믿는다. 그리고 그녀 자신도 기꺼이 위험에 동참해 몸을 던진다.

둘 다 위험을 피하지 않고, 서로를 위해 위험, 고난과 맞서 싸운다.

함께.

손거문은 야월화를 보며 속으로 물었다.

그들처럼 나를 전적으로 믿어줄 수 없느냐고.

자신도 모르게 자조적인 혼잣말이 튀어나왔다.

"하긴, 나 하기 나름이겠지. 믿음을 주지 못한 내 탓이지."

야월화가 동그랗게 눈을 떴다.

"예?"

"아니, 아니다."

"……?"

"사매."

갑자기 진중해진 그의 목소리.

"예. 무슨 할 말이라도?"

"앞으로 다시는 절강성에서처럼 좌절하는 일은 없을 거다."

야월화가 배시시 웃었다.

"그럼요. 믿어요, 사형. 그리고 절강성에서는 운이 없었던 거라니까요. 그 이상한 무림서생의 호위만 아녔어도, 그때 손만 멀쩡했어도……."

"그래, 그 호위."

손거문의 눈가가 일그러졌다.

천류영에게 몇 번이나 그 호위를 다시 만나게 해달라고 요청했지만, 그때마다 돌아온 건 휴가 중이라는 답변뿐이었다.

그는 함께 전장에 있던 풍운이란 청년도 인상적이지만, 왠지 모르게 팔씨름을 했던 그 호위가 머릿속에서 떠나지 않았다.

야월화가 표독한 눈초리로 말했다.

"다음에 만나게 되면 그냥 죽여 버리세요. 그 힘만 무식하게 센 놈과 또 이상한 겨루기 같은 거 하지 마시고요."

"힘만 세다고 생각해?"

"검도 제법 쓰겠죠. 하지만 어차피 사형에게 걸리면 제까짓 게 별수 있나요?"

손거문은 피식 웃었다. 어쨌거나 자신의 무력을 절대적으로 믿어주는 사매가 기분 나쁘진 않았다.

"그래, 다음엔 제대로 칼을 겨뤄야겠지."

손거문은 어느새 어둑어둑해진 하늘을 보며 입술을 깨물었다.

그는 절대고수에 오른 뒤 처음으로 자신이 누군가에게 무공으로 패할 수도 있다는 생각을 하고 있었다.

*　　　*　　　*

어둠이 내린 절벽 가.

녹림십팔채의 주인인 총표파자 대산은 그 절벽 가에 앉아 있었다.

광혈창은 대산의 어깨와 등에서 느껴지는 지독한 무게감에 쉽게 다가가지 못했다. 그러나 반 시진 가깝게 움직이지 않자 결국 걸어가 입을 열었다.

"아버지."

"……."

"왜 그렇게까지 자존심을 굽히셨습니까?"

"……."

"아버지께서 명만 내리셨다면 무상의 수급을 바쳤을 겁니다."

"허허허, 글쎄……. 어쨌든 됐다. 다 끝난 일 아니더냐. 나는 지금 속이 후련하구나."

광혈창은 대산이 자포자기한 것 같다는 생각이 들어 어금니를 깨물었다. 남들이 뭐라 하든 자신은 녹림도로서의 자긍심이 있었다. 그것이 땅에 떨어진 날이다.

"우리는 사오주의 수하가 아닙니다."

"무상 손거문, 그놈 진짜 칼을 뺐을 거야. 그놈이 내 눈빛을 읽은 것처럼 나도 그놈 눈빛을 봤지. 그놈, 진심이었다."

"그러니까……."

대산은 손을 들어 광혈창의 말을 제지했다.

"꼴통이야, 그놈."

"……."

"문제는 실력 있는 꼴통이란 거지. 승부사적 기질이 충만한 꼴통. 그런 놈과 싸우는 건 피곤해. 왜냐하면 뒷일을 생각 안 하거든. 어느 한순간에 제 모든 걸 걸어."

"……."

"그런 놈과 칼부림할 순 없잖아. 그러면 우리 녹림과 사오주는 같이 파멸의 늪으로 빠지게 될 테니까."

광혈창은 쓴웃음을 깨물었다.

노회한 총표파자가 가장 싫어할 만한 일이었다. 숨죽이고 힘을 키우며 세상을 속여왔는데, 그것이 한순간에 무너질 수 있다고 생각하니 지레 겁먹었을 것이다.

어쨌거나…… 결국 무상과의 기 싸움에서 밀린 것이다.

대산은 기지개를 켜며 하늘에 뜬 달을 보았다.

"그리고 그놈…… 나쁘지 않아. 정말 절대의 경지에 오른 느낌이야."

광혈창이 고개를 좌우로 비틀며 대꾸했다.

"저처럼 셀 수도 없이 많은 실전을 겪은 놈에겐 상대의 경지가 별로 중요하지 않습니다. 어차피 날붙이로 배때기를 쑤시면 절정이든 삼류든 죽는 겁니다. 그건 절대고수라고 해도 마찬가집니다. 조금 더 애를 먹고 안 먹고의 차이일 뿐."

"허허허, 물론 그렇긴 하다만, 쉽지 않지."

"저는 이류 때 절정고수를 죽인 적도 있습니다."

대산은 고개를 뒤로 돌려 광혈창을 보며 소리 없이 웃었다. 그렇게 한참 웃다가 고개를 끄덕였다.

"내가 널 아끼는 이유 중에 하나지. 무한 충성심과 두

둑한 배짱. 하지만 절대의 경지란 다르다. 만만하게 보면 안 돼. 그건 차원이 다른 경지니까."

"어쨌든 화가 가라앉지 않습니다, 아버지께서 그런 놈에게 약한 모습을 보였다는 것이. 우리 녹림이 왜 허리를 굽혀야 합니까?"

"허허허."

대산은 그렇게 간간이 웃으며 어두운 허공을 보았다. 그러다가 손으로 옆자리를 툭툭, 치며 불쑥 말했다.

"옆에 앉아라."

광혈창의 눈동자가 흔들렸다.

총표파자는 지금껏 그 누구도 자신의 옆에 앉힌 적이 없었다.

"아, 아닙니다. 제가 어찌."

"앉으래두."

부드럽게 말했지만, 무거운 힘이 실려 있었다. 광혈창은 조심스럽게 대산의 옆에 앉으며 속으로 확신했다.

드디어 총표파자의 마음을 훔쳤음을.

"광혈창."

"예, 아버지."

"무상이 우리를 이용하려 들면, 우리 역시 그놈을 이용하면 될 뿐이다."

"……."

"중요한 건 최후의 순간이 되기 전에는 결코 이빨과 발톱을 다 내보여서는 안 된다. 그럼 우리를 경계하는 자들이 많아지고, 그들 중에서 우리의 이빨과 발톱을 뽑으려는 이들도 생겨날 테니까."

"……."

"무상 같은 놈이라면 손을 잡아도 된다. 쓸 만한 녀석이야."

광혈창의 눈동자가 흔들렸다.

"설마…… 처음부터 사오주에 협력할 생각이셨습니까?"

"아니지. 협력이 아니라 이용이다. 기억해라. 협력의 다른 이름, 아니, 진짜 이름은 이용이란 것을."

"하지만 그러기엔 오늘 맺은 협정이 너무 저희들에게 불리해서……."

대산이 빙그레 웃었다.

"허허허, 그게 어떤 식으로 우리에게 유리하게 변하는지 보게 될 거다. 노부의 경륜을 무시한 무상의 패기가 불러올 자충수를 말이지."

대산의 눈에서 기광이 일었다. 그리고 그가 몸을 일으켰다. 순간, 광혈창은 자신도 모르게 기겁했다.

"헉! 위, 위험……."

광혈창은 말을 끝맺지 못하고 눈을 부릅떴다. 아연한

그의 눈에 대산의 모습이 커다랗게 박혔다.
절벽에서 조금 떨어져 있는 허공.
대산은 그 허공을 밟고 뒷짐을 진 채 서 있었다.
절대고수.
실력을 숨기고 있는 줄은 알았지만 이 정도일 줄은 상상도 못했기에 광혈창은 소름이 돋았다.
대산은 그렇게 허공에서 캄캄한 하늘을 주시했다. 그의 눈은 패왕의 별을 보고 있었다.
"광혈창."
"네? 예, 아버지."
"사파의 진정한 주인은 사오주가 아니다. 우리 녹림이지."
"그, 그렇습니다."
"문제는 우리 녹림이 마지막에 천하를 제패한다면 백성들이 과연 인정해 줄까? 산적인 우리를 과연 패왕의 별이라 불러줄까?"
"……."
"결코 아니다. 그런 우리에게 사오주는 신분 세탁하기에 아주 좋은 세력이다."
"……!"
"사오주가 제 발로 찾아와 이리 나오길 나는 무려 오십 년이나 기다렸다. 패왕의 별이 뜨기 전부터."

광혈창의 머릿속이 하얗게 부서졌다.

*　　　*　　　*

"와아아아아!"

함성이 병장기 부딪치는 소리와 함께 허공을 뒤흔들었다.

크르르르!

붉은 안광의 철강시들이 속속 괴성을 지르며 땅 밑으로 꺼져 내렸다.

너른 평원.

그곳엔 셀 수도 없이 많은 함정이 있었다. 발을 딛기 무섭게 밑으로 푹푹 꺼지는 함정에 철강시들이 속수무책으로 빠졌고, 그 속에서 허우적댔다.

그리고 그 철강시들은 빙봉 모용린의 예측처럼 위로 도약하지 못했다.

전장을 지휘하는 빙봉 옆에 있던 팽우종이 들뜬 음성으로 외쳤다.

"빙봉이 맞았습니다! 하하하! 저놈들은 도약을 하지 못해요!"

모용린은 특유의 차갑고 담담한 미소로 대꾸했다.

"그동안 충분히 확인했잖아요."

"그렇긴 하지만, 이렇게 함정을 준비한 건 처음이잖습니까? 한 번 시도해 보았다면 마음 졸이지 않아도 됐을 텐데."

"그럼 배교도들이 눈치챘겠지요. 승부를 걸기 위해서는 그 정도의 도박은 필요한 법이에요."

무림맹 청룡단, 개방과 소림사, 그 외의 군소 방파에서 모인 정파인들은 한껏 사기가 올랐다.

수많은 함정의 위치를 충분히 익혔고, 설사 실수로 빠지는 이들이 있더라도 도약해 나오거나 동료의 도움으로 빠져나왔다.

그러나 철강시는 사람이 아닌 마물.

애초에 그들에게 협조란 없었다. 그저 지시 받은 대로 싸울 뿐.

배교도와 그들이 만들어낸 마물에 한이 서리서리 맺혔던 소림사의 무승들과 개방도들은 기세가 올라 더욱 거칠게 몰아붙였다. 반면, 어디에 함정이 있는지 모르는 배교의 주술사들은 공황에 빠져 어쩔 줄 몰라 했다.

팽우종은 연신 웃다가 갑자기 어깨를 축 늘어뜨렸다. 그걸 본 모용린이 입을 열었다.

"뭔가 허탈하죠?"

"예. 이렇게 간단한 방법으로 저 무서운 마물들을 잡을 수 있을 줄이야."

"예전 철강시들의 약점인 천령혈에 대한 집착을 떨쳐내야 하니까요. 사람의 의식이란 건 좀처럼 변하지 않기에 선입견이란 게 무서운 거죠. 분명 찔렀는데도 안 되는데, '더 깊이 찌를까?', '정확하지 못했나?' 라고 집착하기 쉬어요."

팽우종은 고개를 끄덕이며 다시 미소를 머금었다.

"놀라운 발견이나 발명은 작은 호기심이나 관찰력에서 시작된다는 말이 새삼 와 닿는군요."

모용린이 고개를 끄덕이다 퉁명스럽게 물었다.

"그런데 언제까지 계속 놀고만 있을 건가요?"

"그게 무슨 말씀이십니까? 저야 사령관인 빙봉의 호위를 서고 있는 거잖습니까?"

"저는 됐어요. 지금은 한 사람의 힘이라도 모아야 할 때예요."

그러면서 그녀는 칼을 빼 들고 앞으로 달려 나갔다.

이제 따로 지시는 필요 없었다. 배교도들과는 정면충돌이고, 강시는 함정으로 밀어붙이거나 유인하면 된다.

소림사의 무현 대사가 빽! 소리를 질렀다.

"마구니와 마물들을 하나도 남기지 마라!"

개방주 황걸도 뒤질세라 고함을 질러 댔다.

"먼저 죽어간 동료의 한을 모두 씻어내야 할 것이다! 공격하라아아!"

약점이 드러난 철강시. 그리고 그에 관한 준비를 마친 정파.

승부는 사실상 결정 나 있는 것이나 다름없었다.

그러나 의외로 일부에서 정파의 피해가 속출했다.

특강시인 이악, 삼악, 사악의 가공할 무력 때문이었다. 안타깝게도 특강시는 구덩이 함정이 통하지 않았다.

모용린이 달려간 곳도 그쪽이었다.

그녀는 삼악과 혈투를 벌이던 청룡단주와 그 수하들에게 외쳤다.

"정면으로 붙지 마세요! 그럼 피해만 늘어납니다!"

이미 전투 전에 내린 지시사항이지만, 실제로 생사가 오가는 전장에서는 그 뜨겁고 치열한 열기로 인해 종종 수칙을 잊게 된다.

팽우종이 그녀의 옆에서 외쳤다.

"시간을 끌면 그사이 거의 마물들이 정리됩니다!"

그렇게 특강시만 남게 되면 고수들이 포위해 끝내는 것이 가장 피해를 줄이는 방법이다.

팽우종은 소림사의 장로를 도와 사악에게 달라붙었다.

쩡, 쩡쩡쩡!

나름 한다 하는 고수들이 특강시 주변으로 여럿 붙었지만, 제압하는 것이 쉽지 않았다.

빙봉이 그 광경을 보며 한숨을 흘렸다.

"저런 괴물이 몇 개만 더 있었다면……."

그녀는 말꼬리를 흐리며 상상만으로도 싫다는 듯 진저리를 쳤다.

"끄아아악!"

청룡단의 부단주가 비명을 지르며 급히 뒤로 몸을 빼냈다. 그의 왼팔이 사악에게 잡혀 어깨에서 뽑혀져 버린 것이다.

그의 중상에 청룡단 고수들이 으르렁거리며 달려들었다. 또다시 빙봉은 빽! 소리를 질러야 했다.

"무리하게 정면으로 붙지 말라구요!"

다행스럽게 개방 방주인 황걸이 등장해 사악을 몰아붙이기 시작했다. 그렇게 속속 고수들이 자신의 임무를 마치고 특강시 제거에 합류했다.

한편, 전투를 산 위에서 지켜보던 배교 소교주 방우는 피식 웃다가 하품을 했다.

"아아함, 이제야 끝날 기미를 보이는군."

신타귀 장로가 고개를 끄덕이며 동의했다.

"빙봉, 저 계집이 너무 신중했네."

"그럼 우리는 이제 돌아갈까요?"

신타귀가 당황하며 눈을 치켜떴다. 아직 전장에 있는 주술사들과 배교도들이 후퇴하지 못했다. 정확히 말하면, 방우가 후퇴령을 내리지 않아서 버티고 있는 중이었다.

"소교주, 수하들이 아직……."

"저들은 먹잇감입니다. 정파의 사냥개가 만족할 만큼 물어뜯게 놔둬야지요."

"강시만 버리는 것이 아녔나?"

"당연하지요."

"하, 하지만 그러기엔 인원이 너무 많잖나? 그리고 주술사들은 귀한 인재들인데, 저들을 다……."

갑자기 방우의 눈빛과 목소리가 차가워졌다.

"장로님, 저 정도는 던져 줘야 본 교가 사실상 와해됐다고 믿을 겁니다."

"……."

"큰 성공을 위해서라면 그만한 희생이 따라야 하는 겁니다. 저들도 본 교를 위해 기꺼이 죽어갈 겁니다."

방우는 배교의 장로답지 못한 신타귀의 모습에 고개를 저으며 혀를 차고는 말을 이었다.

"자, 이제는 마교와 흑천련에게 넘기고 쉬러 가지요. 마지막 건곤일척의 승부를 준비하며. 후후후."

2

콰앙!

제갈천은 주먹으로 거칠게 책상을 내려쳤다.

백현각 오층, 비상 대책 회의실의 공기는 무겁다 못해 질식할 것만 같았다.

"결국, 결국……."

그는 말을 잇지 못하고 부르르 떨었다.

며칠 전, 빙봉 우군사가 마침내 배교를 꺾었다는 소식이 날아와 모두가 환호했다. 그러나 다시 나락으로 떨어졌다.

방금 들어온 전서구.

무림맹 섬서 분타에 이어 운남 분타도 무너진 것이다.

한 중년인이 입술을 깨물고 제갈천을 보다가 피식 웃음을 터트렸다.

제갈천이 충혈된 눈으로 그를 쏘아보았다.

"좌군사, 지금 웃은 건가? 웃음이 나오느냔 말이네!"

일촉즉발의 상황.

주변 책사들이 하나둘 눈치를 살피며 자리를 피했고, 결국 그 넓은 회의실에 둘만 남게 되었다.

목이내는 입가의 미소를 지우지 않고 손사래를 쳤다.

"아니, 이런 총군사의 모습을 보는 게 너무 낯설고 영 어색해서 말입니다. 그러게 미리미리 잘 대비했으면 좋았잖습니까."

제갈천의 얼굴이 수치심과 모욕감으로 시뻘겋게 변

했다.

"지, 지금 그 말은 섬서 분타와 운남 분타의 패배가 내 책임이라는 뜻인가?"

"어디 그뿐입니까? 듣기로는 사천 분타도 오늘내일 간당간당한다던데."

쾅!

제갈천이 다시 주먹으로 책상을 내려쳤다. 때문에 모서리에 아슬아슬하게 걸쳐져 있던 찻잔이 밑으로 떨어지며 깨져 나갔다.

쨍그랑!

목이내는 깨진 찻잔을 흘낏 내려다보았다가 다시 제갈천을 봤다.

"적의 전력을 제대로 분석 못한 탓이 가장 크지 않습니까? 섬서 쪽 적이 이천이라 했습니다. 그런데 육천이었어요. 운남 쪽도 거의 두 배의 전력 차가 났습니다."

제갈천이 당황하며 이맛살을 찌푸렸다.

"그, 그야 놈들이 전력을 숨겨서 그런 것 아닌가?"

그의 말마따나 마교와 흑천련은 병력을 속였다. 상당한 병력을 상단이나 화전민으로 둔갑시켜 미리 움직였던 것이다. 그것도 무려 일 년에 가깝게 이삼십 명의 소규모로 진행됐다. 그리고 이건 사실 천마검이 이 년 전에 수립한 계획이었다.

어쨌든 무림맹은 큰 부대의 움직임에만 신경 쓰는 실수를 한 것이다.

목이내가 혀를 차며 고개를 저었다.

"그렇게 숨기는 전력은 못 찾아냅니까? 그럼 총군사나 저자의 거렁뱅이나 무슨 차이가 있습니까? 어차피 못 밝혀내는데 말입니다."

"좌군사, 말이 심하네! 좌군사 역시 백현각 서열 두 번째 자리야! 그런데 지금 자신은 책임이 없다 발을 빼는 건가?"

"예, 저도 덤터기로 무능하다는 얘기를 들었어요. 저야 총군사를 믿었을 뿐인데 말입니다."

"으으……."

"그리고 무림맹에서나 이곳에서의 제 주 역할은 그게 아니잖습니까?"

목이내의 물음에 제갈천은 이를 악물었다. 어쨌든 그의 말은 사실이니까.

목이내는 무림맹과 비원의 연결 통로였다.

목이내는 다시 혀를 차고 다른 사람들이 들리지 않게 낮게 말했다.

"윗분들께서 걱정하고 계세요. 과연 총군사가 이번 전쟁을 제대로 책임지고 수행해 나갈 수 있을지 말입니다."

"……."

"이건 총군사 개인으로나 제갈세가에 안타까운 일이 아니겠습니까? 윗분들께 찍히면 좋을 게 없다는 거 잘 아실 테니. 뭐, 물론 그분들이야 워낙 점잖으시니 대놓고 핍박하지는 않겠지만 말입니다."

제갈천은 호흡을 고르며 신색을 회복하고는 입을 열었다.

"전쟁은 이제 시작이네. 그리고 몇 개의 전투를 패하더라도 최후의 승자는 우리가 될 것이고. 좌군사도 알다시피 우리 정파의 저력은 깊고 넓네."

"하하하, 물론 그 견해엔 저도 전적으로 동의합니다. 하지만 끝으로 가는 과정도 중요합니다. 안 그렇습니까?"

"……."

"지금 윗분들께 비교가 되고 있습니다. 총군사와 사군사가 말이에요."

제갈천의 얼굴이 하얗게 질려갔다.

"그, 그게 무슨 말인가? 그 천한 무림서생 따위와 명문가 출신인 나를 어떻게 비교할 수 있단 말인가."

목이내는 인상을 찌푸렸다가 이내 미소 지으며 말했다.

"저 역시 총군사님 말씀이 옳다고 생각합니다. 그리고…… 설마하니 그분들께서 총군사를 내치고 사군사를 중용하는 일은 없을 거라 믿습니다. 그리고 그런 대화를 나누시긴 했지만, 어디까지나 농이었고 말입니다. 하지만 말입니다. 이런 얘기가 나오는 것 자체가 수치스러운 일 아닙니까?"

"……."

"저는 총군사 편입니다. 저 역시 무림서생, 그 천한 놈이 총군사 자리에 오르는 건 상상만으로도 끔찍하니까 말이죠. 제가 쟁자수나 하던 놈을 상관으로 모시다니요! 세상의 질서가 붕괴되는 일이잖습니까?"

목이내는 정말로 짜증이 난다는 듯 심하게 표정을 일그러트렸다. 왜냐하면 무림서생을 사군사로 발탁하면서 그 놈이 망가질 수밖에 없는 절강성 분타주로 보냈는데, 오히려 승승장구하고 있기 때문이었다.

제갈천은 의자에 털썩 주저앉고는 양손으로 얼굴을 뒤덮으며 말했다.

"곧 다 수습될 거네. 일차 저지선이 뚫린 것뿐."

"……."

"저들의 전력도 알았으니, 더 이상 당할 일은 없네."

"애초에 압도적인 전력으로 적들을 몰살시켰으면 얼마나 좋았겠습니까?"

다시 시작된 목이내의 신랄한 비난에 제갈천은 입을 쩍 벌렸다. 어이가 없고 기가 막힌다는 표정.

그는 눈가를 잘게 떨다가 대꾸했다.

"적과의 전력 차이를 너무 크게 두지 말라고 한 건 자네 제안이었어. 싱거운 승리는 오히려 독이라고. 피해가 더 나더라도 아슬아슬하게 이겨야 우리가 돋보일 거라 제안한 건 자네였단 말이야."

"저야 총군사님의 전력 분석을 믿었으니까요."

"……."

"뭐, 좋습니다. 어차피 지난 일이니 그만하지요. 너 왈가왈부해 봐야 울화밖에 더 쌓이겠습니까?"

제갈천은 속으로 자네의 입만 닥치면 된다는 말을 일갈했다. 그러나 그 역시 이 얘기를 더 이상 끌고 싶지 않았기에 속내를 말하진 않았다.

그가 그렇게 불편한 표정으로 침묵하자 목이내가 미소를 머금었다.

"어떻게, 윗분들께 도움을 청할까요?"

"닭 잡는 데 소 잡는 칼이 필요하겠나? 염려 마시라고 전해 주게."

"알겠습니다. 그런데 한 가지 제안을 해도 되겠습니까?"

"……?"

"기왕 이렇게 된 거, 전쟁을 더 끌어보는 게 어떻겠습니까?"

"허어, 참."

제갈천은 황당해 혀를 내둘렀다. 방금 무림서생까지 언

급하면서 화를 돋운 인간이 할 말은 아니었다.

"마음에 안 드십니까?"

"내가 여기서 더 무능해 보이길 원하나? 그래서 무림서생이 자네 상관이 되면 좋겠냐 말이야."

"크크큭, 무슨 그런 재미없는 농담을 하십니까? 그분들도 그냥 농담으로 하신 얘기라니까요. 다만, 요즘 사오주의 행보가 심상치 않아요."

"나도 알고 있네."

"예전에 그들을 몰살시키려는 것을 그분들께서 만류하셨습니다. 적이 있어야 적당한 긴장이 유지되고, 그래야 본 맹의 가치가 더 빛나는 법이라고요."

"……."

"어차피 이렇게 된 거, 그분들은 또 비슷한 생각을 하지 않겠습니까? 적은 생각보다 강하다. 그러니 본 맹을 중심으로 똘똘 뭉쳐야 한다는 여론이 형성되게 말입니다."

"그분들께 직접 들은 얘기인가?"

"크크큭, 그냥 가벼운 걱정만 하실 정도지, 그런 구체적인 얘긴 안 하시는 분들 아닙니까? 하지만 제가 나름 촉이 좋잖습니까?"

"그러다가 내가 먼저 쫓겨나겠지."

"그건 그냥 해본 말이라니까요. 어쨌든 이번 전쟁의 일차 저지선이 너무 허망하게 무너졌으니까, 나중에 분명 문책을 받게 될 겁니다."

"……."

"그러니 우리도 이걸 뒤집을 만한 변명거리 정도는 마련해 두자는 거죠. 예를 들면 우리가 밀리는 모습을 보이면 사오주나 다른 세력도 준동할 수 있을 것이다."

"일부러 약한 모습을 보여서 숨어 있는 도적들을 움직이게 하고 일시에 소탕한다?"

목이내가 함박 웃으며 말을 받았다.

"그것으로 끝이 아닙니다. 그럼 그분들께서 우리가 유치한 변명을 한다고 속으로 비웃겠죠."

"그렇겠지."

"여기에 묘책이 하나 있습니다. 바로 패왕의 별."

"……?"

"이왕 이렇게 된 거, 도적들을 다 끌어내고 그 마지막 전쟁에 그분께서 등장하시면 어떻겠냐고 건의를 드리는 거죠."

제갈천의 눈에 이채가 스쳤다.

"그러니까, 그분이 무림을 구원하는 패왕의 별이 된다? 우리는 그 무대를 준비하고 있는 거고?"

"크크큭, 바로 그겁니다. 사실 패왕의 별은 그분이신데 천하인들이 아직 모르고 있는 것뿐 아닙니까? 그러니 아예 이번 기회에 정식으로 패왕의 별이 되시라고 간곡히 청하는 거지요."

"흐으음, 그분께서 과연 움직이실까?"

"다른 건 몰라도 패왕의 별이라면…… 조금 마음이 동하지 않겠습니까?"

제갈천은 콧잔등을 손으로 문지르며 고개를 주억거렸다. 확실히 패왕의 별은 유혹적이었다.

"그렇겠군. 그리고 설사 관심이 없다 하더라도 우리가 이런 무대를 준비하려 했다는 마음은 알아주시겠고."

"크크큭. 예, 그렇지요. 우리의 그런 충심을 아시면 많은 문파나 명숙들이 우리에게 이번 패배의 책임을 따질 때, 뒤에서 비호해 주실 겁니다."

그들은 자신의 책임을 회피하기 위해, 그리고 출세하기 위해 눈을 빛냈다. 그렇게 전쟁이 장기화되는 동안 고통받을 민초에 대한 근심은 전혀 없었다.

역사적으로 수많은 통치자들이 그랬던 것처럼.

"일단 시도해 볼 만하군."

제갈천이 동의하자 목이내가 말을 받았다.

"그럼 그렇게 알고 얘기를 진행하겠습니다."

"그렇게 하게."

"그런데……."

"또 할 말이 남았나?"

"전쟁을 끄는 겁니다. 우리가 생각보다 강하지 않다는 것을 당분간 보여주는 것뿐이죠."

제갈천은 목이내가 하려는 말의 의도를 간파하고는 웃었다.

"걱정 말게. 더 이상 이런 연패는 없을 거네."

"예. 꼭 그리되어야 합니다. 연전연패하게 되는 날엔 정말…… 아무리 그분들이라고 해도 우리를 비호해 주지 못할 테니 말이지요."

*　　　*　　　*

"하아아, 하아아……."

독고은은 거친 숨을 토해내다가 어금니를 깨물었다.

그러지 않으면 눈물이 나올 것 같아서.

물러나는 적들을 보면서 오늘 하루 살았다는 안도감과 내일은 어떻게 버티나 하는 불안감이 복잡하게 교차됐다. 또한 야습은 없었으면 좋겠다는 생각도.

후회가 막심했다.

전쟁이 이런 것인 줄 알았다면 결코 몰래 따라오는 일은 없었을 텐데.

자신은 그저 언니인 검봉처럼 유명해지고 멋진 무용담을 가지고 싶었을 뿐이다. 그러나 현실은 소름 끼치도록 무서웠다.

떨고 있는 그녀의 어깨를 누군가가 부드럽게 안았다.

독고은은 고개를 들어 아버지인 독고무영을 보았다. 독고무영이 피투성이인 딸을 보며 말했다.

"오늘도 살았구나."

"……."

"다행이다."

순간, 그녀의 눈에서 결국 눈물이 쏟아졌다. 그러나 차마 울음소리까지는 낼 수 없어서 아버지 가슴에 얼굴을 묻고 속으로 오열했다.

독고무영은 그런 딸의 등을 가볍게 두드리며 말했다.

"아무래도 며칠 더 버티기도 힘들 것 같구나."

독고은이 눈물이 그렁한 눈으로 고개를 들었다. 독고무영은 물러가는 적들을 보며 말을 이었다.

"조만간 결단이 있을 게야."

독고은은 숨을 들이켰다. 분타 내에 떠도는 얘기를 자신도 들어서 알고 있었다.

포위망을 뚫고 여인과 젊은 사람들을 탈출시키기 위해 최후의 결전을 준비하고 있단 말을.

"아버지."

"너는 꼭 살아서 돌아가야 한다."

독고은은 고개를 저었다.

"같이 가요."
"엄마에게 대신 말해주렴. 사랑했다고."
"아버지……."
"네 언니에게는……."
"아버지, 제발 같이 가요."
"천 공자 놓치지 말고 꼭 잡으라고. 평생 속만 썩이더니, 남자 하나는 정말 잘 잡았다고."
그때, 누군가가 독고무영을 불렀다.
"독고가주님, 회의입니다."
낭왕 방야철.
그도 독고무영처럼 똑같이 왼팔에 부상을 입어서 붕대를 감고 있었다.
독고무영이 미소로 고개를 끄덕였다.
"알겠네."
그는 독고은의 어깨를 가볍게 툭툭, 치고는 돌아섰다.
그리고 여느 때와 똑같은 풍경이 그녀 앞에 펼쳐졌다.
신음하는 부상자와 널려 있는 시신들. 그리고 그들을 부축하거나 주검을 옮기고 있는 사람들.
핏기 없는 그들을 보며 독고은은 이를 악물었다.
'살고 싶어. 죽고 싶지 않아.'

*　　　*　　　*

해가 저무는 사천성 성도에 사륜마차 하나가 들어섰다. 그 마차 안에는 일남일녀가 있었다.

천류영과 독고설.

마차를 모는 마부는 풍운이었다.

마차 안, 독고설의 안색은 좋지 않았다. 이곳까지 오면서 들은 전황 때문이었다.

그녀는 안절부절못하며 창밖을 보다가 고개를 돌려 앞에 앉아 있는 사내를 보았다.

천류영.

그는 뭔가 골똘하게 생각을 하고 있었다.

불안한 그녀는 많은 질문을 던지고 싶었다.

하지만 생각에 잠긴 천류영을 건드리고 싶진 않았다.

그때, 풍운이 마차를 멈추고 천류영에게 물었다.

"형님, 어디로 가죠?"

그 질문에 독고설은 입술을 깨물었다. 당장 사천 분타로 가자는 말을 하고 싶었지만, 그곳을 포위한 수천의 적 앞에서 자신들 셋이 과연 무엇을 할 수 있을까.

천류영은 여전히 눈을 감고 생각에 빠져 있었다. 그래서 풍운이 마부석에서 내려와 문을 열고 다시 물었고, 독고설도 천류영의 무릎을 살짝 흔들었다.

그제야 천류영이 눈을 뜨고 멋쩍게 말했다.

"아, 미안."

독고설이 물었다.

"어디로 갈까요?"

천류영은 열린 문밖의 풍경을 보다가 독고설에게 말했다.

"우리 처음 만난 날 기억나?"

"예? 그, 그건 왜 갑자기……."

"그때, 설이가 날 대접한다면서 성월루로 데려갔었지. 거기에서 술 시합을 했고."

풍운은 어이없다는 기색으로 입을 벌렸다가 말했다.

"형님, 지금 그 무슨 뜬금없는 얘기예요?"

"여기서 저쪽 길로 이각만 가면 그 성월루가 나온다는 얘기지."

독고설과 풍운은 나란히 곤혹스러운 표정을 지었다.

천류영의 말이 이어졌다.

"그 성월루에서 오른쪽으로 꺾어져 일각을 더 가면 꽤 큰 규모의 도박장이 있어. 술도 팔고 여자도…… 뭐, 흠흠, 그런 도박장."

"……?"

"그 도박장으로 가자."

독고설과 풍운은 자신들의 귀를 의심하며 서로를 마주보았다.

풍운이 외치듯 말했다.

"형님, 미쳤어요?"

독고설도 말했다.

"지금 그곳엔 왜?"

천류영이 어깨를 으쓱하고 대꾸했다.

"도박장에 왜 가겠습니까? 도박하러 가죠."

독고설과 풍운이 다시 서로를 마주 보는 가운데, 천류영이 빙그레 웃었다.

〈『패왕의 별』 2부, 제17권에서 계속〉

www.bbulmedia.com

www.bbulmedia.com